Obdachlos!

Christiane Maria Völkner

Obdachlos!

Wer die Schwäche durchlebt, erkennt die eigene Macht

Die Geschichte, die ich hier niedergeschrieben habe, basiert auf wahren Begebenheiten meines Lebens.
Die Namen habe ich zum Schutze der Personen verändert.

Bibliografische Information der Deutschen Nationalbibliothek:
Die Deutsche Nationalbibliothek verzeichnet diese Publikation in der Deutschen Nationalbibliografie;
detaillierte bibliografische Daten sind im Internet über
http://dnb.d-nb.de abrufbar.

Coverfotos von Gudrun-Holde Ortner
Satz, Umschlaggestaltung, Herstellung und Verlag:
Books on Demand GmbH, Norderstedt
ISBN: 978-3-8391-5515-8

Inhalt

Vorwort I

Ende der Achtziger Jahre habe ich Christiane Maria Völkner in einer Atemtherapie-Ausbildung kennen gelernt. Schon damals war ich fasziniert von ihrer geerdeten Spiritualität sowie ihrem fachlichen Können und Wissen.

Nach mehr als fünfzehn Jahren sind wir uns anlässlich eines Kollegen-Treffens wieder begegnet. Christiane erzählte mir, wie es ihr in der Zwischenzeit ergangen war. Dabei erfuhr ich auch die spannende Geschichte, die sie in diesem Buch erzählt. Nachdem ich das Manuskript gelesen hatte, machte ich ihr Mut, dieses Werk zu veröffentlichen. Die darin enthaltene Botschaft war zu wertvoll, um in der Schublade liegen zu bleiben.

Mit Erscheinen dieses Buches ist der Kreis, der mich mit Christiane Maria verbindet, wieder geschlossen. Mittlerweile habe ich sogar die von ihr begründete Heil-Channeling-Ausbildung absolviert und bin davon begeistert, mit welcher Erdverbundenheit sie dieses spirituelle Thema vermittelt. In jedem Augenblick ist spürbar, dass sie die Kraft, die sie in ihrem Buch beschreibt, auch wirklich lebt. Ihre Erfahrungen haben ihr die Weisheit und Stärke verliehen, anderen zu zeigen, wie man durch Mut und Klarheit zu sich selbst stehen und dabei die Impulse des Herzens verwirklichen kann.

Ralf Lieder
Herausgeber des Portals www.therapeuten.de

Vorwort II

Man trifft sich immer zweimal im Leben!? Das ist keine Frage. Eher eine Tatsache, die sich immer wieder bewahrheitet. Die modernen Mittel der Kommunikation tragen oft mehr dazu bei, als man denkt …

An einem langweilen Sonntagnachmittag saß ich an meinem Laptop. Ziellos surfte ich im Internet und suchte nach alten Bekannten und Ereignissen der Vergangenheit. Dabei kam mir auch meine damalige Arbeit im Obdachlosenheim »Wichernheim« in den Sinn. Als ich daran dachte, verspürte ich ein leichtes Sodbrennen. Immerhin war ich dort einige Jahre lang beschäftigt. Als ich dort anfing, beflügelte mich mein jugendlicher Idealismus. In kleinen Gruppen betreute ich die Klienten des Heimes bei ihrer tagesstrukturierten Tätigkeit. Eine Arbeit, die mit Menschen zu tun hatte, die am Rande unserer Gesellschaft stehen, eine Arbeit, von der ich innerlich total überzeugt war. Doch der Blick hinter die Kulissen enttäuschte mich bitter.

Ich zögerte. Sollte ich einfach mal dort auf der Homepage stöbern? Ich folgte einem inneren Sog. Denn das Thema der obdachlosen Menschen in diesem Heim bewegte mich nach einigen Jahren immer noch tief. Was mich damals bei dieser Arbeit erfüllte, ist mir noch sehr vertraut. Es war mein tiefster Wunsch, Menschen, die ganz unten sind, zu helfen, damit sie das Vertrauen in sich selbst zurückgewinnen. Menschen, die wohnungslos sind, abhängig von Drogen, Alkohol und Medikamenten, körperlich und seelisch am Ende. Menschen, die vielleicht selbst schuld an ihrer Misere sind. Aber auch Menschen, die nur viel Pech im Leben hatten oder auch keine Familie, die ein sicheres Netz bietet, in das man sich fallen lassen kann. Na ja, eben ein sehr schwieriges Klientel.

Für diese Menschen braucht man sehr viel Fingerspitzengefühl, Nächstenliebe und vor allem Respekt vor ihrem Schicksal. Eine ganz normale christliche Haltung, die meiner tiefsten Überzeugung entspricht. Wie sonst, ohne diese ethische Haltung, sollen Menschen, die ganz unten sind, wieder hochkommen? Doch wie oft hatte ich diesen menschlichen Aspekt in meinem Arbeitsalltag vermisst! Eine menschliche Haltung wäre doch so einfach gewesen. Sehr selten habe ich dort erlebt, dass den Obdachlosen Wege zu ihrer Selbstständigkeit gezeigt wurden. Vielmehr sollten sie in den Werkstätten lernen, wie man einem geordneten Arbeitsalltag nachgeht. Doch darüber hinaus gab es so gut wie keine Hilfe.

In den Jahren meiner Tätigkeit haben sehr wenige den Sprung zurück ins normale Leben geschafft. An einer Hand könnte ich sie abzählen. Diese wenigen hatten sich wahrscheinlich innerlich einen Plan dafür zurechtgelegt. Oder vertrauten sie einfach nur ihrer inneren Kraft und ließen sich deshalb nicht brechen?

Für diejenigen, die es geschafft haben, war es gewiss wie ein Ritt auf der Kanonenkugel. Ich hoffe für sie, dass sie immer von Gottes Hand behütet bleiben. Denn sie benötigen seinen Schutz oder einfach nur die Hilfe seines Bodenpersonals, doch leider hat es oft genau daran gemangelt.

Wie auch immer, im World Wide Web findet man die unglaublichsten Antworten auf seine Fragen. Genauso war es an diesem Nachmittag. Ein Schlagwort in die Suchmaschine und das Bild einer Frau tauchte auf, von der das Heim sagte: »Ja ja, wieder eine von denen, die ganz unten gelandet sind. Die kommt eh nicht mehr auf die Füße. Wer einmal im Obdachlosenheim gelandet ist, kommt immer wieder.« Doch weit gefehlt. Die Frau, die ich auf diesem Bild sah, kannte ich aus dieser Zeit. Sie gab mir die Antwort auf meine Frage, ob es jemals einen Absprung von ganz unten geben kann.

Das Bild dieser Frau lächelte mich aus meinem Laptop freundlich an. Ohne auch nur eine Sekunde zu zweifeln, erkannte ich Frau Völkner auf ihrer Website. Eben noch erschöpft vom Surfen wurde ich sofort hellwach, als ich ein Kapitel der Erstauflage ihres Buches über ihre Obdachlosigkeit entdeckte. Ich konnte es einfach nicht glauben! Sie schrieb über ihre Heimkehr nach Heidelberg, ihr Ankommen ganz unten in der Gesellschaft und ihre Erfahrungen bei ihrer Suche nach Hilfe im Obdachlosenheim.

Wie wahr, wie wirklich, wie traurig, dachte ich. Jede Zeile ihres Buches verschlang ich, so genau beschrieb sie alles: die Trostlosigkeit des Heims, ihre Angst und Hilflosigkeit. Wie kam mir das bekannt vor! Ich fühlte mich in der Zeit zurückversetzt. In meinen Ohren dröhnten die lallenden Stimmen der Betrunkenen. Der Geruch von verdunstendem Alkohol stieg mir in die Nase, von Verzweiflung gezeichnete Gesichter starrten mich an. Doch ich erinnerte mich auch an das Gesicht, das mich immer anlächelte, trotz der Verzweiflung, die dahinter verborgen lag. Dasselbe Gesicht schaute mich jetzt wieder auf dem Bildschirm an. Es war das Gesicht von Christiane Völkner. Genauso wie vor Jahren. Sehr gut konnte ich mich an diese Frau erinnern.

Sie war eine der wenigen, die ihr Leuchten in den Augen behielt, genauso wie ihren Stolz. Sie hat es geschafft, war mein erster Gedanke. Sie ließ sich nicht brechen. Entgegen aller Behauptungen hat sie ihr Schicksal selbst in die Hand genommen und ihren Weg gemacht. Wie froh war ich nun darüber, dass mein Glaube an Menschen, die einfach nur Hilfe suchten, von anderen nicht zerstört werden konnte.

Das hat es mir leicht gemacht, direkt und ohne zu zögern mit Christiane Völkner Kontakt aufzunehmen. Umso mehr freute ich mich, sie in Heidelberg zu treffen und mich von ihrem Weg zu überzeugen. Dann stand sie vor mir. Ihre Ausstrahlung war die Antwort auf meine Frage. Eine tolle Wohnung hat sie sich geschaffen sowie ein sehr angenehmes berufliches Umfeld. Voller Stolz, aber auch etwas schüchtern empfing sie mich und erzählte mir, wie ihr Weg nach dem Obdachlosenheim weitergegangen war. Da war es wieder, das Leuchten in ihren Augen, das ich so gerne auch bei anderen gesehen hätte.

Christiane, wie ich sie heute nennen darf, ist wohl eine der ganz großen Ausnahmen. Eine Ehemalige? Eine von denen, die ganz unten angekommen ist? Eine Obdachlose, die immer wieder ins Heim zurückkommt? Nein, eben nicht! Sie ist eine, die sich nicht unterkriegen ließ. Der man nicht einfach etwas vormachen konnte. Sie wusste von innen heraus, dass man auch von ganz unten wieder auf die Beine kommen und seine Ziele erreichen kann, Wohnung und Arbeit finden, sogar ein eigenes Unternehmen gründen.

Es ist alles machbar, wenn man den eigenen Willen wie einen Schatz hütet und an sich glauben kann, in guten und in schlechten Zeiten. »Wer einmal bei uns war, kommt immer wieder ...« Was für ein Quatsch!

Christiane hat sich nach Hilfe gesehnt in einer Situation, in die jeder von uns schlittern kann, und das schneller, als man glaubt. Ob selbst verschuldet oder durch ein Zusammenkommen schicksalhafter Ereignisse. Christiane hat es geschafft.

Man trifft sich immer zweimal im Leben!? Das ist keine Frage, sondern die Wahrheit. Die Geschichte von Christiane enthält den tiefen Glauben an sich selbst. Diese Wahrheit hat sie in mir bestärkt. Eine Wahrheit, die mich den Rest meines Lebens begleiten wird.

»Ein schönes Geschenk. Danke, Christiane.«

Frank Baust

1. Meine Lebensreise

Eine meiner wichtigsten Erfahrungen machte ich im Jahre 1978, als ich schwer krank ins Krankenhaus eingeliefert wurde. Damals war ich zweiunddreißig Jahre alt. Nach Wochen ohne jede Besserung gaben die Ärzte mir kaum noch Hoffnung. Und dann passierte etwas. Inmitten meiner Heilungskrisen machte ich tiefgreifende spirituelle Erfahrungen. Ich spürte eine starke Verbindung zu Gott, erlebte ihn als eine Quelle unendlicher Liebe, die die gesamte Schöpfung durchströmte. Auch ich war ein Teil dieser unermesslichen Liebe, das wurde mir in diesem Moment deutlich bewusst.

Dann richtete sich meine gesamte Aufmerksamkeit auf meinen Körper, und ich geriet in einen glücklichen, ja nahezu ekstatischen Zustand, der mehrere Wochen lang anhielt. Im Umgang mit anderen Menschen empfand ich mehr spielerische Leichtigkeit. Es war, als ob ich eine neue Haut übergestreift hätte und ein anderer Mensch geworden wäre. Der behandelnde Arzt im Krankenhaus meinte, ich hätte mich selbst geheilt.

Nach meiner Heilung folgten Jahre der inneren Befreiung. Ich wanderte nach Spanien aus, um mich zu verwirklichen. Zuerst arbeitete ich dort als Deutschlehrerin an einer Sprachschule, später fertigte ich eigene Strickmode an, die ich an Boutiquen verkaufte. Meine Pullis waren für viele Touristen schöne Erinnerungsstücke an den letzten Urlaub. Ohne dass ich mich bewusst dafür entschieden hatte, begann ich jetzt auch Menschen zu heilen. Meine Freunde und Bekannten spürten das als angenehme und beschwingte Energie, die ihnen guttat. Viele berichteten, dass diese positive Energie noch lange nach unserem Treffen anhielt, manche wurden auch plötzlich von Kopfschmerzen befreit, die sie vorher lange gequält hatten. Immer häufiger kamen Bekannte und Freunde mit ihren seelischen und körperlichen Beschwerden zu mir.

Eine neue Liebe brachte mich vier Jahre später nach Düsseldorf. Bernd und ich heirateten einige Monate später. Neben meinem »Brötchenjob« als Sekretärin erlernte ich Atemtherapie, Reiki, geistiges Heilen und verschiedene andere spirituelle Therapiemethoden. Diese Ausbildungen halfen mir, meine angelegten Fähigkeiten zu schulen und auszubilden. In meiner späteren Tätigkeit als Atemlehrerin setzte ich auch meine energetischen Heilfähigkeiten ein. Da ich hellwissend und hellsichtig war, formulierte ich meine Atemanweisungen intuitiv so treffend, dass meine Klienten spontane Aha-Erlebnisse hatten, die zur raschen Lösung ihrer Thematik führten. Meine Hellsichtigkeit verhalf mir zu einem unerwarteten spirituellen Durchbruch. In den zwölf Jahren meiner Düsseldorfer Zeit wurde ich als Channel-Medium erfolgreich und bekannt.

Als meine Ehe geschieden wurde, zog mich meine Sehnsucht nach Sonne wieder an die spanische Küste. Hier setzte ich meine Arbeit als Channel-Medium und Atemlehrerin fort. Auch für meine heilerischen Fähigkeiten gab es neue Aufgaben. Eines Tages brachte eine Freundin ihre Mutter zu mir, die seit zwanzig Jahren nicht mehr richtig sprechen konnte. Nachdem ich ihr einige Male Energien übertragen hatte, konnte sie sich plötzlich wieder richtig entspannen, begann normal zu atmen und war in der Lage, sich deutlich zu artikulieren.

Das Heilwerden löste bei den Menschen, die ich behandelte, Wellen der Freude aus. Immer öfter kamen die Menschen nun mit ihren Anliegen zu mir, nicht nur Ausländer, sondern auch viele Spanier.

Was einfach begann, entwickelte sich im Laufe der Zeit jedoch zu einer großen Herausforderung.

Eines Tages kam ein Geschäftsmann zu mir. Er bot mir an,

die Mitarbeiter seiner Immobilienfirma in medialen Fähigkeiten zu trainieren. Er wollte, dass seine Leute durch dieses Training ihren Selbstwert steigern und damit lukrativere Geschäfte machen. Auch bot er mir an, in der dortigen Tageszeitung kostenfreie Inserate zu schalten. Einige Tage später lud er mich zu einem besonderen Meeting ein, bei dem viele angesehene Geschäftsleute anwesend wären. Er sagte, dass es für mich eine Ehre sei, als einzige Frau bei diesem Treffen dabei zu sein. Ich bekam Gänsehaut. Hier stimmte etwas nicht. Mit meinen hellsichtigen Sinnen spürte ich, dass es sich bei dieser Einladung um eine Eintrittskarte zu einer unseriösen Organisation handelte.

Wie überall in der Welt gab es auch an der spanischen Küste mafiaähnliche Organisationen, die zum »Mitspielen« zwangen. Das hatte ich bereits durch Gespräche mit meinen spanischen Freunden mitbekommen. Da ich nicht in unehrliche Machenschaften verwickelt werden wollte, lehnte ich die Teilnahme an diesem Treffen ab. Nun begannen ernsthafte Probleme. Wie durch einen geheimen Fingerzeig wandten sich plötzlich die Menschen von mir ab. Im Supermarkt wurde ich nicht mehr höflich begrüßt, andere Bekannte schauten einfach weg, wenn sie mich auf der Straße sahen. Auch meine Klienten mieden mich ab dieser Zeit immer öfter. Auf meine Fragen, was los sei, bekam ich die Antwort, dass mit mir etwas nicht stimmen würde. Es war, als hätte ich ein Mal auf der Stirn, das jedem zeigen sollte, dass ich zu den Ausgegrenzten gehörte.

Kurze Zeit später kam ich in meine Wohnung und sah, dass jemand eingebrochen war. Die Einbrecher hatten sich keine Mühe gemacht, die Wohnung unverändert zu hinterlassen. Ich brauchte nicht viel Fantasie, um ihre Botschaft zu verstehen, vor meinem geistigen Auge konnte ich intuitiv die Bilder von Drogen und Drogenszenen erkennen.

Die Anerkennung durch meine Kollegen verwandelte sich ebenfalls in Neid und Missgunst. Diese unerwarteten Schwierigkeiten brachten mir mit der Zeit starke finanzielle Einbrüche.

Nach einigem Überlegen wurde mir klar, dass Rückzug der einzig sinnvolle Ausweg war. Ich wollte mir kein Geld von Freunden leihen, solange ich nicht wusste, wie ich es zurückzahlen konnte. Schulden, so wusste ich, waren kein guter Start für einen Neubeginn.

Die Angst vor Übergriffen saß mir im Nacken. Eine Weile lang überlegte ich, ob ich zurück nach Düsseldorf reisen sollte. Doch eine Freundin war gerade in den Entwicklungsdienst nach Afrika gegangen und die andere Freundin hatte in der Zwischenzeit geheiratet und war schwanger. Diese beiden Menschen konnte ich jetzt nicht um Hilfe bitten.

So entschied ich mich, nach zwanzig Jahren Abwesenheit mit leeren Taschen in meine Heimatstadt Heidelberg zurückzukehren. Ich hatte alles verloren. Mein einziger Hoffnungsschimmer war eine vorübergehende Bleibe bei meiner Schwester. Ein Schutzraum, in den ich mich für ein paar Tage fallen lassen wollte. Die Verbindung zu meiner Schwester war – wie ich glaubte – stabil, sodass dieser Schritt für mich akzeptabel erschien. Immerhin hatte mich meine Schwester mit Ehemann drei Wochen in den Ferien besucht, auch ich war zweimal in Heidelberg gewesen. Wir waren zwar nicht die dicksten Freunde, doch zwischendurch hatten wir immer mal wieder miteinander telefoniert und Neuigkeiten ausgetauscht.

Als mir meine Schwester nun unerwartet jegliche Hilfe verwehrte, brach eine Welt für mich zusammen. Sie wollte nicht, dass ich nach Heidelberg zurückkehre. Vielleicht hatte sie Angst, dass mit meiner Rückkehr ihr künstlich aufgebautes Kartenhaus der heilen Welt zusammenfallen würde. In unserer Familie gab es noch viele ungeklärte Verzerrungen.

Mit ihrer Weigerung, mir zu helfen, wurde etwas bisher Unvorstellbares Wirklichkeit – der Weg ins Obdachlosenheim. Ich war der Meinung, dass mir in meiner Not vorübergehend Sozialhilfe zustünde. Deutschland ist schließlich ein Sozialstaat und ich hatte jahrelang Sozialabgaben geleistet. Doch ich erfuhr, dass mir ohne einen festen Wohnsitz in Deutschland kein Anspruch auf Sozialhilfe zustand, egal wie viele Jahre lang ich eingezahlt hatte.

Ich wohnte eineinhalb Jahre im Obdachlosenheim. Für fünf Mark am Tag habe ich dort gearbeitet und dabei viele Demütigungen erlebt. Diese schicksalsreiche Zeit wurde für mich zu einem bedeutungsvollen Weg der Selbsttransformation. Ich wuchs meilenweit über mich hinaus. Die Erfahrung meiner Obdachlosigkeit wurde zur Meisterprüfung auf meinem spirituellen Weg, bei dem mich mein Schutzengel immer begleitet hat. So hat sich ein Kreis geschlossen, der mit den spirituellen Erfahrungen im Krankenhaus begann.

2. Ein Bett oder gar nichts

»Was willst du?« Die Stimme meiner Schwester klang kalt. Ein Eisschrank verströmte dagegen sommerliche Temperaturen.

»Ich bin wieder da, Martina. Ich brauche einen Platz zum Wohnen, jemand, der mir über die ersten Tage hinweghilft. Kann ich zu dir kommen?«

»Nein.«

»Bitte.« Ich schwitzte, meine Haare klebten an der Ohrmuschel. Am anderen Ende der Telefonleitung hörte ich nicht einmal ein Atmen. Richtig beschissen fühlte ich mich.

»Du bist meine Schwester. Bitte, das ist ein Notfall. Ich habe überhaupt kein Geld mehr.« Das Adrenalin raste durch meinen Körper, ich stand unter großem Stress. Konnte Martina so hart sein?

»Wenn du kein Geld hast, dann geh doch putzen. Die türkischen Frauen machen das auch.«

Ich begann zu weinen.

»Am besten suchst du einen Psychologen auf, wenn du Probleme hast«, sagte sie mit einer arroganten Stimme.

Damit war für sie die Sache erledigt. Was dachte sie denn? Dass ich nichts weiter als einen Schwächeanfall hatte?

»Du weißt genau, dass ich keine Arbeit bekomme ohne Unterkunft.« Ich stützte mich gegen die vibrierende Plastikwand der Telefonzelle und wollte gerade noch mal ansetzen, meiner Schwester meine fatale Situation zu erklären, als auf einmal der Boden unter mir wankte.

»Nein, habe ich gesagt. Und dabei bleibt es.« Ohne ein weiteres Wort legte meine Schwester auf. Die Luft im Bahnhof war so klebrig wie Sirup. Ich bekam fast keine Luft. Für einen Moment musste ich mich auf meinen braunen Lederkoffer setzen, den ich neben mir abgestellt hatte. Die Stimmen der Reisenden um mich herum trafen mich wie Speerwürfe, alle schienen gleichzeitig loszubrüllen.

Martina hatte mir eine Abfuhr erteilt, wie schon manches Mal im Leben. Das war nicht schade, sondern schlimm, absolut schlimm. Aber hätte ich nicht damit rechnen müssen? Ihre Ablehnung mir gegenüber war zu einem Teil ihrer Persönlichkeit geworden. War ich jetzt nur so böse, weil sie nichts davon abhielt, mich als Ärgernis zu betrachten?

Da saß ich nun auf meinem Koffer. In der Haupthalle des Heidelberger Bahnhofs wuselten die Menschen umher. Es war später Nachmittag, die letzten Sonnenstrahlen fielen durch die Glasfront. Hoch oben an der Wand war eine Weltkarte angebracht, sie schien noch aus den fünfziger Jahren zu stammen, irgendwie strahlte sie Frieden aus, als gäbe es keine internationalen Spannungen. Mein Blick fiel auf das kleine Europa, so groß wie ein Teller Paella. Da war Spanien, das Land, aus dem ich gerade gekommen war. Málaga konnte ich nur erahnen, ein Punkt im tiefsten Süden des Landes. Hier war ich heute Mittag in ein Flugzeug der Iberia-Gesellschaft Richtung Frankfurt am Main gestiegen. Die letzte Strecke bis Heidelberg hatte ich mit der Bahn zurückgelegt.

Heidelberg, die Stadt, in der ich geboren wurde und aufgewachsen war, die Stadt, die meine Schwester nie verlassen hatte. Ich dagegen konnte es in ihr nicht aushalten. Mich hatte es in die Ferne gezogen.

Menschen eilten an mir vorbei, wurden von Freunden, Ehepartnern oder Eltern in Empfang genommen. Sie alle hatten ein Ziel, würden demnächst an einem gedeckten Tisch sitzen, von den Reiseerlebnissen erzählen und später eine Bettdecke zurückschlagen, unter der sie ruhig die Nacht verbringen konnten. Ich dagegen wusste nicht, wohin ich gehen sollte. Geld hatte ich keines, gerade noch zwanzig Mark befanden sich in meiner Geldbörse. Es würde nicht einmal für eine Übernachtung in einer billigen Absteige reichen. Ich war geschafft, deprimiert, und die Stadt, meine Stadt, die so viele Postkartenausblicke bot, wirkte kalt und beängstigend auf mich. Heute war Sonntag, erst morgen gäbe es die Möglichkeit, auf Arbeitssuche zu gehen. Aber ohne einen festen Wohnsitz? Ohne Frage, ich war ein Notfall. Ich hatte in Spanien keine Schulden hinterlassen, doch die Schwierigkeiten der letzten Zeit hatten meine Ersparnisse aufgebraucht. Sie hatten gerade noch für das Flugticket und die Bahnkarte gereicht.

Ein aufgeregter Mischlingshund schnupperte an meinen Hosenbeinen. Mit einem Ruck zerrte ihn sein Besitzer fort, trieb ihn an, weiterzugehen. Der Vierbeiner hat es gut, dachte ich, selbst ihm sind ein voller Futternapf und ein Körbchen sicher. Traurig blickte ich dem schwarz-weißen Wuscheltier hinterher, hörte noch sein heiseres Bellen. Ich hatte keine Vorstellung davon, wie es mit mir weitergehen sollte. Frühere Freunde und Bekannte mochte ich nicht anrufen, wer würde schon jemand in seine Wohnung aufnehmen, den man seit zwei Jahrzehnten nicht gesehen hatte?

In Heidelberg ist es wichtig, in ordentlichen Verhältnissen zu leben. Etwas anderes kann man sich kaum vorstellen. Einfach nichts zu haben, nur noch einen Koffer – keiner von ihnen hätte verstanden, wie man das schaffen konnte. Ich hörte schon, wie sie sich gegenseitig zuflüstern würden, es müsste wohl an mir liegen, ich hätte sicher selbst Schuld an meinem Unglück. Vielleicht würde mir der eine oder andere sogar großzügig helfen, vorübergehend. Doch ich wollte niemanden mehr um Hilfe bitten. Zu groß war mein verletzter Stolz.

Tief versank ich in meiner hellen Leinenjacke. Eine Dusche wäre jetzt toll, dachte ich. Ich fühlte mich, als hätte ich mich seit einer

Woche nicht gewaschen. Vielleicht war es nur die Aussicht, dass ich mich heute mit einer flüchtigen Hand voll Wasser aus der Bahnhofstoilette würde begnügen müssen. Unweigerlich musste ich an das glitzernde Mittelmeer denken, die untergehende Sonne Andalusiens, die jedem Gesicht weiche Umrisse zauberte. Wie oft hatte ich im aufgeheizten Sand in einem Schlafsack übernachtet und den frischen Wind gespürt, es gab nichts Schöneres. Und nun? Sollte ich nun auf einer Parkbank übernachten? Jetzt im Juli würde man gewiss nicht erfrieren. Diesen Gedanken verwarf ich dennoch sofort. Ich musste mich um eine Unterkunft kümmern. Verschwitzt, mit ungewaschenen Haaren und zerknitterten Kleidern sähe ich kaum ansprechend aus. Die Leute würden mich wie im Zoo anstarren, jeder Ladenbesitzer mir die Tür vor der Nase zuknallen. Arbeit bekäme ich so nie. Möglicherweise würde man mir eine Mark in die Hand drücken, aus Mitleid, damit ich mir etwas zum Essen kaufen könnte, natürlich keinen Alkohol. Als Kinder schauten wir sie uns immer scheu an, die Menschen von der Straße, die Obdachlosen. Meine Mutter gab ihnen stets ein paar Groschen, weil sie, wie sie sagte, vom Schicksal gezeichnet seien. Ich verstand nicht, was sie mit diesen Worten meinte, ich fürchtete mich nur vor den Bettlern mit ihren Tüten, den riesigen Weinflaschen und dem Ausdruck in ihren Augen, der mich an die wilden Trolle in meinem Märchenbuch erinnerte.

Schräg gegenüber begrüßte sich ein Paar. Der Mann hatte seiner Freundin – oder war es seine Ehefrau? – leuchtend blaue Kornblumen mitgebracht. Vermutlich war sie übers Wochenende auf einem Seminar gewesen. Ihr gut sitzendes Kostüm deutete nicht auf einen Besuch bei einer Freundin oder den Eltern hin. Dafür war sie zu fein herausgeputzt. Die beiden umarmten sich innig, meine eigene Einsamkeit wurde mir bei diesem Anblick schmerzhaft bewusst. Ich gehörte nicht zu diesen Menschen, fühlte mich außen vor, nicht mehr wirklich zum Leben dazugehörig. Solche Empfindungen mussten früher Aussätzige befallen haben, wenn sie aus ihrer Stadt vertrieben wurden, damit sie keinen ansteckten.

Durst hatte ich, meine Wasserflasche war leer. Vielleicht konnte ich auf der öffentlichen Toilette Wasser bekommen. Den Eingang versperrte ein Drehkreuz.

»Fünfzig Pfennig müssen Sie reinstecken, dann können Sie durch«, sagte eine mürrisch dreinblickende Frau mit vogelfederartigen Haaren, die einen Wischlappen in der Hand hielt.

»Ich habe kaum noch Geld. Können Sie mich nicht so reinlassen?«

Die Toilettenfrau ließ die Mundwinkel bei meiner Frage noch weiter hängen.

»Immer dasselbe mit euch. Was soll's, steig über die Schranke.«

Mit einem tiefen Seufzer wandte sie mir ihren breiten Rücken zu wie eine Mutter, die von ihrer verwahrlosten Tochter nichts anderes erwartet hatte. Ich dagegen wertete das als gutes Omen. Mühsam kletterte ich über das Metallgestänge, den Koffer schob ich in Querlage durch die Sperre. Unter dem laufenden Wasserhahn formte ich meine Hände zu einer Schale und trank in großen Schlucken das kühle Nass. Anschließend wusch ich mir das Gesicht und die Arme, füllte die Wasserflasche auf und zog mir die Lippen in einem leuchtenden Pinkton nach. Ich fühlte mich sofort besser.

»Das war nett von Ihnen«, sagte ich zu der Toilettenfrau, bevor ich mich auf die Suche nach einer ruhigen Sitzgelegenheit machte. Ich musste nachdenken, bald würde der Abend anbrechen. Sollte ich versuchen, nach Düsseldorf zu kommen? Ich hatte dort noch Bekannte. Diesen Gedanken verwarf ich wieder. Ich schämte mich, wollte nicht zeigen, dass ich kein Geld mehr besaß. Dann fiel mir meine Tante in Neckargemünd ein. Ihr hatte ich einen Brief aus Spanien geschrieben und durchblicken lassen, dass ich vorübergehend bei ihr wohnen wollte. So lange, bis ich in Heidelberg Arbeit gefunden hätte. Ihre Antwort war, dass nichts mehr so wie früher sei. Ich hatte nicht hinterfragt, was sie damit meinte.

Aber ich hatte nicht den Eindruck, dass ich bei ihr willkommen war. Leise betete ich, dass ein Wunder geschehen möge. In diesem Moment wollte ich am liebsten das Drehbuch meines Lebens neu schreiben. Einen neuen Film erschaffen, in dem ich kein Opfer war, sondern die Zügel für mein Glück selbst in der Hand hatte.

Eine Weile versank ich in Grübeln. Plötzlich bemerkte ich, dass eine Frau vor mir stand. Sie sah aus wie eine jüngere Schwester von Doris Day, nur ihre Kleidung war weniger extravagant. Ihre nackten Arme und Beine schimmerten, das Haar glänzte.

»Ich beobachte Sie schon eine geraume Zeit. Kann ich Ihnen helfen?«

Ihre Worte erschreckten mich. Ich war nicht darauf gefasst, so direkt auf mein Schicksal angesprochen zu werden. Ich antwortete ohne Überlegung, mürbe geworden von meiner Aussichtslosigkeit.

»Ich weiß nicht, wo ich hingehen soll. Ich habe kein Geld mehr und kenne auch niemanden in der Stadt.« Endlich war es raus.

»Auf der Rückseite der Halle ist die Bahnhofsmission. Die Leute dort werden Ihnen bestimmt weiterhelfen«, sagte die Frau mit einer Stimme, die Trost schenkte. So eine wie sie konnte Mut machen, vor neugierigen Blicken schützen, die Welt einfach erscheinen lassen.

»Danke«, sagte ich. »Ich befinde mich zum ersten Mal in einer solchen Situation.«

»Sie müssen sich nicht rechtfertigen. Ich weiß, wie es ist, wenn man kein Geld hat.«

Wie kam diese Frau nur dazu, so freundlich mit mir zu reden? Sie kramte in ihrer Handtasche, bis sie ein rotes Portemonnaie hervorzog und es öffnete. Ohne zu zögern, hielt sie mir einen Zwanzigmarkschein hin.

»Bitte, behalten Sie Ihr Geld. Ich bin keine Bettlerin«, wehrte ich ab. »Ich will arbeiten.«

Unbeirrt streckte sie mir weiterhin den Geldschein entgegen, als ob sie wüsste, dass ich ihn doch nehmen würde. Langsam hob ich meine Hand und nahm die Banknote.

»Alles Gute für Ihre Zukunft.« Die Frau drehte sich um und verschwand in der Menge. Wie ein Engel. Ich hielt einen Moment lang inne, um mich zu sammeln. Nie zuvor hatte ich auf diese Weise von einem fremden Menschen Geld angenommen.

Diese Erfahrung brachte mich auf einen neuen Gedanken. Ich überlegte, ob ich meine frühere spirituelle Weggefährtin Ursula in Düsseldorf anrufen sollte. Sie war mir vorher gar nicht eingefallen. Vielleicht erhielt ich durch sie eine Chance. Mutig ging ich wieder mit meinem Koffer in der Hand zum Telefonhäuschen. Ursula und ich hatten viele spirituelle Ausbildungen zusammen besucht und konnten auf gemeinsame Erfahrungen zurückblicken. Sie besaß ein großes Haus in der Innenstadt. Wenn ich bei ihr einige Tage wohnen würde, könnte das für mich ein Sprungbrett zu einem neuen Job sein. Für einen Moment vergaß ich meine Scham. Mit einem neuen Hoffnungsschimmer wählte ich ihre Nummer. Sie war sogleich am Telefon. Nachdem ich ihr ausführlich meine Situation geschildert hatte, sagte sie: »Gott wird dir schon helfen, du wirst es alleine schaffen.«

Einem Heulkrampf nahe legte ich den Hörer wieder auf. Noch mehr Absagen würde ich nicht verkraften. Es war zu erniedrigend. Ich erinnerte mich an das Sprichwort »Bei Geld hört die Freundschaft auf«. In Geldsachen verlieren sogar spirituelle Menschen ihr christliches Mitgefühl.

Um nicht weiter über diese Demütigung nachzudenken, machte ich mich auf, um die Bahnhofsmission zu suchen. Die Aussicht, mit einem Menschen über meine Schwierigkeiten reden zu können, machte mir ein wenig Hoffnung. Es war nicht schwer, das Büro zu finden, die klare Beschreibung meines Engels tat sein Übriges dazu. Ob diese Frau einmal in einer ähnlichen Situation gewesen war?

Zaghaft klopfte ich nun an die Glastür. Ein Schild wies mich darauf hin, dass die Caritas-Mission um neunzehn Uhr geschlossen würde. Es war zehn Minuten vor sieben.

»Was kann ich für Sie tun?« Ein Mann in den Dreißigern mit

einem dunkelbraunen Vollbart und einer Goldrandbrille stand jetzt vor mir.

Ich schämte mich, aber was sollte ich tun? »Ich bin in einer finanziellen Krise und habe keinen Platz zum Übernachten.«

»Kommen Sie erst mal rein«, erwiderte der Mann. »Ihr Gepäck können Sie hier am Eingang abstellen. Nehmen Sie nur Ihre Handtasche mit. Bis zu meinem Platz müssen wir durch einige Räume.«

»In meinem Koffer ist aber alles drin, was ich noch besitze. Er darf nicht abhanden kommen.«

»Ich werde sofort hinter Ihnen die Tür verschließen. Hier kommt nichts weg.«

Immer noch nicht ganz beruhigt folgte ich dem Mann. Er ging wie einer, der Kindern und Radfahrern einschärft, gut aufzupassen, wenn sie eine Straße überqueren.

Nachdem ich auf einem Stuhl Platz genommen hatte, erzählte ich ihm, weshalb ich ohne Geld war.

»Das sieht nicht rosig für Sie aus«, meinte der Angestellte der Bahnhofsmission am Ende meiner Geschichte. »Es bleibt Ihnen nur das Obdachlosenheim. Immerhin haben Sie dort ein Bett. Und ein Sozialarbeiter wird sich weiter um Sie kümmern. Aber glauben Sie nicht, dass es einfach für Sie werden wird. Es herrscht dort ein rauer Ton. Sie müssen sich ein dickes Fell zulegen.«

»Können Sie mir die Parkbank als Alternative empfehlen?«, fragte ich.

»Nein. Besser ist aber, Sie lassen Ihren Koffer hier. Er könnte dort gestohlen werden.«

Auf einmal liefen mir Tränen über die Wangen. Würde ich genügend Kraft haben, mit Menschen in einem Raum zu leben, die in Heidelberg als »Schandfleck der Gesellschaft« galten, in der Mehrzahl Alkoholiker oder Drogensüchtige? Mit Menschen, die entkräftet waren von allen möglichen Exzessen? Ich musste es, sagte ich zu mir, wenn ich nicht untergehen wollte. Ich musste die Zähne zusammenbeißen. Martina tauchte vor meinem geistigen

Auge auf, und ich dachte daran, ob es in Deutschland viele Menschen gab, deren Familien sich so abweisend verhielten, wie meine Schwester es getan hatte. Wie mich zog es viele junge Menschen in ferne Länder, um verschiedene Lebensmodelle auszuprobieren, nicht nur Hippies oder Freaks. Die Hochzeit von Peace and Love war längst vorbei. Andere Alternativen wurden gesucht. Die einen gingen nach Indien, Kalifornien oder Neuseeland, ich eben nach Spanien. Die wenigsten von uns dachten damals an die Zukunft, waren aber dennoch kreativ, wenn es darum ging, sich seinen Lebensunterhalt zu verdienen. Nun war ich in einer Sackgasse gelandet, aus der ich wieder rausmusste. Ich hatte mich doch noch nie unterkriegen lassen! Mit einer heftigen Handbewegung wischte ich mir die Tränen fort.

»Wissen Sie, wo das Obdachlosenheim ist?«

Ich schüttelte den Kopf.

»In der Plöck.«

Die Straße kannte ich. Sie lag direkt in der Innenstadt, keine zwei Minuten vom Bismarckplatz und dem Kaufhof entfernt. Wie oft musste ich in meiner Jugend und Kindheit daran vorbeigegangen sein, ohne bemerkt zu haben, dass sich hier ein solches Heim befand.

Ich bedankte mich für die Hilfe, nahm aus meinem Koffer die Kulturtasche und ein paar andere Dinge, um sie in einer Plastiktüte zu verstauen, und machte mich auf den Weg.

»Behalten Sie alles im Blick, dann kriegen Sie es schon hin«, rief mir der Mann von der Caritas hinterher. Als ob das Leben nicht komplizierter wäre als eine Straßenüberquerung.

Nach zwanzig Minuten stand ich vor einem großen Betonkomplex, der wie eine Wohnanlage aus den Siebzigern aussah. »Wichernheim« stand auf einem kleinen Schild, mehr nicht. Der Eingangsbereich bestand aus einer breiten Glasfront, unterteilt von roten Sprossen, eine Lautsprecheranlage war in der Mitte platziert. Doch die Tür war offen. Langsam stieg ich die dunkel gesprenkelten Steintreppen hoch. Es roch stark nach Desinfektionsmitteln, Zigaretten und Schnaps. Am liebsten wäre ich auf dem Absatz umgekehrt, aber es gab kein Zurück mehr. Ich musste weiter, eine andere Möglichkeit hatte ich im Moment nicht. Noch ein paar Stufen und ich stand vor einer Pförtnerloge. Ein älterer Mann in einem verblichenen Hemd musterte mich mit seinen hellgrauen Augen. Er wirkte wie ein Wiesel. Schließlich schob er das Fenster seiner kleinen Kabine beiseite.

»Sind Sie hier richtig?«, fragte er mich. Vielleicht wunderte er sich, weil ich so gepflegt aussah. »Ich habe kein Geld mehr«, antwortete ich ihm. »Ich brauche ein Dach über dem Kopf.« Diese Sätze hatte ich heute schon so oft gesagt, sie kamen mir immer leichter über die Lippen.

Augenblicklich nahmen die Augen des Pförtners einen anderen Ausdruck an. Ich war für ihn auf einmal auch nur eine von denen, die nichts wert waren, keine, die sich in dieses Haus verirrt hatte, mit der er auf gleicher Ebene kommunizieren konnte. Für ihn war klar: Wer kein Geld besaß, würde auch in Zukunft keines haben. Eine solche Reaktion hatte ich befürchtet. Vermochte er sich nicht vorzustellen, dass jeder Mensch auf dieser Welt in eine vergleichbare Lage geraten konnte? Mein Innerstes rebellierte, aber ich hielt meinen Mund.

»Sonntags ist keiner von den Sozialarbeitern da«, brummte der Alte. Aus seinen Ohren wuchsen riesige Haarbüschel. Jedes Wort, das er an mich verschwendete, sollte ich als Strafe empfinden. »Die Nacht können Sie hier schlafen. Morgen wird dann weiter über Sie entschieden.«

Ich fror, obwohl der Sommerabend noch längst keine Kühlung gebracht hatte. War ich wirklich der letzte Dreck, nur weil ich kein Geld mehr hatte? Die Heimumgebung verunsicherte mich, ich verlor mit dem Eintritt in diesen öden Bau meinen letzten Rest von Selbstbewusstheit. Oder traute ich mich nicht, stark zu sein, weil ich Angst hatte, dass man mir sonst diesen letzten Platz für eine Unterkunft auch verwehren könnte? Ich fand innerlich keinen Halt mehr, die Regeln des Lebens hatten sich auf einmal verändert.

»Sie brauchen Bettwäsche«, sagte er, »kommen Sie mit.«

Unter lautem Gestöhn verließ der Pförtner seine Kabine. Ich folgte ihm, vorbei an einer großen Bodenvase, in der einsam eine gelbe Plastiksonnenblume steckte, einen langen Gang hinunter, bis er vor einer Tür stehen blieb. Bedeutsam suchte er in einem dicken Bund nach dem passenden Schlüssel. In der muffig riechenden Wäschekammer suchte er für mich nach einem Laken, einem Bettbezug, Kopfkissen und einem Handtuch.

»Jetzt zeige ich Ihnen das Zimmer. Zu essen gibt es nichts mehr. Um sieben wird die Küche dichtgemacht.«

Wieder ging ich hinter dem leicht gebückten Rücken des Alten, die Wäsche unter den Arm geklemmt. Es kam mir vor, als würden wir uns in einem Labyrinth befinden, immer die gleichen schmalen Gänge und die trostlos gelbgrün gestrichenen Wände. Der Weg schien kein Ende zu nehmen. In machen Ecken standen Männer zusammen, die mich unverhohlen anstarrten. Es roch wie nach einem Besäufnis, und ein neues kündigte sich an. Ich konnte ihre Aufdringlichkeit kaum ertragen. Für diese Männer war ich nicht nur ein Neuzugang, sondern auch eine Sensation. Ich war sichtbar keine von ihnen, sah nicht hoffnungslos, zerrupft oder hohläugig aus.

Endlich blieb der Alte vor einer grün angemalten Tür stehen. Er klopfte kräftig an, ging aber, ohne eine Antwort abzuwarten, in das Zimmer hinein. Zwei Betten standen in dem kleinen Raum, ein Kleiderschrank gegenüber der Tür, in der Mitte ein Resopaltisch mit zwei Holzstühlen. In dem Bett am Fenster lag eine Frau, in ihrem Arm wiederum ein Mann in beigen Khakishorts und einem weißen T-Shirt. Die beiden rauchten. Im Zimmer lag ein süßlicher Geruch in der Luft.

»Sie bekommen eine Zimmernachbarin«, sagte der Pförtner ausdruckslos zu der Liegenden.

Ohne weiteren Kommentar verließ er anschließend den Raum. Schüchtern ging ich auf das Paar zu, um ihnen die Hand zu geben. Ich hatte Angst, dass ich sie stören würde.

»Ich heiße Tamara und das ist Jochen.« Die kaum Zwanzigjährige zeigte dabei auf den Mann, der neben ihr vor sich hin döste. »Er ist auf Besuch hier.«

Tamara sprach gebrochen Deutsch, sie schien aus einem osteuropäischen Land zu kommen, vielleicht Russland oder aus Ex-Jugoslawien.

»Ich bin die Christiane«, sagte ich.

Die ungewohnte Situation brachte mich ein wenig aus der Fassung. Um meine Unsicherheit zu verbergen, faltete ich meine gestärkte Bettwäsche auseinander und bezog das Bett. Als ich damit fertig war, versank ich in der weichen Matratze. Nach dem langen Tag war das eine Wohltat. Vielleicht wird doch noch alles gut, dachte ich hoffnungsvoll.

Mein Verlangen nach einer Dusche wurde mit der Zeit immer größer. Ich fragte Tamara, wo ich mich denn waschen könnte. Langsam erhob sie sich, sah mich an, schaute aber gleichzeitig durch mich hindurch. In ihren Mundwinkeln hatte sich weißer Schleim angesammelt. Bedächtig öffnete sie die Tür und sagte mit einem Madonnenlächeln: »Dort.« Zur Unterstützung wies sie mit dem Zeigefinger auf die gegenüberliegende Tür.

Plastiktüte und Handtasche nahm ich sicherheitshalber mit. Ich wollte kein Risiko eingehen. Das tröpfelnde Nass war wohltuend. Mit meinem Duschgel schäumte ich mich bis zum kleinen Zeh ein, jede Hautpore sollte gesäubert werden. Zum Schluss kamen die Haare dran. Geföhnt und in meinem Nachthemd, das ich glücklicherweise nicht vergessen hatte, ging ich wieder ins Zimmer zurück.

In der Zwischenzeit hatten sich Tamara und Jochen aus dem Bett erhoben und saßen heftig diskutierend am Tisch. Für einen kurzen Augenblick dachte ich, ich könnte auch in einer Jugendherberge sein.

Tamara hatte wohl bemerkt, dass ich eine Weile zu ihnen hinübergeblickt hatte, denn als sie nicht mehr weiterwusste, sprach sie mich an. »Vielleicht kannst du mal was dazu sagen. Wir haben ein Problem.« Tamara schaute mich mit ihren leicht glasigen Augen flehentlich an, die schwarzen Locken klebten im Gesicht. Sie lächelte nicht mehr. »Jochen will mit mir zusammenleben. Ich bin aber Muslimin, deshalb darf ich das nicht, unverheiratet bei einem Mann sein. Kannst du ihm das klarmachen?«

Meine eigenen Schwierigkeiten reichten mir, nun sollte ich anderen einen Rat geben, noch dazu in Liebesfragen.

»Ihre Familie wird Tamara verstoßen, wenn sie erfährt, dass die Tochter in einer unehelichen Gemeinschaft lebt«, sagte ich zu dem jungen Mann mit den makellosen Zähnen.

»Sie hat sie schon verstoßen, sonst würde sie nicht hier im Heim sein«, erwiderte Jochen gereizt, wobei er seine Socken runterrollte.

»Meine Familie weiß, dass ich hier bin«, schrie Tamara. »Das ist besser, als in Schande zu leben.«

»Ich will Tamara ja auch heiraten«, sagte Jochen nervös. »Ich liebe sie, aber sie glaubt mir nicht. Ich kann es ihr nur beweisen, wenn ich sie sofort heirate. Das kann ich aber nicht. Zuerst müssen wir doch ausprobieren, ob wir überhaupt zusammenpassen.«

»Hast du gehört, Tamara, dein Freund liebt dich.« Meine Worte sollten sanft klingen, aber im Unterton war meine Anstrengung zu spüren. In was für eine Lage war ich bloß geraten? Gewiss, ich war es gewohnt, Beratungen zu geben, Menschen dazu zu bringen, über ihre Situation nachzudenken. Aber hier, in diesem Heim? Ich hätte selber gern einen Ausweg für mich gewusst.

»Gehe ich zu Jochen, werde ich bestraft.« Tamara fing an zu weinen. Jochen nahm sie kurz in den Arm. Tamara fing wieder an zu lächeln, so unentwegt, so beharrlich. Langsam hatte ich das Gefühl, an dieser Szene stimmte etwas nicht, fast begann ich mich vor den beiden ein wenig zu fürchten. Mit seinen schaufelartigen Händen führte Jochen seine Freundin wieder zum Bett, sie stellte sich auf die Zehenspitzen und zog ihn zu sich herunter, um ihm einen Kuss auf die Wange zu geben. Während die beiden sich in ihre Traumwelten flüchteten, nahm ich mir die Illustrierte, die auf dem Tisch lag, und setzte mich ins Bett, den Rücken an die Wand gelehnt. In dem Hochglanzblatt gab es Klatschgeschichten von den Schönen und Reichen und auf der Gesundheitsseite stachen fünf Punkte hervor, die hundertprozentig zur Vermeidung einer Sommergrippe beitrugen. Diese Informationen interessierten mich nicht wirklich.

Unvermittelt sprang nun Tamara auf und ging zu dem Schrank, aus dem sie eine große blaue Plastiktüte hervorzerrte.

»Ich habe eine schöne Jeans für dich. Willst du sie kaufen? Du kannst auch zwei haben. Die sind gar nicht teuer.« Tamara kramte in dem Kunststoffsack herum und zog eine verschlissene Levis heraus. Mir wäre sie drei Nummern zu klein gewesen, doch der zarten Anbieterin hätten sie ohne Weiteres gepasst. Offenbar hatte sie diese Sachen aus einem Altkleider-Container.

»Tut mir leid«, sagte ich vorsichtig. »Hab einfach kein Geld.« Sorgsam war ich darauf bedacht, keinen Unfrieden zwischen uns aufkommen zu lassen.

»Schade«, erwiderte Tamara. Ihre Stimme klang enttäuscht. Sie stopfte die Hose wieder zu den anderen Kleidungsstücken und wuchtete die Tüte in den Schrank zurück. Ich entdeckte keinen Schlüssel, mit dem sie ihn hätte abschließen können. Bevor sie sich wieder zu Jochen legte, stellte sie das kleine Radio auf dem Fensterbrett an. Sie entschied sich für einen Sender mit deutschen Schlagern. Ich kannte sie alle. Die Touristen aus Paderborn, Böblingen oder Dreieich konnten am Strand von Marbella nicht auf diese Liedchen verzichten. Herz und Schmerz musste dabei sein, wenn es in die Ferne ging. Sobald ich sie vernahm, suchte ich das Weite. In meiner jetzigen Situation war das nicht möglich. Ernsthaft begann ich mir Gedanken darüber zu machen, wie ich die kommende Nacht überstehen sollte.

Bevor ich mich in etwas hineinsteigerte, schien es mir sinnvoller, noch einmal nach draußen zu gehen. An der Pförtnerkabine hatte ich gelesen, dass das Eingangstor erst um Mitternacht geschlossen werde. Bis dahin hatte ich noch zwei Stunden Zeit.

Ich zog meine Hose und ein frisches blau-weiß gestreiftes T-Shirt an.

»Bis später«, verabschiedete ich mich von dem jungen Liebespaar.

»Wir sind dann nicht mehr hier«, sagte Jochen. »Tamara wird bei mir übernachten.«

Das schien nun auch geklärt zu sein. Die Dinge entwickelten sich hier schnell. Für mich aber war wichtiger, dass ich das Zimmer für mich allein haben würde. Die Aussicht stimmte mich fröhlich, wohl zum ersten Mal an diesem Tag. Gut gelaunt ging ich zum Ausgang. Jetzt entdeckte ich auch Getränke- und Zigarettenautomaten, die mir auf dem Hinweg nicht aufgefallen waren. Als ich dem Pförtner zunickte, konnte ich seine Gedanken lesen: »Jetzt sucht sie sich für die Nacht einen Freier.« Bislang konnte ich abends ausgehen, ohne dass sich jemand dabei etwas dachte. Mit dem Eintritt in dieses Haus hatte sich die Normalität meines bisherigen Lebens schlagartig geändert. Ich war nun eine Obdachlose, es gab keine Tarnjacke für mich. Du hast dennoch nichts zu befürchten, redete ich mir mutig zu.

Das Heim lag in unmittelbarer Nähe der Fußgängerzone. Viele Paare schlenderten in der lauen Sommernacht die Hauptstraße entlang. Keiner hatte es eilig, nach Hause zu kommen. Einige Geschäfte kannte ich noch von früher, andere waren behutsam modernisiert worden und hatten den Besitzer gewechselt, manche gemütliche Kneipe war einem Kaufhaus gewichen. Auch das »Hotel zum Ritter« stand noch, ein altes Bürgerhaus, das ich als Kind immer bewundert hatte. Mein Vater hatte mir mal erzählt, dass es von allen wütenden Soldaten in Heidelberg verschont geblieben sei, weil sie vor den religiösen Inschriften auf dem Giebel des Hauses Respekt hatten.

Die kleinen Gassen, die von der Hauptstraße abgingen, schienen noch völlig unberührt zu sein. Im Gegensatz zu den baulichen Veränderungen der spanischen Küste war die Zeit in Heidelbergs Altstadt stehen geblieben.

Während ich das neue Straßenpflaster betrachtete, sah ich etwas am Boden blinken. Ein Fünfmarkstück! Ich bückte mich, um die Münze aufzuheben. Ich konnte mich nicht erinnern, wann ich das letzte Mal Geld auf der Straße gefunden hatte. Entdeckte ich es, weil es mir so wichtig geworden war? Ich hatte immer Geld besessen, ihm aber nie eine übermäßige Bedeutung beigemessen. Nun war es anders. Ich begriff, dass mir dessen Besitz einen satten Magen ermöglichte. Hatte ich es bis jetzt auch verdrängt, nun meldete sich mein Magen kompromisslos. Ich hätte Tunfischsalat, Hamburger und Apfeltorte gleichzeitig verschlingen können. Wo konnte ich noch etwas zu essen bekommen? Dreißig Meter weiter hatte noch ein türkischer Imbiss geöffnet. Mein gefundenes Geld reichte für einen Döner. Beim Füllen der Teigtasche mit kräftig gewürzten Fleischstücken, Salat, Zwiebeln und einer knoblauchdurchtränkten Joghurtsoße zwinkerte mir der Verkäufer freundlich zu. Offensichtlich war er über meine Wahl begeistert. Mir tat es gut, von einem Menschen beachtet zu werden. Der Mann mit dem dichten Schnurrbart stellte sich bestimmt nicht vor, dass ich die Nacht in einem Obdachlosenheim verbringen würde.

Ich versuchte mir einzureden, ich sei eine Touristin, die sich Heidelberg bei Nacht anschauen wollte, besonders das hoch über dem Neckar thronende Schloss der einstigen Pfalzgrafen und Kurfürsten. Schon von der Fußgängerzone aus konnte man es erkennen, eindrucksvoll war »die schönste Ruine Deutschlands« erleuchtet. Ich hatte mir immer vorgestellt, dass Dornröschen hier in ihren hundertjährigen Schlaf gefallen war. Je näher ich dem Marktplatz mit seinen Cafés und Bars kam, umso turbulenter wurde das Straßenleben. Musiker spielten auf der Gitarre, Akrobaten führten einige Kunststücke vor. Auch diese Nomaden der Kunst werden später zu einer Unterkunft gehen, dachte ich. Aber vor allen Dingen konnten sie machen, was sie wollten.

Es war schon spät, ich musste zurück in die Plöck. Als ich im Wichernheim eintraf, saß ein anderer Mann an der Pforte, etwas jünger als sein Vorgänger, mit einer Haut, die so bleich war, als hätte sie nie das Tageslicht gesehen. Mit barschem Ton fragte er mich nach meinem Namen. Als er den Eintrag in dem Empfangsbuch entdeckte, durfte ich seine Loge passieren. Jetzt standen viele Leute in den Gängen herum, rauchten, grölten und verdunsteten irgendwelchen Fusel, den sie draußen getrunken hatten. Im Heim nämlich war der Besitz von Alkohol verboten. Die Menschen hier sahen genauso wie die Bettler aus, die vor Bahnhofsplätzen oder in bestimmten Parkecken zusammenhockten und sich volllaufen ließen. Die Haare der meisten waren verfilzt, die Kleidung verdreckt, die Fingernägel lang, mit schwarzen Rändern. Einige Gesichter waren vollkommen ausdruckslos, man konnte fast durch sie hindurchsehen. Sie schienen nichts mehr zu verlangen, als tief in die Flasche gucken zu dürfen. In der Enge der Flure versuchte ich mich durch sie hindurchzuschlängeln, darauf bedacht, möglichst mit keinem in Kontakt zu kommen. Plötzlich packte mich einer an meiner rechten Schulter.

»He, wer bist denn du?«, fragte mich eine rohe Stimme, die zu einem Mann gehörte, der die fünfzig mit Sicherheit noch nicht überschritten hatte. Ich wand mich aus seinem Griff und drehte mich zu dem Mann um.

»Das ist die Neue«, sagte eine Frau, die neben ihm stand. Ihre Augen schauten wach, nicht so matt wie die der anderen.

»Kommst du mit auf mein Zimmer?«, fragte der Draufgänger weiter, die Arme vor der Brust verschränkt.

Das war wirklich dreist! Glaubte der Mann tatsächlich, dass ich sein Angebot annehmen würde? Zudem hatte er ein angesplittertes Holzbein, wie ich nun feststellte, da er es offenherzig zur Schau stellte.

»Meine Kumpels sind alle okay.«

»Stimmt«, fügte ein anderer lallend hinzu, ein ausgemergelter und plattköpfiger Typ. »Wir sind zu viert auf der Bude.«

Ich fühlte mich, als wäre ich in einem Albtraum gelandet. Lange würde ich das nicht aushalten können.

»Ihr spinnt wohl!«, antwortete ich.

»Na, dann schlaf gut, Puppe. Und träume süß von mir.«

Aufdringliche Männer waren mir schon immer ein Gräuel gewesen. Aber was konnte ich ihnen in dieser Umgebung entgegensetzen? Hier galten andere Regeln als die, die ich gelernt hatte. Die Gepflogenheiten unter Obdachlosen waren mir nicht vertraut.

Verunsichert machte ich mich auf, um in mein Zimmer zu gelangen. Mein gesamter Körper fühlte sich bleischwer an. Ich hörte, wie mir jemand nachlief. Es war die Frau mit den lebendigen Augen und den grauen Strähnen im Haar.

»Warte. Ich heiße übrigens Lilly«, sagte sie. »Und du?«

»Christiane«, erwiderte ich.

»Mach dir nichts draus. Du gewöhnst dich noch daran. Übrigens: Frühstück gibt es hier von halb acht bis neun. Der Speiseraum ist da vorne rechts. Wenn du magst, halte ich einen Platz neben mir frei.«

»Danke, Lilly, das ist nett von dir. Ich werde kommen. Jetzt aber muss ich schlafen. Gute Nacht.« Ich war erleichtert, in diesem Chaos einen normalen Menschen getroffen zu haben.

3. Völlig verhext

Mein Zimmer für die Nacht war tatsächlich leer, nur noch ein leichter süßlicher Duft lag in der Luft. Auf dem Tisch stand ein Wecker. »Damit du nicht verschläfst«, stand mit linkischer Handschrift auf dem Zettel, den anscheinend Tamara danebengelegt hatte. Die Geste rührte mich, mit dieser Fürsorge hatte ich nicht gerechnet. Da man den Raum nicht abschließen konnte, klemmte ich einen Stuhl unter die Klinke. Besonders einbeinige Männer sollten ja nicht auf die Idee kommen, mir einen nächtlichen Besuch abzustatten. Nach dem Zähneputzen legte ich mich ins Bett. Endlich konnte ich mich entspannen und darüber nachdenken, wie das alles so weit hatte kommen können.

Heute Morgen war ich noch in Spanien. Als ich mich vor zwanzig Jahren dazu entschloss, Heidelberg für immer zu verlassen, wollte ich abenteuerfreudig einmal etwas völlig Neues erleben, in einem Land, das ich nicht kannte. Ich befand mich in einer rebellischen Aussteigerphase. Der Gedanke, wann und wie oft ich meine Verwandten oder Bekannten in Deutschland besuchen würde, lag in diesem Moment weit entfernt. Ich war zweiunddreißig Jahre alt und mein Leben sollte eine neue Richtung bekommen.

Kurz zuvor hatte ich meinen Mann verlassen und meinen Job verloren. Ich war Chefsekretärin in einem Autohaus und verteilte und koordinierte sämtliche anfallenden Schreibarbeiten. Eines Tages wurde ich mit einem Kreislaufkollaps ins Krankenhaus eingeliefert. Ich war total erschöpft, da ich sechs Monate lang kaum noch geschlafen hatte. Im Krankenhaus stellte man nicht nur psychosomatische Symptome fest. Ich hatte über Jahre hinweg ein

Präparat gegen schwere Migräne eingenommen. Damals wusste keiner, dass das Medikament süchtig machte. Vier Wochen lang machte ich einen körperlichen Entzug durch. Für meinen damaligen Mann war es unvorstellbar, dass seine Frau medikamentenabhängig war. Das kriegte er nicht in seinen Kopf hinein.

Viele Wochen wurde ich stationär behandelt. Am Ende des Krankenhausaufenthalts schickte mir mein Chef eine Kündigung, eine Sekretärin, die wegen einer Medikamentenabhängigkeit behandelt wurde, konnte er nicht gebrauchen. Da unterschied er sich in nichts von Klaus, meinem Mann. Ich hätte gegen die Kündigung angehen können, aber ich sah keinen Sinn darin. Immer hätte mich mein Chef misstrauisch betrachtet, ebenso die Kollegen. Diesen Blicken wollte ich mich nicht aussetzen. Ich nahm eine Stelle in der Universitätsverwaltung an, wieder als Sekretärin, sagte aber gleich, dass ich dies nur vorübergehend machen wollte.

Aus der gemeinsamen Wohnung mit Klaus zog ich aus. Er hatte mich seelisch im Stich gelassen. Ich nahm eine kleine Wohnung am anderen Ende der Stadt und versuchte mich als Single einzurichten, wollte allen Menschen aus dem Weg gehen, die mich abgelehnt hatten. Klaus schien froh zu sein, dass er seine äußere Fassade wieder wahren konnte. Für seine Umgebung lebte er endlich wieder in geordneten Verhältnissen, ohne störende oder verstörende Momente. Eben ein anständiges, bürgerliches Dasein.

Einige Monate später bekam ich einen Therapieplatz in einem Krankenhaus im Schwarzwald. Mein Zustand war extrem bedenklich. Ich konnte immer noch nicht schlafen und keine Minute ruhig in meinem Zimmer bleiben. Der Arzt meinte, ich würde nur noch kurze Zeit leben. Mein Lebenswille und meine körperliche Verfassung waren extrem geschwächt. Vielleicht wollte mich der Arzt in bester Absicht provozieren. Jedenfalls erklärte er mir nicht seine konkrete Diagnose. Seine Worte erschreckten mich jedoch zutiefst. In diesem Moment begriff ich, dass ich etwas ändern müsste. Verzweifelt flehte ich zu Gott, bat um seine Hilfe. Ich wollte leben! Eine Entscheidung, die ich bisher noch nie in dieser Intensität getroffen hatte. Einige Tage später machte ich eine tiefgreifende spirituelle Erfahrung, die meinem Leben eine innere Wendung gab.

Ich hatte mich aus meinem Körper gelöst und war ins All geschwebt. Mein Körper blieb dabei unverändert im Zimmer stehen. Die Luft war angenehm, erinnerte mich an kühle Zitronenlimonade. Die Erde unter mir wurde immer kleiner. Weiter und weiter schwebte ich, bis ich irgendwo im großen Ganzen des Kosmos landete, umgeben von strahlendem Licht und unermesslicher Liebe. Ich begegnete Gott und erkannte, dass ich selbst ein Teil dieses großen Ganzen war. Ich erlebte, dass die göttliche Liebe zu allem hinströmte, und jedes einzelne Wesen strahlte diese Liebe bedingungslos wieder zurück. Alles war eins. Nach einer Weile wurde ich sanft an der Schulter berührt. Ein Engel fragte mich, ob ich zu meinem Körper zurückkehren wolle. Ja, ich wollte! Ich hatte mich für mein Leben entschieden. Wenn ich das nicht getan hätte, wäre mein Körper wahrscheinlich auf der Erde tot umgefallen.

Sanft glitt ich zur Erde zurück und landete mit einem Ruck wieder in meinem Körper. In diesem Moment wusste ich, dass mein Schutzengel mich immer begleitete und dass ich in Liebe mit der gesamten Schöpfung verbunden war. Nach diesem Erlebnis konnte ich wieder schlafen, normal essen und mich auf eine Beschäftigung konzentrieren. Ich wurde wieder gesund. Der Arzt war davon überzeugt, dass ich eine innere Kraft für meine Heilung in Bewegung gesetzt hatte.

Kurz vor meinem dreiunddreißigsten Geburtstag dominierte nur noch ein Wunsch: Ich wollte meine Zelte in Heidelberg abbrechen. Immer wenn ich meine Möbel betrachtete, die ich mir nach meiner Trennung von Klaus gekauft hatte, dachte ich: Christiane, du bist verrückt, hier ist dein Zuhause, du hast jetzt einen Job, in dem die Kollegen dich mögen und Verständnis haben, dich sogar für länger behalten wollen. Und das alles willst du aufgeben? Doch die Bilder eines neuen Lebens in einer sonnigeren Welt ließen mich nicht mehr los. Eines Morgens wachte ich auf und wusste, ich würde nach Spanien gehen. Italien und Tunesien kannte ich von Urlaubsreisen her, aber Spanien war mir völlig fremd. Ich wusste nicht einmal, was »Guten Tag!« auf Spanisch hieß.

Ich hatte etwas gespartes Geld auf meinem Sparbuch. Dieses Geld verwendete ich für einen Spanischkurs. Gleich nach der Arbeit ging ich zu einem Spanischlehrer, der mir Einzelunterricht gab, jeden Wochentag drei Stunden, am Wochenende wiederholte ich das Gelernte, büffelte Vokabeln. Da ich nur eine Viertagewoche hatte, nahm ich an meinem freien Tag einige Trainingsstunden in Deutsch als Fremdsprache, um selber unterrichten zu können. Schließlich war ich so fit, dass mir eine Freundin einen Job in einer Sprachenschule in Valencia vermittelte. Eine Unterkunft fand sich dann auch bei einer Deutschen, die in der Nähe, in Cullera ein Haus besaß. Ich verabschiedete mich von meinen Kollegen, auch von meiner Schwester Martina, nicht aber von Klaus, verkaufte Tisch und Bett, verstaute in meinen Koffern etliche Bücher, die den Titel »Deutsch für Ausländer« trugen. Und meine Scheidungsurkunde.

In Spanien sprach mich keiner auf meine Vergangenheit an. Ich fühlte mich wie neugeboren. Immer mehr blühte ich auf, meine Haut wurde von Woche zu Woche schöner, mein Körper immer kräftiger, auch weil ich viel im Meer schwamm.

Die einzige düstere Wolke überschattete nur meinen Sprachkurs. Es kamen leider nicht genügend Leute, sodass ich mich nach einer neuen Stelle umschauen musste. Man sagte mir, in den Touristengebieten sei es besser, also zog ich hundertfünfzig Kilometer weiter südlich nach Benidorm. Ich sollte dort Kellner unterrichten: »Wünschen Sie noch etwas?«, »Wollen Sie Ihr Steak durch oder medium?«, »Selbstverständlich bringe ich Ihnen noch eine Karaffe Rotwein.« Keiner fragte mich nach einem Zeugnis. Damals waren viele Dinge einfacher. Ich verdiente gut, aber ich wusste, dass ich auf Dauer nicht Sprachlehrerin sein wollte. Um mich kreativ zu betätigen, entwarf ich Strickmode. Zuerst für mich selbst, später verkaufte ich sie an Touristen. Auf diese Weise lernte ich viele unterschiedliche Menschen kennen, die mir Mut machten und Anerkennung gaben. An der Küste wohnten auch viele Künstler, die wie ich eines Tages nach Spanien ausgewandert waren. Wir waren wie eine große Familie. Oft philosophierten wir bis zum Morgengrauen.

In dieser Zeit kamen auch meine heilerischen Fähigkeiten zum Vorschein. Angefangen hat es damit, dass sich die Menschen in meiner Umgebung besonders entspannt fühlten und sie meine Anwesenheit als heilsam empfanden. Manche wollten einfach nur meine Hand halten, weil sie spürten, dass davon gute Kräfte ausgingen. Immer mehr Menschen baten mich um Rat, wenn sie seelische Probleme hatten. Ich war erstaunt über die weisen Antworten, die aus mir hervorkamen, Erklärungen, die ich vorher selbst nicht kannte. Heute weiß ich, dass dies eine Ausdrucksform von Channeln ist, was übersetzt »Kanal für geistige Botschaften« bedeutet. Dieses mediale Talent wurde durch meine Gotteserfahrung im Krankenhaus freigesetzt.

Vier Jahre war ich bereits in Spanien. Dann lernte ich Bernd kennen und wir verliebten uns ineinander. Er lud mich ein, mit ihm nach Düsseldorf zu kommen. Jetzt wartete ein neues Abenteuer auf mich.

Nicht nur eine fremde Stadt und eine neue Liebe veränderten mein Leben. Auch beruflich gab es ungeahnt neue Wege. Neben meiner Tätigkeit als Sekretärin absolvierte ich eine dreijährige Atemausbildung, wurde Reiki-Meisterin und erlernte in den darauffolgenden zwei Jahren bei einem Arzt und Sufimeister das Basiswissen des geistigen Heilens und andere spirituelle Therapiemethoden. In diesen Ausbildungen konnte ich mein eigenes mediales Talent immer stärker entwickeln. In einem esoterischen

Buchladen gab man mir die Chance, öffentlich zu channeln. Damit wurde ich sehr erfolgreich.

Channeling und geistiges Heilen sind Fähigkeiten, die eng miteinander verbunden sind.

Beim Channeln konzentriere ich mich mit Hilfe meiner fünf Sinne auf meine innere Stimme. Nun entsteht so etwas wie eine energetische Telefonleitung, über die ich hellsichtig, hellhörig, hellfühlig und hellwissend Informationen aus geistigen Dimensionen empfange. Diese Dimensionen sind für jeden Menschen zugänglich. Man muss nur wissen, wie man die inneren Antennen richtig ausrichtet.

Beim Heilen geht es darum, Energien aus dem Kosmos hereinzubringen, die der andere Mensch für seine Regenerierung braucht. Eigentlich ganz einfach, wie beim Surfen im Internet. Wenn ich die richtigen Suchbegriffe eingebe, erhalte ich die entsprechenden Resultate. Geistiges Heilen ist keine Hexenkunst, wie so mancher glauben könnte, sondern eine Fertigkeit, die jeder erlernen kann.

Die Verbindung zwischen Atemtherapie, Heilen und Channeling ist eine optimale Ergänzung, um sich ganzheitlich zu regenerieren.

Die medialen Botschaften durch Channeling geben uns neue und interessante Impulse, wodurch wir die aktuellen Lebensthemen besser verstehen. Vielleicht führt nicht jeder Schritt, den uns Gott empfiehlt, sofort zum Ziel. Die steinigen Umwege sollen uns Menschen auch zu neuen Erfahrungen bringen, die den geistigen Horizont erweitern. Somit ist Channeling nicht immer zielorientiert einsetzbar, doch es hat eine nachhaltige Wirksamkeit.

All diese wichtigen Erkenntnisse habe ich in den zwölf Jahren meiner Düsseldorfer Ausbildungszeit gelernt und später auch an andere weitergegeben.

Als die Beziehung mit Bernd nach zwölf Jahren zerbrach, meldete sich meine Spanien-Sehnsucht wieder. Es war eine verlockende

Vorstellung, dort mit meinen neuen Fähigkeiten zu leben und zu arbeiten.

In Andalusien, so hatte ich gehört, waren die Menschen für Esoterik besonders aufgeschlossen. Schon allein durch die Kultur der Weissagungen der seit langem dort lebenden Zigeuner, der Gitanos. Ich überlegte, wie ich meinen Lebensunterhalt verdienen konnte. Zuerst bestand meine selbstständige Arbeit aus Lebensberatungen für Ausländer, die in Spanien ansässig waren. Dann begegnete ich einem spanischen Arzt, der mir in der nahe gelegenen Urbanisation eine freiberufliche Mitarbeit in seiner Praxis anbot. Dort führte ich energetische Heilsitzungen durch. Es sprach sich schnell herum, dass ich hellseherische Fähigkeiten hatte. Oft wusste ich Dinge über Menschen, die ich gar nicht wissen konnte. Beispielsweise fragte ich einen Patienten, ob er den Tod der Schwester schon seelisch verarbeitet hätte. Er war erstaunt, dass ich überhaupt wusste, dass seine Schwester tot war, und tatsächlich belastete ihn ihr Tod noch immer sehr. Durch meine Hellsichtigkeit konnte ich hinter die Kulissen schauen und meine Fragen so stellen, dass die Menschen zum Kern ihrer Problematik fanden. Ich half ihnen auf diese Weise, dass sie sich selbst besser verstanden und damit für die Heilenergie offener waren.

Einige Monate später bekam ich sogar im Vormittagsprogramm eines regionalen Fernsehsenders meine eigene Beratungsstunde. In dieser Sendung konnten die Zuschauer anrufen und fragen, ob es zum Beispiel eine gute Sache wäre, wenn sie sich ein Haus kaufen würden. Im Energiefeld des Anrufers vermochte ich dann hellsichtig abzulesen, ob sie mit ihrem Wunsch in Übereinstimmung waren. War dies nicht der Fall, sagte ich ihnen: »Ihr würdet euch bei einem Hauskauf fiel zu sehr stressen. Eure Angst ist zu groß. Denkt noch mal darüber nach, ob ihr das auch wirklich wollt.« Ich gab Mut, half dabei, Klarheit zu finden, machte aber keine konkreten Voraussagen für die Zukunft. Meine Fähigkeit bestand darin, dass ich die energetischen Schwingungen der Menschen erfassen konnte. Die Ausstrahlung einer Person war für mich wie ein Buch, in dem ich lesen konnte.

Die andalusischen Zigeuner weihten mich auch in ihre eigenen Heilkünste ein. Sie zeigten mir, wie ich störende Energiefelder aus dem Körper entfernen konnte. Durch sie konnte ich mein Wissen beträchtlich erweitern. Es fiel mir immer leichter, mit der göttlichen Kraft zu arbeiten und dabei auch meine ganz persönliche Form des Heilens zu entfalten.

Doch meine Erfolge bescherten mir nicht nur Freunde. Unbeabsichtigt war ich in den Bereich der ansässigen »Bruchas« eingedrungen, der spanischen Hexen. Sie wollten nicht, dass eine Fremde in ihrem Bereich arbeitete. Mit Argusaugen schauten sie jeden an, der versuchte, in ihre Domäne vorzudringen. Ich passte ihnen nicht, weil ich eine Ausländerin war und weil ich zu erfolgreich wurde.

Hinzu kam, dass eine mafiaähnliche Organisation mich auf ihre Seite ziehen wollte. Viele Menschen an der Küste arbeiteten mit diesen Organisationen zusammen. Dahinter standen dubiose Geschäfte. Zuerst lockten sie mich, wollten mich weiterempfehlen, mir zu noch mehr Anerkennung verhelfen. Aber ich wusste, für ihren Schutz müsste ich eines Tages Gegenleistungen erbringen. Ich wollte nicht von ihnen abhängig sein, möglicherweise in unehrenhafte Dinge verwickelt werden. Mit meiner Weigerung konnten sie natürlich nicht einverstanden sein, also versuchten sie mir das Leben schwer zu machen. Was ihnen auch gelang.

Im Laufe der Zeit brachte mir meine Weigerung viel Ärger ein. Ich wurde jetzt immer öfter gemobbt und gemieden. Als die Schwierigkeiten zunahmen, fühlte ich mich hilflos. In meiner Not erzählte ich meinem Freund Alvaro von meinen Erlebnissen. Er war Greenkeeper, das heißt, er pflegte die Grünflächen einiger Küstengolfplätze. »Du lebst gefährlich«, sagte er am Schluss meines Berichts, »mit der Mafia ist nicht zu spaßen. Das Beste ist, du suchst dir einen anderen Job.«

Da ich kaum noch Einnahmen hatte und mein Erspartes schon fast aufgebraucht war, freundete ich mich mit dieser Vorstellung an. Vielleicht, so dachte ich, würden sich die Gemüter nach einer Weile beruhigen, bis dahin könnte ich in einem Restaurant oder einer Boutique arbeiten.

Schließlich entdeckte ich in einem Nachbarort eine deutsche Bäckerei, die eine Aushilfskraft suchte. Es brachte mir richtig Spaß, hinter dem Tresen zu stehen und Rosinenschnecken oder Nusstorten zu verkaufen. Die deutschen Urlauber waren dankbar, dass sie nicht auf ihre vertrauten Kuchen zum Nachmittagskaffee verzichten mussten, zudem wurden sie in ihrer Muttersprache bedient.

Eines Morgens kam der Inhaber, Herr Schäfer, und gab mir siebzigtausend Peseten in die Hand, das waren circa tausend deutsche Mark. Ich sollte sie gut aufbewahren. Dieser Geldbetrag war ungewöhnlich hoch, ich vermutete, dass er nichts mit der Bäckerei zu tun hatte. Ohne weiter nachzufragen, steckte ich das Geld in einen Umschlag und verwahrte es sicher unterhalb der Kasseneinlage auf, wie es bei Sondereinnahmen üblich war. Am nächsten Tag stand der Bäcker mit Ehefrau und Schwiegereltern vor der Kasse. Mit empörten Augen fragten sie mich, wo denn die siebzigtausend Peseten geblieben seien. »Da, wo das Extrageld immer ist, am Boden der Kasse«, antwortete ich verwundert. Sie schoben die Belege weg, die unter dem Kassenboden lagen, und entdeckten das Geld. Barsch nahm der Bäcker es an sich. Eine Entschuldigung für die unausgesprochene Verdächtigung kam nicht über seine Lippen. Im Nachhinein hatte ich das Gefühl, sie wollten mich verdächtigen, mich verunsichern. Und so war es auch. Das passte genau in das Raster der Vorurteile mir gegenüber. Ich vermutete, dass der Bäcker von den anderen informiert worden war, dass ich nicht »mitspielte«. Nach vier Wochen in der Bäckerei stand ich wieder auf der Straße. Sie hatten keinen Bedarf mehr an meiner Anstellung in der Bäckerei.

Alvaro tröstete mich am Abend mit einem Essen in einem Restaurant in Puerto Banus, dem Jachthafen von Marbella. Wir saßen draußen, die Lichter an der Mole glitzerten wie ein kleines Feuerwerk. Es gab andalusische Fischpfanne. Vor dem Café Solo sagte er nachdenklich zu mir: »Im Moment hast du hier kaum Perspektiven. Geh zurück nach Deutschland. Die werden dich hier nicht in Ruhe lassen.« Im ersten Moment war ich entsetzt, wie konnte mein Freund mir so einen Rat geben? Andalusien war mein neues Zuhause geworden. Und die Stunden mit Alvaro? Sollte ich auf sie verzichten, nur weil es Probleme gab, für die ich nichts konnte? Aber er hatte Recht. Wie man die Sache auch betrachtete, es sah nicht gut für mich aus. Wo immer ich auch war, man würde mir das Leben zur Hölle machen.

Ich musste zurück nach Deutschland, wenn ich nicht weiteres Unglück heraufbeschwören wollte. In diesem Augenblick wusste ich, dass ich meine Reise zurück nach Heidelberg antreten würde. Alvaro redete noch eine Zeit lang weiter, ich hörte ihm kaum zu. Fast mechanisch schlug ich nach einem Moskito, der sich mit aller Bosheit Blut aus meinem Oberarm saugen wollte. Immer hatte ich daran geglaubt, dass man etwas aus sich machen konnte, auf eine ganz persönliche Art, egal, wie schlecht die Chancen standen. Spanien war wahrlich nicht immer eine Idylle gewesen.

»Soll ich dir beim Verkauf deiner Möbel helfen?« Alvaro warf mir einen fragenden Blick zu. Ich kam mir vor, als hätte man mich versehentlich auf einem falschen Platz abgesetzt. Schon zweimal hatte ich meine Einrichtung verkauft, das war freiwillig. Nun musste ich mich heftig bemühen, meine Gesichtsmuskeln zu beherrschen, um nicht laut zu schreien. Ich lehnte mich weit in meinem Stuhl zurück, um Distanz zu gewinnen, und fuhr mit meiner Hand durchs Haar. Ja, das Leben war schon ziemlich merkwürdig. Nie wusste man, wohin der Strudel einen trieb, da konnte man noch so viel planen. Ich nickte Alvaro zu, der wie ein Hurrikan zur Tür hereinstürmen konnte, fröhlich plappernd und bester Laune, eine Flasche Rotwein in der Hand, aber auch schwermütige Lieder zur Gitarre singen konnte, sich sanft wiegend im Rhythmus der Musik.

4. Ganz unten

Um kurz nach halb acht stand ich im Speisesaal. Ungefähr sechs lange Tische waren mit Brötchen, Brot, Butter, Wurst, Käse und Marmelade eingedeckt. Dazwischen standen silberne Thermoskannen mit Tee oder Kaffee. Oberflächlich betrachtet sah es gar nicht so schlimm aus, fast wie in einem Hotel, doch als ich mir die Menschen genauer ansah, krampfte sich mein Herz zusammen. Die meisten der zwanzig oder dreißig Menschen saßen tief über ihre Teller gebeugt, die Kleider verdreckt und zerschlissen, manche knochendürr, andere aufgedunsen. Viele schmatzten, rülpsten, gähnten oder schlürften aus ihren Bechern. Kaum einer sprach mit seinem Nachbarn. Die Männer waren in der Überzahl, darunter die älteren, aber ich entdeckte ebenso einige junge Frauen unter den Essenden. Immer wieder stand einer auf, schlurfte oder trottete zum Ausgang, wahrscheinlich um sich einen Platz zum Betteln zu suchen oder von Papierkorb zu Papierkorb zu stromern, Ausschau haltend nach etwas, das er versilbern könnte für einen Billigrotwein in einer Doppelliterpulle. Oder pflegte ich mit diesen Bildern nur meine eigenen Vorurteile?

An einem der hinteren Tische saß Lilly. Ihre grauen Strähnen hatte sie an diesem Morgen zu einem Pferdeschwanz zusammengebunden. Eingeschüchtert von der Umgebung setzte ich mich zu ihr.

»Na, alles klar?«, wollte sie von mir wissen. Ihre Stimme klang kratzig und rau, nach zu vielen Zigaretten, vielleicht auch Alkohol.

»Ich habe tief geschlafen«, sagte ich. »War wohl sehr erschöpft.«

»Bei mir gab es Zoff. Ich wohne mit vier Frauen in einer WG. Helene hat behauptet, jemand hätte ihr das Bier aus dem Kühlschrank geklaut. Alles, was Promille hat, ist hier verboten, aber keiner hält sich dran. Aus Wut hat sie die halbe Nacht laut den Fernseher laufen lassen. In dem Haus hier kann man mit der Zeit verrückt werden, wenn man es nicht schon vorher war.«

»Ist es wirklich so schlimm?«

»Noch schlimmer! Aber jetzt iss lieber mal was. Du kannst alles nehmen, was auf dem Tisch steht. Teller und Becher musst du dir aus dem Schrank holen. Steht übrigens hinter uns.«

Vorsichtig schaute ich zu den anderen Tischnachbarn rüber. Einige hatten sich mit beiden Ellbogen auf den Tisch gestützt und vertilgten Brotscheiben mit ihren braunen Zähnen und großen Zahnlücken. Einige ächzten hörbar dabei. Der Mann neben mir trug ein kurzärmeliges T-Shirt, an seinem Oberarm konnte ich eine dreifarbige Tätowierung ausmachen, eine Frau mit langer Haarpracht und nackten Brüsten. Mit einem Taschenmesser säuberte er sich die Fingernägel. Krampfhaft versuchte ich darüber hinwegzusehen. Ich schmierte mir ein Brötchen mit Butter und belegte es mit einigen Scheiben Gouda. Zögernd nahm ich mir noch ein zweites, entschied mich für Salami und wickelte es anschließend in eine Papierserviette. Verschämt schaute ich mich um, denn ich befürchtete, die anderen könnten denken, ich hätte kein Geld für ein Mittagessen – bis mir einfiel, dass ich schließlich nicht in dem Frühstücksraum einer Pension saß.

»Ich kann mir vorstellen, wie es dir geht«, sagte Lilly, die sich gerade mehrere Brote machte. »Als ich der Welt zeigen musste, dass ich nichts mehr hatte, wäre ich vor Scham fast gestorben. Aber mit der Zeit legt man sich ein dickes Fell zu.«

»Wie lange bist du schon hier?«, fragte ich.

»Fast fünf Jahre. Ich arbeite in der Waschküche. Da sortiere ich auch die Kleiderspenden, die gebracht werden. Die besten Sachen behalte ich für mich. Wenn du magst, suche ich für dich ein paar

Klamotten raus. Denn von dem Geld, was du hier bekommst, kannst du dir keine kaufen.«

Lilly ging davon aus, dass ich weiter im Heim bleiben würde. Ich wollte dagegen protestieren, doch ich tat es nicht. Sie hätte mir doch nicht geglaubt.

»Komm, wir geh'n noch in die Cafeteria, dort ist der Kaffee besser«, sagte Lilly unvermittelt. »Man muss ihn zwar selbst bezahlen, aber ich spendiere dir einen.«

Die Cafeteria lag am anderen Ende des verwinkelten Gebäudes. Wir setzten uns an einen freien Tisch, auf dem eine ausgeblichene Plastikdecke lag. Es roch nach abgestandenem Rauch.

»Kuchen gibt es hier auch. Nur keinen Alkohol. Aber angeblich überlegen sie, bald Bier und Wein auszuschenken. Die Leute trinken ja sowieso. Und im Haus könnte man das besser kontrollieren als draußen.«

»Du bist ja gut informiert«, sagte ich.

»Ich bin Sprecherin hier im Haus. Da muss ich zwischen der Heimleitung und den Bewohnern vermitteln und mich um die Neuankömmlinge kümmern. Also um Menschen wie dich.«

»Warum bist du eigentlich hier gelandet?«

»Mein Mann war eines Tages plötzlich verschwunden und tauchte nicht wieder auf. Ich saß auf einem Haufen Schulden und fing mit dem Trinken an. Damit begann der Teufelskreis. Mir wurde bei der Arbeit gekündigt und kurz danach verlor ich auch die Wohnung. Die Straße lag da nicht mehr fern.«

»Du hast draußen übernachtet?«

»Im Sommer ging das noch gut. Im Winter war es schon schwieriger. Manchmal übernachtete ich in diesen städtischen Containern, doch da war es mir oft zu blöd. Als ich mir einmal fast die Zehen brach, weil ich über eine liegen gebliebene Bierdose im Gang stolperte, hatte ich die Nase voll. Ich ging hierher, in die Plöck. Na ja, nun mache ich eine Resozialisierung. Aber jetzt muss ich gehen, die Arbeit ruft.«

Rasch stand Lilly auf. Sie war jünger als ich, vielleicht Mitte vierzig, eine dicke Schicht Mascara auf ihren Wimpern.

»Und vergiss nicht, die Sozialarbeiterin aufzusuchen.« Bei diesen Worten war sie fast schon aus der Tür.

Ich blieb noch ein paar Minuten. Es war noch etwas Zeit bis zu meinem Termin mit der Sozialarbeiterin. Es gibt nicht nur verwahrloste Menschen in diesem Heim, dachte ich. Jemand wie Lilly hatte einen Schicksalsschlag erlitten und war anschließend nicht mehr auf die eigenen Beine gekommen. Fünf Jahre war sie nun schon hier und schien immer noch gut drauf zu sein. Aber ich? Ich konnte mir nicht vorstellen, meinen Lebensabend in einem Obdachlosenheim zu verbringen. Da könnte man mich gleich bei lebendigem Leibe begraben. Es musste doch einen Weg geben, um in Heidelberg Fuß zu fassen, aus eigener Kraft. Gedankenverloren saß ich vor meiner Tasse. Aus den Augenwinkeln registrierte ich eine unendlich langsam scheinende Bewegung. Ein jüngerer Mann ließ zwischen Daumen und Zeigefinger den Kronkorken einer Bierflasche zischen, ehe er sie für einen tiefen Schluck an die Lippen hob und sie schließlich an mich weiterreichte. Es war noch nicht einmal neun Uhr.

»Ich bin der Leo«, sagte er. Die Haare hingen ihm ins Gesicht, im Nacken kräuselten sie sich. »Du musst neu sein.«

»Genau«, erwiderte ich und stand ruckartig auf, zu verwirrt, um mich weiter auf ihn einzulassen. Schleunigst machte ich mich auf, um das Büro von Hildegard Stahl zu suchen, der Sozialarbeiterin, die man mir zugewiesen hatte. Das Büro befand sich im zweiten Stock.

Beim Eintreten strich mir ein frischer Morgenwind übers Gesicht. Weit waren die Fenster geöffnet, die Vögel zwitscherten um die Wette. Bald würde die Sommerhitze die Stadt unter eine Käseglocke setzen. Ich kannte das von früher, als wir Kinder hitzefrei bekamen und so schnell wie möglich ins Schwimmbad sausten. Hinter dem hellbraunen Schreibtisch saß eine Frau Anfang fünfzig, die braunen Haare kurz geschnitten, fast männlich. Sie sah nicht aus, als hätte sie Sinn für Humor. Hinter ihr an der Wand hing ein Plakat, Kamele stolzierten durch die Wüste. Vielleicht wollte sie damit auf andere Gedanken kommen, wenn sie genug von ihrem ernsten Job hatte.

Ich sollte Platz nehmen. Sie runzelte die Stirn und begann Fragen an mich zu richten. Ich erzählte ihr von Spanien, dass ich gern an der Costa del Sol geblieben wäre, auch von meiner Schwester und ihrer Weigerung, mir zu helfen.

»Leben Ihre Eltern noch?«

»Meine Mutter starb, als ich fünf Jahre alt war«, sagte ich. »Mein Vater starb einige Jahre nach dem Tod meiner Mutter. Er hat sich umgebracht.«

»Wer kümmerte sich dann um Sie?«

»Der Bruder meines Vaters und seine Frau. Mein Onkel wurde der Vormund von Martina und mir.«

»Und warum will Ihre Schwester Sie nicht bei sich aufnehmen?«

»Vielleicht hängt es damit zusammen, dass sie von meinem Onkel missbraucht wurde. Als ich das herausfand, zeigte ich ihn beim Vormundschaftsgericht an. Martina war deswegen beleidigt, weil ich angeblich die Familie zerstört hatte.«

Schlagartig bedrängte mich meine ganze Vergangenheit, meine Augen schwammen in Tränen. Ich spürte keinen Groll, aber es tat sehr weh.

»Ich kann mit Ihnen fühlen«, sagte die Sozialarbeiterin und reichte mir ein Taschentuch. »Sie haben schon viel durchgemacht. Und nun sind Sie hier, an der untersten Stufe unserer Gesellschaft. Tiefer geht es nicht mehr.«

»Ich werde es schaffen«, antwortete ich. »Das ist doch bloß eine vorübergehende Krise. Mein Leben bekomme ich wieder in den Griff.«

»Aber Sie kommen von der Straße.«

»Doch nur die letzte Nacht. Ich bin doch nicht asozial. Ich will auf Dauer keine Stütze oder was weiß ich, ich will mich nicht hängen lassen.«

»Aber wie soll Ihnen der Absprung gelingen, wenn Sie keinen

finanziellen Rückhalt haben? Eine Arbeit als Sekretärin werden Sie kaum finden. Oder haben Sie Computerkenntnisse? Und mit Ihren dreiundfünfzig Jahren sind Sie kaum vermittelbar.«

Völlig durcheinander schaute ich Frau Stahl an. So nüchtern hatte ich meine Lage bislang nicht betrachtet. Immer noch ging ich davon aus, dass ich in einem bösen Traum war, der im nächsten Augenblick vorbei wäre, zerplatzen würde wie eine Seifenblase.

»Kann ich nicht vorübergehend vom Sozialamt einen Zuschuss für eine Wohnung erhalten? Ich werde eine Arbeit finden. Ganz sicher. Auch ohne Computerkenntnisse. Ich zahle alles zurück. Bislang habe ich immer etwas gefunden.«

»Hätten Sie einen festen Wohnsitz, dann würden Sie Wohnungsbeihilfe bekommen. Aber Sie sind obdachlos, begreifen Sie das doch!«

Die Worte der Sozialarbeiterin brachten mich völlig aus dem Gleichgewicht. Langsam drang es zu mir durch. Meine Lebensumstände hatten sich von einem Tag auf den anderen geändert. Vorgestern hatte ich noch vor der Finca von Alvaro gesessen, die oben in den Bergen lag. Das Mittelmeer war in der dunklen Nacht nur zu erahnen, ein sanfter Wind strich um meine Beine. Wir schauten auf die letzten sichtbaren Farbtupfer, bis es fast finster war. Alvaro machte mir Mut, fragte nach meinen früheren Freunden in Heidelberg, sagte, dass es doch toll sei, sie wiederzusehen, und nahm meine Hände in die seinen. Ich wurde immer optimistischer, etwas in meiner Geburtsstadt zu erreichen, ein neues Zuhause zu finden. Am liebsten hätte ich ihn mitgenommen, aber seine Welt war nicht die Residenz- und Universitätsstadt Heidelberg.

Nun schien es, als müsste ich sämtliche Hoffnungen fallen lassen. Es zählte nicht, was ich bisher im Leben geleistet hatte. Stattdessen wurde ich daran gemessen, was ich im Moment nicht hatte: Geld, um mir eine Existenz aufzubauen. Dass ich keine Schulden hatte, spielte dabei keine Rolle. Ich war nichts mehr, eine Ertrinkende, die froh sein konnte, als letzte Rettung das Obdachlosenheim zu haben.

»Was kann ich denn machen?«, fragte ich leise.

»Gehen Sie morgen früh zum Sozialamt. Es muss Ihren Aufenthalt im Heim genehmigen. Sobald das geschehen ist, können Sie sich für eine Resozialisierung entscheiden. Sie bekommen dann auch ein eigenes Zimmer in einer Frauenwohngemeinschaft zugewiesen.«

»Und wie sieht eine Resozialisierung aus?«

»Eigentlich ist diese Maßnahme eine Arbeitstherapie. Man lernt, wieder regelmäßig einer Beschäftigung nachzugehen. Dafür erhält man am Tag fünf Mark. Voraussetzung ist, dass Sie im Heim bleiben.«

Meine Niederlage wurde immer klarer. Ich war auf dem Abstellgleis des Lebens gelandet. Bis vor kurzem stand ich noch mitten in einem normalen Alltag, hatte Termine mit meinen Klienten, konnte meine Miete und mein Essen selbst bezahlen. Und plötzlich war ich ein Niemand, eine amtlich registrierte Nummer ohne jegliche Bedeutung. Ich fühlte mich wie ein Tier, das in eine Falle geraten war. Manche wollten vielleicht eingefangen werden, ich nicht.

»In der WG können Sie selber kochen, Sie müssen nicht in den allgemeinen Speisesaal«, fuhr die Sozialarbeiterin fort. »Das ist ein großer Vorteil. Und Sie erhalten zu Ihrem Tagesgeld fünfzig Mark wöchentlich für Essen und andere Dinge, die Sie benötigen. Der Pförtner wird Ihnen die Kleiderkammer zeigen, in der Sie sich etwas aussuchen können. Zusätzlich bekommen Sie jeden Monat hundertfünfzig Mark Taschengeld und einmal jährlich Kleidergeld. Insgesamt verfügen Sie über dreihundertfünfzig Mark monatlich, das Wohnen ist unentgeltlich.«

Mit diesen Informationen war mein zukünftiges Leben genauestens abgesteckt.

»Klingt vernünftig«, sagte ich mühsam, doch ich fühlte, wie sich mein Körper zu sträuben begann gegen diese offensichtlich passable Lösung. Das Heim wollte mich schlucken, mit meiner gesamten Person. Von individuellen Wünschen und Vorstellungen war keine Rede mehr. In diesem Reich der Armen gab es keinen Kontakt mehr mit der gewöhnlichen Welt. Ja, man war versorgt, bis zum Tod. Aber es blieb einem auch nichts anderes übrig, als letztlich nur auf diesen zu warten. Meine Person war im Prinzip nichts mehr wert, dachte ich, so überflüssig wie ein Hautlappen. Wie sollte ich das aushalten? Immer hatte ich über mich bestimmt. Sogar damals im Krankenhaus hatte ich mir selbst wieder Leben eingehaucht.

»Sind Sie bereit, zur Arbeitstherapie zu gehen?« Die direkten Worte von Hildegard Stahl rissen mich aus meinen Überlegungen.

»Mir bleibt nichts anderes übrig«, antwortete ich.

Welche Wahl hatte ich auch schon? Ich wollte nicht mit vier Frauen in einem Zimmer leben. Auf der Straße erst recht nicht.

»Es wird eine Woche dauern, bis das Sozialamt Ihren Antrag bearbeitet hat. Nutzen Sie diese Zeit, um sich im Heim einzuleben.«

Das Gespräch war beendet, mein weiteres Schicksal besiegelt. Wie benommen ging ich nach draußen, Richtung Fußgängerzone und Neckar. So ähnlich musste man sich fühlen, wenn man ins Gefängnis eingewiesen wurde. Nur war mein Aufenthalt hier »freiwillig«. Überhaupt würde ich meine Maßstäbe hinsichtlich meines Freiheitsbedürfnisses ändern müssen. Da gab es keinen Zweifel. Auch war es kein Trost, dass es anderen Menschen auch nicht besser ging als mir, oftmals sogar schlechter.

Frauen mit schweren Einkaufstüten zogen an mir vorbei, ohne nach links oder rechts zu gucken. Genervt schauten sie auf, wenn ihnen ein kleines Kind oder ein Hund den Weg versperrte. Voller Neid blickte ich ihnen nach. Bald würden sie ihre Einkäufe auf dem Küchentisch auspacken, Essen für die Familie zubereiten, auf ihrem Herd, in ihrer Küche, in ihrer Wohnung. Ich war in keine Familie integriert, nur in einem Heim für Wohnungslose, mit einer kleinen Chance auf Resozialisierung.

Wie eine gebrochene Frau schlich ich durch die Straßen. Am Neckar angekommen, setzte ich mich auf eine Parkbank. Im daneben stehenden Mülleimer steckte eine zusammengefaltete Tageszeitung. Ich fischte sie heraus und suchte nach dem Teil mit den Stellenanzeigen. Nichts konnte ich entdecken, worauf ich mich hätte melden können. Ich fühlte mich wie eine Eiskugel, die in der Sonne langsam zerfloss. Wenn es so weiterging, würde ich allmählich meine Form verlieren. Die Wirklichkeit lähmte meinen Tatendrang. Eine greifbare Alternative zum Obdachlosenheim konnte ich nicht mehr erkennen. Ich wusste nicht, wie ich zu neuen Ufern aufbrechen sollte. Andere Menschen würden von nun an über mich verfügen, mir Lebensrationen zuteilen. Und das in meiner eigenen Heimatstadt.

Sollte ich in den Neckar gehen und mit allem Schluss machen? Dann hätte ich keine Probleme mehr, müsste nicht mehr kämpfen. Das war aber auch kein Heilmittel, so schnell wollte ich mich nicht geschlagen geben. Kleine Schaumflecken krönten die Flusswellen, Boote tuckerten an mir vorbei. Sie kamen voran, dachte ich, langsam, aber irgendwann würden sie ihr Ziel erreichen. Warum nicht auch ich? Plötzlich merkte ich, dass ich Hunger hatte. Mein eingepacktes Brötchen vom Frühstück fiel mir ein, ich holte es aus meiner Handtasche hervor. Die Salami schwitzte ein wenig in der Hitze, schmeckte aber ziemlich gut. Auch diese kleinen Freuden des Lebens hatten mir immer viel bedeutet.

Unaufhaltsam floss der silbergraue Neckar in seinem Bett dahin. »Ich darf nur nicht den Boden unter meinen Füßen verlieren!«, sprach ich zu mir selbst. Mein Leben war nie einfach, auch diesmal würde ich mich aus meinem Sumpf befreien können. Ich erinnerte mich an meine Kindheit und an meine Mutter, an eine Zeit, in der ich einmal nicht sicher war, ob ich am nächsten Tag noch erwachen wollte. Lange hatte ich nicht mehr daran gedacht, erst die Sozialarbeiterin hatte in mir diese tief verbuddelten Erlebnisse geweckt.

Meine Mutter starb, als ich fünf Jahre alt war, Martina war drei. Nie habe ich sie traurig gesehen, immer wirbelte sie durch unsere Wohnung, erzählte uns Abenteuer und Märchen, als hätte sie diese selber erlebt. Wenn wir unter unserer Bettdecke vor Angst zu zittern begannen, lachte sie und dachte sich schell ein fröhliches Ende aus. Ihre dunkelbraunen langen Haare hatte sie kunstvoll hochgesteckt und mit einer Samtschleife oder Glitzerspange festgehalten, ihre Augen und Lippen waren stets geschminkt, selbst wenn sie nur zum Einkaufen ging. Für mich war meine Mutter eine wunderschöne Dame, gegen keine andere hätte ich sie tauschen mögen. Morgens, wenn sie das Badezimmer verließ, schlüpfte ich durch die Tür, um die Gerüche von Haarspray und Parfüm tief einzuatmen. Ich liebte sie über alles.

Eines Tages musste sie ganz plötzlich ins Krankenhaus. Sie sei sehr krank, sagte mein Vater. Einmal nahm er Martina und mich ins Hospital mit. Als er die Tür zu ihrem Krankenzimmer öffnete, sahen wir meine Mutter daliegen, ganz bleich sah sie aus. So hatte ich sie noch nie gesehen. Kein Lächeln konnte ich in ihrem Gesicht entdecken, die langen Haare waren wild auf dem Kopfkissen verteilt. Ich schrie auf und wollte zu ihr, sie anfassen, ich durfte aber nicht, mein Vater hielt mich fest. Es tat richtig weh. Martina und ich durften meiner Mutter nur zuwinken, von der Tür aus. Das war das letzte Mal, dass ich sie sah.

»Wo ist die Mami?«, fragte ich jeden Tag meinen Vater.

»Im Krankenhaus«, antwortete er.

»Das stimmt nicht. Die Mami ist tot.«

Mein Vater antwortete darauf nie. Er ging meist verlegen in ein anderes Zimmer. Es dauerte lange, bis er sagen konnte, dass die Mami jetzt auf dem Friedhof liegen würde. Ich weiß noch, wie ich das erste Mal an ihrem Grab stand. Es war mit Sand aufgeschüttet und darauf lagen viele Blumen, einige davon bereits verwelkt.

Darunter sollte meine schöne Mama liegen? Ich vermisste sie sehr, so sehr, dass ich kaum schlafen konnte, nichts essen wollte. Ich wollte zu meiner Mutter in den Himmel, ein Leben ohne sie konnte ich mir nicht vorstellen. Meine Augen wurden immer trüber, ich wurde von Woche zu Woche dünner und hohlwangiger. Dann aber dachte ich, es sei besser, wenn ich meiner Mama alles erzählen würde, was ich so erlebte. Martina war noch so klein, sie verstand das alles noch viel weniger und war eher beleidigt, dass unsere Mutter von uns gegangen war. Sie war zufrieden, wenn unser Vater uns abends beim Zubettgehen vorlas.

Von nun an besuchten wir die Mama jeden Sonntag. Wir blieben zwei oder drei Stunden. Der Friedhof wurde für uns zu einer Art Wohnzimmer. Martina und ich spielten vor ihrem Grab, mein Vater saß auf einer Bank und las ein Buch oder die Sonntagszeitung. Manchmal erzählte er uns auch Geschichten von einer Familie mit zwei Töchtern. Sie endeten immer damit, dass eine gute Mutter vom Himmel auf ihre Töchter schaute. Wir begriffen, dass es unsere eigene Geschichte war.

Immer öfter begann ich mich mit meiner Mutter zu unterhalten. Später, als Schülerin, ging ich oft nach dem Mittagessen auf den Friedhof. Ich nahm meine Schularbeiten mit und setzte mich auf die Bank, um sie dort zu erledigen. Ich erklärte meiner Mutter genau, was wir alles in der Klasse durchnahmen und welche Aufgaben ich machen musste. Ich berichtete ihr von meinem Kummer mit der Großmutter, die bei uns den Haushalt führte und mich viel strenger als Martina behandelte. Meine Mutter hörte geduldig zu, anschließend fühlte ich mich getröstet. Es war so, als wenn sie mich in den Arm genommen hätte. Sie verstand mich und liebte mich bedingungslos. Zum Abschied strich ich mit meinen Fingern über die Blumen oder die Erde, im Winter über die weiße Schneedecke.

Als wir älter wurden, kam unsere Großmutter seltener, nur noch manchmal blieb sie über Nacht, wenn mein Vater einen auswärtigen Termin hatte und nicht nach Hause kommen konnte.

Abends bereitete er für uns das Mittagessen vor, das wir nach der Schule nur noch aufwärmen mussten. Ich hatte auch ein Kinderbügeleisen, mit dem ich die großen Taschentücher meines Vaters glättete. Stolz war ich, wenn ich sie ordentlich zusammengefaltet hatte. Die sonstigen Arbeiten wurden von einer Haushaltshilfe erledigt. Martina und ich waren viel allein. In dem pharmazeutischen Unternehmen, in dem mein Vater arbeitete, hatte er viel zu tun.

Als ich neun Jahre alt war, hatte ich nachts oft Albträume. Schweißgebadet und laut schreiend wachte ich auf. Mein Vater lief herbei, und wenn ich ihm erzählte, was ich geträumt hatte, wurde er wütend. Denn ich sah in meinen Träumen oft, dass mein Vater meiner Mutter etwas antat. Manchmal hielt er mir sogar gewaltsam den Mund zu, damit er meine Anschuldigungen nicht mehr hören musste. Einmal biss ich so fest in seine Hand, dass er heftig blutete.

Martina und ich lebten in zwei verschiedenen Welten, es gab so wenig, was uns verband. Immer wollte sie mit mir konkurrieren. Da sie in der Schule besser in Deutsch und Rechnen war, ich dagegen in den musischen Fächern, wollte sie unserem Vater klarmachen, dass ihre Fächer mehr wert seien, sie also eine höhere Belohnung für ihre Noten bekommen müsste als ich. Zum Glück ließ er sich nicht darauf ein.

Ganz schrecklich war der Tag, an dem sich mein Vater das Leben nahm.

Ich war damals zwölf Jahre alt. An einem frühen Herbstmorgen weckte mich meine Großmutter, aufgeregt bat sie mich, zu einer Nachbarin zu laufen, die ein Telefon hatte. Der Arzt solle dringend kommen. Der konnte nur noch den Tod diagnostizieren. Mein Vater war um fünf Uhr im Morgengrauen gestorben, ich schlief im Nebenzimmer, direkt an der Wand, wo das Bett meines Vaters stand. Er hatte meine Großmutter geholt, weil er zwei Tage nach Hamburg musste. Jeder dachte, dass mein Vater weg war. Er muss spät in der Nacht heimgekommen sein, wissend, dass seine

Kinder nicht allein waren. Dann trank er ein Glas mit hochgiftigen Pflanzenschutzmitteln und legte sich ins Bett. Nichts hatte er hinterlassen, kein Wort an meine Schwester oder mich.

Es dauerte Wochen, bis ich mich von dem ersten Schock erholt hatte. Meine Großmutter schickte mich auf einen Bauernhof zu Freunden. Ich sollte auf andere Gedanken kommen. Als ich einigermaßen wieder im Gleichgewicht war, packte ich meine Sachen und kehrte zurück. Meine Mitschüler umarmten mich, steckten mir Bonbons zu und luden mich zu sich nach Hause ein. Sobald aber in den Gesprächen das Wort »Eltern« fiel, versteinerte sich meine Miene.

Nach einiger Zeit zogen Martina und ich zu meiner Großmutter, sie wollte nicht mehr zwei Haushalte führen, außerdem sparte sie dadurch Geld. Das Leben bei ihr war unerträglich. War sie vorher streng zu mir, so behandelte sie mich nun fast wie Aschenputtel, nicht einmal die Eltern meiner Mutter durfte ich besuchen. Martina wollte seltsamerweise nie zu ihnen. Sie war angepasster als ich, erkannte, dass es besser war, nichts zu wollen, was die Großmutter nicht guthieß. Das garantierte ihr Vorteile. Meine Großmutter war eine »Spielerin«, sie spielte nicht nur leidenschaftlich mit unserer kleinen Waisenrente Lotto, sie mochte auch Brettspiele. Natürlich nur, wenn sie dabei auch gewann. Jeden Abend spielte Martina mit meiner Großmutter Halma. Dabei schaffte sie es, die Großmutter so lange in Atem zu halten, bis diese mit dem allerletzten Zug gewann. Das war das berechnende Spiel von Martina. Wenn die Großmutter scheinbar gewonnen hatte, ging es ihr gut. Davon profitierte Martina, und genau das war ihr Ziel.

Ich war ganz anders. Ich rebellierte gegen die Ungerechtigkeiten, wollte keine Halmaspiele, die nur dazu dienten, dass die Großmutter ihre Befriedigung hatte. Lieber kochte ich und spülte alleine das Abendgeschirr, als bei diesen unehrlichen Spielen mitzueifern. Manchmal fragte ich meine Schwester, warum sie sich zu diesem Theater hinreißen ließ. Sie zuckte nur mit den Achseln.

Das machte mich erst recht wütend. Ich verstand nicht, warum es diese spürbare Kluft zwischen mir und meiner Schwester gab.

Da die Waisenrente nicht sehr hoch war, mussten wir in alten Kleidern herumlaufen, die mehrmals gestopft wurden. Pullis, Hosen, Röcke waren oft eine Nummer zu klein, weil wir zu schnell aus den Sachen herauswuchsen, die Schuhe drückten schrecklich, sie waren zu eng.

Martina wurde von meiner Großmutter bevorzugt, das war nicht zu übersehen. Während sie draußen mit ihren Freundinnen spielen durfte, musste ich im Haushalt helfen. Wenn ich Staub gewischt hatte, fuhr meine Großmutter mit dem Finger über die Möbel oder die Zimmerleisten, um mir unter die Nase zu halten, dass ich diese Ecke oder jenen Tisch vergessen hätte. Wenn die Fenster geputzt waren und das Geschirr gespült, fiel ihr ein, dass ich noch Strümpfe oder Unterwäsche stopfen musste. Die Arbeiten nahmen niemals ein Ende. Und solange es etwas zu tun gab, durfte ich nicht spielen gehen.

Ganz offensichtlich sollte ich auch keine guten Schulnoten im Zeugnis mit heimbringen. Als ich eines Tages eine Zwei in Französisch hatte, gab es einen riesigen Aufstand. »Das geht nicht«, schrie die Großmutter. Sie wollte auf keinen Fall, dass ich durch gute Noten in der Schule angesehen war. Ich sollte in jedem Fall meine Aschenputtelrolle beibehalten, nicht nur im Haushalt, sondern überall. Ihre Abneigung mir gegenüber war grenzenlos. Am nächsten Tag war sie beim Schuldirektor und verlangte, dass man aus meiner Zwei eine Drei machte. Natürlich konnte der Direktor keine Noten ändern, aber ganz sicher war, dass ich niemals mehr gute Noten im Zeugnis stehen hatte. Oft fand ich auch keine Zeit, meine Hausaufgaben zu machen. Ich musste die Aufgaben morgens vor Unterrichtsbeginn bei einer Schulfreundin abschreiben. Von meinen Klassenkameraden wurde ich mitleidig belächelt, wenn ich das Klassenziel mal wieder gerade so geschafft hatte. An meinem vierzehnten Geburtstag schenkte mir meine Großmutter einen Rock, einen Pullover und schöne Wäsche. Am Abend nahm sie mir alles wieder weg und verschloss die Geschenke im Schrank.

»Wieso machst du das?«, fragte ich meine Großmutter. »Die Sachen gehören doch mir.« »Erst musst du die alten Kleider auftragen«, antwortete sie, »dann bekommst du die neuen.« Ein halbes Jahr später hatte Martina Geburtstag. Auf ihrem Gabentisch lagen der Rock, der Pullover und die schöne Wäsche – meine eigenen Sachen. Ich konnte es nicht fassen. Stumm verließ ich das Zimmer.

An das Grab meiner Mutter konnte ich nur noch selten gehen, zu weit lag es von der Wohnung meiner Großmutter entfernt. Besuchte ich sie und blieb zu lang weg, wurde ich bestraft und bekam Hausarrest.

Eines Tages konnte ich nicht mehr. Ich wollte weglaufen oder sterben. Nie mehr wollte ich in dem Zimmer aufwachen, das ich mit meiner Großmutter teilte, während meine Schwester ein eigenes hatte und bis spät abends lesen oder Musik hören konnte. In einer Pillendose bewahrte meine Großmutter Schlaftabletten auf. Über Wochen hinweg nahm ich immer wieder eine heimlich heraus, anschließend legte ich die Dose wieder zurück in die Schublade ihres Nachtschränkchens. Als ich glaubte, genügend Tabletten beisammen zu haben, schluckte ich sie an einem Abend mit einem Glas Wasser herunter. Da ich am Morgen wie ein Stein im Bett lag, holte meine Großmutter einen Arzt. Als ich die Augen endlich öffnete, schickte er alle aus dem Zimmer. Tief und fest hatte ich geschlafen. Es waren nicht ausreichend Tabletten gewesen, um irgendwelchen Schaden zu hinterlassen, nicht einmal mein Magen musste ausgepumpt werden, nur viel Flüssigkeit sollte ich trinken. Nachdem ich einigermaßen wach geworden war, erzählte ich dem Arzt von den Schwierigkeiten mit meiner Großmutter. Er notierte sich alles und sagte beim Hinausgehen, dass ich keine Angst zu haben bräuchte, es würde sich bald etwas ändern.

Das Vormundschaftsgericht entschied, dass Martina und ich

zu meinem Onkel Jörg und seiner Frau Ruth sollten. Die beiden wohnten mit ihren Söhnen Markus und Rafael in einer großen Villa am Stadtrand. Direkt hinter dem Haus begann der Wald. In dem verwunschenen Garten gab es einen Springbrunnen mit wasserspeienden Fischen, umgeben von alten Rosenstöcken und vielen Steinbeeten. Ich fühlte mich wie in einem Paradies. Tante Ruth war sehr freundlich zu mir, sie sagte sogar, nun hätte sie auch eine große Tochter. Markus war ein Jahr jünger als ich, Rafael fast drei Jahre. Ihre Worte taten mir wohl. Sie kaufte uns bunte Stoffe und nähte daraus schöne Kleider. Und weil ich jetzt schon fünfzehn war, schenkte sie mir auch einen Nagellack und Lippenstift.

Noch immer durfte ich die Eltern meiner Mutter nicht besuchen. Keiner sagte mir, warum. Manchmal fuhr ich heimlich zu ihnen, sagte meiner Tante, dass ich zu einer Freundin zum Lernen müsste. Meine Großeltern freuten sich riesig über meine spontanen Stippvisiten. Sie schenkten mir Süßigkeiten, Geld, hin und wieder auch einen Rock, den ich im hinteren Teil des Schranks versteckte.

»Engelchen«, sagten sie zu mir, »du bist unser ein und alles.«

Sie klärten mich auch darüber auf, dass ich mit meinem sechzehnten Lebensjahr beim Vormundschaftsgericht ein Besuchsrecht beantragen könnte. Als ich dann so alt war, tat ich das auch, wohl wissend, dass ich zu Hause Probleme bekommen würde. Als Onkel Jörg den Bescheid in den Händen hielt, dass ich nun rechtmäßig meine Großeltern besuchen durfte, verfinsterte sich sein Gesicht. Ich hatte Angst, dass er mich schlagen würde, aber nichts dergleichen geschah. Stattdessen beschimpfte er mich, dass ich undankbar sei, mir würde doch nichts unter seiner Obhut fehlen. Mein Onkel konnte nicht akzeptieren, dass ich hinter seinem Rücken diesen Gerichtsbeschluss erwirkt hatte, dass ich auch eigene Rechte besaß. Meiner Schwester Martina waren diese eigenmächtigen Schritte peinlich, brachten sie ihrer Meinung nach doch nichts als nur unnötigen Ärger.

Jeden zweiten Sonntag durfte ich nun offiziell von drei bis fünf Uhr meine geliebten Großeltern besuchen, mein Onkel konnte das nicht mehr verhindern. Kam ich zurück in die Villa, musste ich putzen, durfte keine Freundinnen sehen oder Musik hören, ähnlich wie bei meiner Großmutter, nur in einer schwächeren Form. Da Onkel Jörg nur am Wochenende zu Hause war, hob meine Tante die Verbote in der Woche wieder auf.

Nach der mittleren Reife wollte ich Krankengymnastin werden, doch mein Onkel entschied anders und so besuchte ich die höhere Handelsschule. Anschließend begann ich eine Lehre als Rechtsanwaltsgehilfin.

In dieser Zeit fing Onkel Jörg mit dem Trinken an. Ich war da ungefähr achtzehn Jahre alt. Er verlor seine Arbeit und saß nun die ganze Woche zu Hause herum, hörte Opern und trank Cognac. Da das Geld nicht mehr reichte, musste Tante Ruth als Verkäuferin in einem Kaufhaus arbeiten. Das war für sie als Tochter wohlhabender Eltern ziemlich schwierig.

Mit Beginn meiner Lehrzeit begann mich mein Onkel mit anderen Augen anzusehen. Mit den Blicken eines Mannes. Als ich einmal einen hautengen hellblauen Pullover trug, schrie er mich an: »Zieh den sofort aus. So läufst du nicht herum, man sieht ja alles.«

Ich war über seine Reaktion verstört. Was war an dem Pulli verkehrt? Alle meine Freundinnen trugen solche, wir fanden sie schick. Er sollte ja gerade unseren Busen betonen, damit uns junge Männer nachschauten. Natürlich nicht ältere Onkel.

Kurze Zeit nach diesem Ausbruch tauchte mein Onkel vormittags im Büro der Anwaltskanzlei auf. Er ging zu meinem Chef und erzählte ihm, dass er seiner Nichte neue Kleidung in Mannheim kaufen müsse, er aber nur heute frei hätte und deshalb fragen wolle, ob ich nicht auch einen freien Tag bekommen könnte. Mein Chef willigte ein, hocherfreut über so viel Fürsorge. Als ich in den Mercedes meines Onkels stieg, fuhren wir jedoch nicht nach

Mannheim, sondern nach Hause. Ich wusste, das Haus war leer, Rafael, Markus und Martina befanden sich in der Schule, Tante Ruth im Kaufhof.

»Wieso fahren wir nicht nach Mannheim?«, fragte ich.

»Halt deinen Mund«, antwortete Onkel Jörg. Ich roch, dass er wieder getrunken hatte. Sein dunkler Anzug glänzte im Kniebereich, auf dem Ärmel konnte ich einen Flecken sehen. Mit stierem Blick schaute er auf den Verkehr, hin und wieder strich er sich mit seiner linken Hand durch das schütter werdende blonde Haar. Ich hörte ihn schwer atmen. Angestrengt schaute ich aus dem Fenster, unwillkürlich verschränkte ich meine Arme vor der Brust.

In der Villa angekommen, ging ich sofort auf mein Zimmer schlug mein Buch auf. Ich las gerade »Katz und Maus« von Günter Grass, doch ich konnte mich nur schwer auf die Geschichte konzentrieren.

Nach einer Weile betrat mein Onkel das Zimmer und setzte sich zu mir aufs Bett. In der Zwischenzeit hatte er sich einen weiteren Cognac einverleibt, ich konnte einen intensiveren Alkoholgeruch wahrnehmen. Immer näher rückte er zu mir ran, immer stärker konnte ich seine Fahne riechen. Ich ekelte mich vor ihm.

»Komm, gib mir einen Kuss«, sagte er.

»Ich mag nicht«, antwortete ich und rückte einige Zentimeter von ihm ab.

Er fing nun an, meinen Arm und meinen Busen zu berühren.

»Ich will das nicht. Geh aus meinem Zimmer.«

Wütend stand er auf, fluchte etwas vor sich hin, ließ mich aber allein. Ich hörte, wie er die Treppe hinunterpolterte, danach kramte er in der Küche herum. Stocksteif saß ich auf meinem Bett, ich wusste nicht, was ich machen sollte. Jetzt kam er wieder die Treppe hoch und erschien mit einem Messer in der Hand in der Tür.

»Damit kann ich zustechen«, sagte er. Zum Beweis rammte er die Schneide in die weiß lackierte Kassettenholztür.

»Los, geh nach unten, hol den Eimer und wisch die Wohnung«,

forderte er mich auf. In diesem Moment hasste ich meinen Onkel, weil er trank und weil er so viel Macht über mich hatte. Ich putzte die Villa, alle drei Stockwerke, jeden Winkel, demütig auf Knien, während er breitbeinig hinter mir stand und Befehle erteilte. Stunde um Stunde. Gerade heute schien keiner aus der Schule heimkommen zu wollen. Als meine Tante erst am späten Nachmittag das Haus betrat, war sie über dessen Sauberkeitsgrad höchst erstaunt.

»Welche Überraschung!«, sagte sie. »Du bist wirklich ein gutes Kind.«

Ich schwieg und fraß meinen Ärger in mich hinein, obwohl mich all das sehr fuchste. Beim Abendessen verkündete mein Onkel, dass ich für die nächsten Wochen Hausarrest hätte. Eine Begründung gab er dafür nicht. Und keiner fragte danach. Nicht einmal Tante Ruth.

»So kannst du nicht mit mir umspringen. Morgen gehe ich wieder arbeiten«, erwiderte ich.

Als mein Vormund meine Widerrede hörte, drehte er durch und warf seinen Suppenteller auf meinen. Es spritze alles umher, an meinem Kleid klebten kleine Nudeln und Erbsen.

»Bitte, Christiane, geh in dein Zimmer«, sagte Tante Ruth.

Wütend stand ich auf und verließ die Küche. Später kam Martina zu mir.

»Wieso muss es wegen dir immer Ärger geben?«, fuhr sie mich an.

Ich konnte ihr nicht sagen, dass sich unser Onkel an mir vergreifen wollte. Sie hätte mir wahrscheinlich nicht einmal geglaubt. Traurig schaute ich meine Schwester an. Warum konnte sie nicht sehen, was sich für abgründige Dinge in diesem Haus abspielten?

Der Alltag ging weiter, eine weitere Belästigung gab es nicht. Einige Monate später hatte mein Großvater, der Vater meiner Mutter, einen Verkehrsunfall. Ein Autofahrer übersah die rote Ampel und erwischte meinen Großvater beim Überqueren der Straße.

Seine Verletzungen waren so schwer, dass er noch auf dem Weg ins Krankenhaus starb. Kurze Zeit später folgte ihm meine Großmutter. Sie konnte die Einsamkeit nicht mehr ertragen, das Leben ohne ihren Mann zerbrach ihr Herz. Nach dem Tod dieser beiden von mir so geliebten Menschen fühlte ich mich sehr allein.

Die nächste Katastrophe ließ nicht lange auf sich warten. Eines Sonntags, nach dem Mittagessen, sagte Onkel Jörg zu meiner Schwester, dass sie schon mal in sein Bett kriechen solle zum Schmusen.

Ich suchte den Blick meiner Tante, aber sie wich mir aus. Und Martina folgte ihrem Onkel, ohne sich dagegen zu wehren. Woche für Woche. Sie war sechzehn.

»Das Schmusen ist doch nur ein Vorwand, um sie ins Bett zu kriegen«, empörte ich mich bei meiner Tante. »Kannst du nichts dagegen tun?«

»Ein Vormund darf zu seiner Nichte zärtlich sein«, antwortete Tante Ruth, »wir sind doch verwandt.«

Sie wollte die Wahrheit nicht wissen.

»So harmlos kann das mit dem Onkel nicht sein«, sprach ich meine Schwester an. »Was macht er mit dir?«

Stockend erzählte mir Martina eines abends ihre Erlebnisse mit Onkel Jörg. »Er streichelt mich, dann gibt er mir ein paar Küsse.«

»Warum machst du das?« Entsetzt schaute ich meine Schwester an. »Ich werde ihn anzeigen.«

»Wenn du das tust, kommen wir ins Waisenhaus, und ich kann nicht mehr weiter aufs Gymnasium gehen.« Martinas große Augen hatten einen flehenden Ausdruck angenommen.

Ich schwieg. Fast zwei Jahre lang. Wenn meine Schwester vom Onkel gerufen wurde, krampfte sich in meinem Körper alles zusammen. Ich wusste nicht, für wen diese Zeit schlimmer war, für Martina oder für mich selbst. Schwerste Vorwürfe machte ich mir, weil ich gegen diese Vorgänge nicht einzuschreiten vermochte. Martina unterwarf sich dem Willen ihres Vormunds, ließ sich von ihm entwürdigen, nur um geliebt zu werden. Mir blieb dadurch die Rolle der Rebellin, der bösen Schwester.

An einem Sonntagnachmittag, ich lag gerade auf dem Bett und hoffte auf das Ende des Schäferstündchens, platzte Martina zur Tür hinein. Es musste etwas Furchtbares passiert sein, in einem solch verwirrten Zustand hatte ich meine Schwester noch nie gesehen. Die weizenblonden Locken sahen zerzaust und verschwitzt aus wie nach einem heftigen Fieberanfall, ihre Bluse war nicht zugeknöpft, die Augen waren gerötet.

»Was ist passiert, Martina?«, fragte ich.

»Onkel Jörg hat sich vor meinen Augen ausgezogen. Splitternackt stand er vor mir. Und dann sollte ich mich ausziehen. Da bin ich aus dem Schlafzimmer gelaufen.« Martina schluchzte.

Ich konnte diesen Zustand nicht länger ertragen und sprach mit meinem Chef darüber, was ich tun sollte. Weil mir ein halbes Jahr zu meiner Volljährigkeit fehlte – damals war man erst mit einundzwanzig rechtsfähig –, half er mir, meinen Onkel beim Vormundschaftsgericht anzuzeigen. Martina bekam einen neuen Vormund, ich hingegen wurde vorzeitig für mündig erklärt und musste mich selbst versorgen, hatte aber das Glück, bei den Eltern einer Freundin unterkommen zu können.

Seit diesem Tag wollte meine Schwester nichts mehr mit mir zu tun haben. Ich verstand die Welt nicht mehr und fiel in tiefste Depressionen. Ihr zuliebe hatte ich all die Jahre geschwiegen und mitgelitten. Was wäre mit ihr geschehen, wenn ich nicht eingeschritten wäre? Anscheinend zählte dieser Gedanke bei Martina nicht. Mit dem neuen Vormund wurde ihre Geschichte offen dargelegt, die Tatsache, dass sie sexuell missbraucht worden war und es erduldet hatte. Wahrscheinlich konnte sie mit dieser Wahrheit nicht umgehen, schämte sich vor ihren Freundinnen. Wie ich von einem gemeinsamen Freund erfuhr, hatte Martina die Sache sogar noch umgedreht. Ich war sprachlos. Sie erzählte hinter meinem Rücken, dass ich diejenige gewesen sei, die sexuell missbraucht worden war. Da mir diese Nachricht vertraulich zugetragen wurde, konnte ich Martina darauf nie offen ansprechen. Sie katapultierte mich einfach aus ihrem Leben, weil ich sie an die furchtbare Wirklichkeit erinnerte. Wenn ich weg war, war auch das Böse weg. Doch das Furchtbare war immer noch nicht vorbei.

Anderthalb Jahre später, ich hatte meine Lehre beendet, wechselte ich meine Stelle und arbeitete als Sekretärin in der Rechtsmedizin. Als die Chefsekretärin in den Urlaub ging, durfte ich sie vertreten. In einem großen Stahlschrank, zu dem ich einen Schlüssel erhalten hatte, waren die Personalakten untergebracht. Neugierig, wie ich war, öffnete ich an einem ruhigen Nachmittag den Schrank und entnahm ihm meine Akte. Auf das, was darin stand, war ich nicht gefasst. Ich fand in ihr die Sektionsprotokolle meiner Eltern. Ich wusste ja, dass sich mein Vater vergiftet hatte, aber dass er des Mordes an meiner Mutter angeklagt war, davon hatte ich bisher keine Ahnung gehabt. Angeblich soll er ihr Gift verabreicht haben. Aus diesem Grund wurde meine Mutter nach ihrem Tode exhumiert, aus dem Grab geholt und erneut seziert. Einen Mord konnte man meinem Vater jedoch nicht nachweisen. Er wurde mangels Beweisen freigesprochen. Die Eltern meiner Mutter hatten meinen Vater damals angezeigt. Warum hatten sie das getan? Weshalb glaubten sie, dass mein Vater ein Mörder war? Viele Gedanken schwirrten in meinem Kopf umher. Ich war völlig durcheinander. Aber eines war für mich klar: Wenn meine Großeltern der Ansicht waren, dass mein Vater meine Mutter umgebracht hatte, dann mussten sie dafür einen Anhaltspunkt gehabt haben. Aber welchen? In der Akte fand ich keine Antwort darauf.

Nun begriff ich auch, warum ich meine Großeltern nicht hatte sehen dürfen. Schließlich wurde mein Vater, Onkel Jörgs Bruder, von ihnen in der Öffentlichkeit als Giftmörder angeprangert. Doch was war ihr Motiv? Ich musste ihre Beweggründe herausfinden, sonst würde ich keine Ruhe haben. Meine Großeltern konnte ich nicht mehr fragen, sie lebten ja nicht mehr. Tante Ruth schied ebenfalls aus, nach all den vergangenen Vorkommnissen würde sie mir mit Sicherheit nicht die wahren Hintergründe erzählen. Die Mutter meines Vaters kam auch nicht in Frage, seit meinem Auszug hatte ich die Großmutter nicht mehr gesehen. Ich wollte sie auch nicht mehr sehen, die Erinnerungen an sie waren zu furchtbar.

Onkel Hans fiel mir ein, ein weiterer Bruder meines Vaters. Er war der Älteste von den drei Geschwistern, manchmal besuchte er uns an Weihnachten, aber seit dem Tod meiner Mutter hatte ich nichts mehr von ihm gehört. Meine nette Großmutter hatte mir einmal gesagt, er lebe in Nussloch, nicht weit von Heidelberg entfernt, ohne Frau und Kinder. Im Telefonbuch musste ich nicht lange suchen, sofort fand ich seine Nummer. Einen Tag lang kämpfte ich mit mir, hin- und hergerissen, ob ich ihn anrufen sollte oder lieber nicht, aber am Abend griff ich zum Hörer. Ich hatte erwartet, dass er mir einen langen Vortrag halten würde, warum ich mich nie gemeldet hatte, aber er sagte nur: »Schön, dich zu hören.« Ich fragte ihn, ob er sich mit mir verabreden würde, ich müsste mit ihm einige familiäre Probleme besprechen. Als ob er darauf gewartet hätte, willigte er sofort ein.

Wir trafen uns am darauffolgenden Samstag in einem ruhigen Heidelberger Café. Onkel Hans war vor mir da, er sah meinem Vater viel ähnlicher als seinem Bruder Jörg. So könnte er jetzt aussehen, dachte ich, mit dem immer noch vollen Haar, das nur in Ansätzen Geheimratsecken aufwies, den schmalen Lippen und dem kantigen Kinn. Am Hals zuckte eine Sehne. Lächelnd blickte er von seinem Milchkaffee hoch.

»Setz dich«, sagte er etwas verlegen. »Ein Glück, dass du mich wiedererkannt hast, ich hätte nicht vermutet, eine so schöne Nichte zu haben.«

Erleichtert nahm ich Platz. Die Furcht vor dieser Begegnung war im Nu verflogen, ich wusste, Onkel Hans würde ich die Fragen stellen können, die mir auf der Seele lagen. Doch wie anfangen?

Zuerst erzählte ich ihm von belanglosen Dingen, ich dachte mir, dass er von dem Missbrauch seines Bruders an meiner Schwester schon vernommen hatte. Ich sagte ihm auch, dass ich mich noch daran erinnern könne, wie er unterm Tannenbaum versucht hatte, Weihnachtslieder zu singen, doch selten den richtigen Ton traf. Wir mussten beide lachen. Schließlich fasste ich mir ein Herz und fragte ihn ohne Umschweife.

»Warum wurde mein Vater eigentlich beschuldigt, meine Mutter getötet zu haben?«

»Ich habe geahnt, dass du mich das fragen wirst.« Onkel Hans schaute mich ernst an. »Aber ich denke, es ist an der Zeit, dass du die Wahrheit erfährst.«

Bevor er mir diese eröffnete, bestellte er sich noch ein Glas Rotwein.

»Deine Mutter und mein Bruder Helmut kannten sich schon als Vierzehnjährige. Er gab ihr Nachhilfeunterricht, hauptsächlich in Mathematik und Physik; daraus entwickelte sich dann eine Jugendliebe. Immer wieder trennten sich die beiden, weil sie sich in einen anderen Menschen verliebt hatten, kamen aber nach einer Weile erneut zusammen. Eine Zeit lang ging deine Mutter mit Jörg, aber das hielt auch nur ein halbes Jahr. Schließlich heiratete Helmut deine Mutter. Doch die Geschichte zwischen ihr und Jörg war damit nicht zu Ende. Die beiden trafen sich heimlich. Jörg verwaltete ein großes Gut in der Umgebung und bekam einen schicken Wagen gestellt, mit dem er deine Mutter abholte. Helmut hatte davon keine Ahnung. Deine Mutter wurde schwanger mit dir und Helmut freute sich riesig auf das Kind. Für ihn erfüllten sich damit alle Träume. Jeden Abend, bevor er von der Arbeit nach Hause kam, pflückte er deiner Mutter Wiesenblumen oder versuchte für dich irgendwo Babykleidung aufzutreiben. Es gab ja nicht viel in den Nachkriegswirren. Mein Bruder blühte regelrecht auf, so lebendig hatte ich ihn seit der Kindheit nicht mehr erlebt. Eines Tages brach dann eine Welt für ihn zusammen. Er erfuhr von dem Verhältnis deiner Mutter.«

»Und er konnte ihr nicht verzeihen?« Atemlos hatte ich dem Bericht von Onkel Hans gelauscht.

»Vielleicht hätte er die Affäre noch hingenommen, aber deine Mutter erzählte ihm, dass er nicht der Vater ihres Kindes sei.«

Irritiert schaute ich Onkel Hans an.

»Wer ist dann mein Vater?«

»Dein Onkel Jörg.«

»Dieser Trinker?« Die Worte rutschten mir einfach heraus. Ich konnte es nicht glauben.

»Damals war er ein sehr attraktiver Mann gewesen. Und ich denke, dass die Liebe zwischen deiner Mutter und ihm sehr groß gewesen sein musste, sonst hätte sie die wirkliche Vaterschaft nicht gebeichtet.«

»Aber warum ließ sich meine Mutter nicht scheiden und heiratete Jörg?«

»Die Zeit nach dem Krieg war nicht einfach. Man war froh, wenn es nicht noch komplizierter wurde. Und Jörg wollte auch bald heiraten, deine Tante Ruth.«

Was war das Ganze vertrackt. Mir fiel dazu nichts ein. Ich lehnte mich in den Stuhl zurück, zerfloss in mir selbst, Onkel Hans' Stimme drang nur noch aus der Ferne zu mir. Ich wollte etwas sagen, aber meine Kehle war zugeschnürt, völlig ausgetrocknet.

»Trink etwas, Christiane«, hörte ich meinen Onkel sagen.

Wie konnte man mit einer solchen Lüge leben? Nichts hatte ich davon gemerkt. Ich begriff das nicht.

»Aber Martina ist von meinem Vater?« Stockend kam die Frage aus meinem Mund.

»Meinst du jetzt deinen leiblichen Vater, Onkel Jörg, oder meinst du meinen Bruder Helmut?«

»Mein Vater ist der, der mich aufgezogen hat.«

»Dann ist deine Schwester von deinem Vater.«

»Weiß Martina, dass wir nur Halbgeschwister sind?«

»Vermutlich nicht. Ich habe es ihr nicht gesagt.«

»Und Tante Ruth?«

»Möglich ist, dass sie etwas ahnt. Sie war ja damals die Verlobte von Jörg.«

Welche Abgründe taten sich in unserer Familie noch auf? Leicht war es nicht, mit all diesen Tatsachen fertig zu werden. Aber ich merkte, dass sämtliche vorangegangenen Katastrophen nun auch verständlicher für mich wurden.

»Glaubst du, dass mein Vater meine Mutter vergiftet hat? Deine Meinung ist mir wichtig. Ich will wissen, was du denkst.« Onkel Hans zuckte sichtlich zusammen. Bevor er zu reden anfing, legte er seine Hand auf meinen Arm.

»Rache, Eifersucht, man könnte viele Motive aufzählen, warum Helmut deine Mutter umgebracht haben könnte. Für ihn war es leicht, an Gifte heranzukommen, und er wusste genug über sie, um sie einem Essen oder einem Getränk beizumischen, ohne dass man später Spuren von ihnen hätte nachweisen können. Damals waren die diagnostischen Methoden noch sehr unzureichend. Dennoch habe ich meine Zweifel.«

Mein Körper zitterte wie Espenlaub, kalter Schweiß rann mir den Rücken hinunter.

»Ist alles in Ordnung?«, fragte Onkel Hans besorgt.

»Alles klar«, sagte ich mühsam.

»Klar ist nichts. Es muss schrecklich für dich sein, das alles zu erfahren.«

»Und Onkel Jörg hat es die ganze Zeit über gewusst«, murmelte ich.

»Versuch ihn zu vergessen. Das Leben liegt noch vor dir. Mag das wie ein dummer Spruch klingen, aber mir scheint es das Beste zu sein.«

»Ich muss jetzt allein sein«, sagte ich.

»Verstehe ich. Komm immer, wenn du mich brauchst.«

Ich dachte an Martina. Ob sie wohl geahnt hatte, dass wir nicht denselben Vater haben? War das der Grund, weshalb sie sich nie auf meine Seite gestellt hatte? Wollte sie der Familie zeigen, dass sie auf deren Seite stand, um dadurch eine geschütztere Position zu haben? Es war denkbar.

Ein junger Mann hatte sich zu mir auf die Parkbank gesetzt. Ich bemerkte ihn erst, als er mir eine Zigarette anbot. Zu sehr war in meinen Erinnerungen gefangen. Dankend lehnte ich ab. Der Neckar hatte sich verdunkelt, fast wirkte er wie eine Wiese mit saftigem Klee. An seinen Ufern lagen Studenten und junge Mütter, die sich an den letzten Sonnenstrahlen erwärmten. Der Tag ging zu Ende. Damals hatte ich den Rat von Onkel Hans befolgt und meinen leiblichen Vater nicht zur Rede gestellt. Ich konnte ihn nicht sehen; in keiner Weise wäre ich ihm gerecht geworden. Warum auch immer meine Mutter und er ihre Liaison nicht beendeten, als sie Helmut heiratete, ich wollte es zu diesem Zeitpunkt nicht wissen. Dann war es zu spät. Onkel Jörg starb einige Jahre darauf. Ich blickte ins Zwielicht der Bäume und seufzte tief. Lilly fiel mir ein, sie würde mich im Speisesaal erwarten.

5. Hoffen auf etwas Glück

Noch nie war ich auf dem Sozialamt gewesen. Ich hatte immer gedacht, wer dort hingeht, der muss arm aussehen. Mein Blick in den Spiegel sagte mir, dass ich auch nach der zweiten Nacht im Obdachlosenheim wie Christiane aussah, wie eine Christiane, die selten in ihrem Leben Geldprobleme hatte, die gern schöne Kleider anzog und damit selbstbewusst unter Menschen trat.

Ich strich über meinen Rock, zupfte an meiner Bluse, nichts war zerknittert, gestopft, nachgenäht, kein Saum aufgegangen, nirgendwo fehlte ein Knopf. Ein Fleck ließ sich auch nicht ausmachen. Vielleicht konnte ich mit meinem Auftritt den Mitarbeiter vom Sozialamt überzeugen, dass ich es packen würde, ganz gleich, wie alt ich war und auf welcher Stufe der sozialen Leiter ich stand.

Die Behörde lag nicht weit vom Heim entfernt, direkt am Marktplatz. Bei der Informationsstelle am Eingang verwies man mich zu einem bestimmten Zimmer. Auf einer Bank wartete ein junger Mann, er roch streng, als hätte er sich seit Tagen nicht gewaschen, die Haare strähnig und verfilzt. Ich mochte mich nicht zu ihm setzen, mit Sicherheit hätte ich mich übergeben müssen. Erleichtert atmete ich auf, nachdem er ins Zimmer gerufen wurde. Sein Anliegen schien nicht kompliziert gewesen zu sein, denn nach wenigen Minuten kam er wieder aus der Tür und latschte den schlecht beleuchteten Flur mit den olivgrünen Wänden hinab. An dem schalen Gesicht war nicht abzulesen, ob er etwas erreicht hatte oder nicht. Seine Teilnahmslosigkeit fand ich erschreckend.

»Der Nächste.« Die Stimme des Mannes aus dem Büro klang genervt.

Hinter dem Schreibtisch saß ein großer, wuchtiger Endvierziger mit einem schuhcremeschwarzen Schnauzbart. Gelangweilt spielte er an seiner goldenen Armbanduhr herum, doch gleichzeitig lag er auf der Lauer wie ein Raubtier, das auf der Suche nach Opfern ist.

»Was wollen Sie?«, fragte er barsch. Seine Zähne waren weiß und stark.

»Ich möchte im Obdachlosenheim wohnen und eine Arbeitstherapie machen«, antwortete ich. »Dafür brauche ich von Ihnen eine Genehmigung.«

Das Raubtier schien in seinem Sprung innezuhalten. Herablassend schaute es mich an, als sei ich es plötzlich nicht mehr wert, von seinen behaarten Pranken zerrissen zu werden.

»Ihr Anliegen muss erst überprüft werden«, sagte der Beamte nach längerem Zögern, dann griff er in eine Schublade und holte einen Vordruck auf graugelbem Papier hervor. Genau musste ich ihm nun erzählen, warum ich kein Geld mehr besaß, kein Dach über dem Kopf hatte. Er stellte viele Fragen, notierte meinen Namen und das Geburtsdatum, machte mich darauf aufmerksam, dass das Sozialamt keine Versorgungsanstalt für Leute sei, die sich verschuldet hätten. Als ich ihm versicherte, dass ich unschuldig in meine Situation geraten sei und es wieder schaffen würde, auf eigenen Beinen zu stehen, lachte er sarkastisch. »Wie stellen Sie sich das vor?«, meinte er. »Ohne Arbeit werden Sie kein Geld verdienen. Sie sind ein Sozialfall geworden. Eine eigene Wohnung auf dem freien Wohnungsmarkt können Sie nicht mehr finanzieren.« Als er alle Daten sorgfältig in das Formular eingetragen hatte, zeichnete er es mit einem markanten Schwung ab, sauber setzte er einen Stempel darunter. Sein Urteil über mich war gefällt. Für ihn war ich wie alle anderen – eine Pennerin, wenn auch eine Pennerin mit gepflegtem Äußeren. Doch das änderte nichts an seinem Weltbild. Ich fühlte mich wie ein Tier, das zur Schlachtbank geführt wird. Kein weiteres Wort brachte ich hervor. Ich konnte nicht von meinen Hoffnungen erzählen, nichts davon, dass ich schon manche Krise in meinem Leben gemeistert hatte. Stumm nahm ich die Bescheinigung entgegen, stumm verließ ich das Zimmer.

»Es dauert vier Tage, bis Ihre Resozialisierung gewährt wird«, rief mir der Schnauzbärtige nach.

Weil ich mich schwach fühlte, ließ ich mich nicht auf einer Holzbank nieder, auf der zwei verwahrlost aussehende Gestalten saßen. Ich wollte nicht dazugehören, der Beamte durfte nicht Recht behalten, auch wenn er noch so viele Schicksale obdachloser Menschen verfolgt hatte. Ihm musste ich zeigen, dass es doch möglich war, den Himmel auf die Erde zu bringen. Raubtiere mit Pensionsberechtigung, die auf Bürostühlen sitzen, wollen ihre Macht ausspielen, so klein sie auch sein mag, tröstete ich mich. Oder wollen sie von dem Elend, das sie umgibt, nichts wissen, weil sie damit nicht fertig werden? Aber warum wollte ich die Seelenlage des Beamten verstehen? Ich musste mich auf mich selbst konzentrieren und meine innere Kraft aktivieren.

Ich war keine Pennerin. Wenn mir das auch jeder weismachen wollte. Die Gefahr war dennoch groß, dass ich die Vorurteile gegen mich irgendwann glauben könnte, wenn man es mir nur oft genug sagte, wie man eine Droge injiziert, bis sie wirkt und die eigene Persönlichkeit verändert. Aber ich wollte mich nicht treiben lassen wie alle anderen und auf etwas Glück hoffen; ich wollte mein Schicksal meistern. Sicher, ich musste nun für eine Weile sämtliche Brücken abbrechen, was aber nicht hieß, dass ich meine Vergangenheit auslöschen wollte, als hätte ich nie eine gehabt. Ich war noch immer die Christiane, die sich bislang in ihrem Leben durchzuschlagen verstanden hatte.

In diesem Moment wünschte ich mich nach Spanien zurück. Ich wollte am Meer sitzen und mich von dem Geräusch der sanften Wellen beruhigen lassen, den würzigen Duft der Abendluft einatmen. Es kam mir wie eine Ewigkeit vor, mein Leben in Andalusien.

Traurig ging ich zur Fußgängerzone zurück. Auf der Straße sah ich einen Mann sitzen, den Rücken an eine Mauer gelehnt, einen Becher und ein Schild vor sich. »Ich bin hungrig«, war darauf zu lesen, und: »Ich bitte um eine kleine Spende.« Ich hörte, wie ein wohlanständiger Bürger zu seiner Frau sagte, die in ihrer Jackentasche nach Geld kramte: »Diesem Pack gibst du nichts, sollen sie doch arbeiten.« Am liebsten hätte ich den Mann zurechtgewiesen. Was wusste er schon vom Leben? Wie konnte er bloß so hart verurteilen? Bestimmt hatte er nie etwas gewagt, war immer auf Nummer sicher gegangen.

Auf einmal fühlte ich mich mit den Pennern verbunden. Nicht nur auf den Ämtern, sondern überall zeigte man ihnen, dass sie ein Stück Dreck waren, Abschaum dieser Gesellschaft, Faulenzer und noch Schlimmeres, unfähig, sich selbst zu helfen. Ich stellte mich auf die Seite dieser Elenden, doch wusste ich zugleich, dass ich selbst nicht frei von Überheblichkeit war. Auch ich rümpfte die Nase, wenn ich sah, wie sie gierig die Rotweinpullen an die Lippen setzten, dünne Rinnfäden in den Mundwinkeln, die löchrigen Hosen nach Urin stanken.

Zum Mittagessen ging ich ins Heim zurück. Ich wollte mich an meine neue Umgebung gewöhnen. »Hotel« nannte ich meine Bleibe, um das Gefühl, eine Obdachlose zu sein, nicht zu verstärken. Ich hatte auch schon den Ausdruck »Pennerpalast« gehört. Lilly winkte mich zu ihrem mit Zwiebelrostbraten, Kartoffeln und Gemüse gefüllten Teller. Freudig setzte ich mich zu ihr, zu einem vertrauten, freundlichen Gesicht.

»Schau mal«, stupste mich Lilly an, »der Paul ist ganz vernarrt in dich.«

»Wer ist Paul?«, fragte ich.

»Na, der mit dem breiten Grinsen.« Lilly zeigte auf einen jungen Mann am Nachbartisch, die Haare blond und zusammengebunden, mit einem hellblauen Sweater, der eigentlich zu warm für den Sommer war.

»Deine Fantasie möchte ich haben«, antwortete ich und schnitt ein Stück von meinem Braten ab.

Als ich später mein Zimmer betrat, war Tamara gerade dabei, ihre frei herumliegenden Sachen in die Plastikbeutel zu packen. Viel war es nicht, in wenigen Minuten hatte sie alles erledigt.

»Ich gehe zu Jochen«, sagte sie.

Hoffentlich wird ihr Freund sie nicht auf die Straße setzen, dachte ich, wenn er feststellen sollte, dass sie doch nicht zusammenpassen.

»Da kann ich dir nur alles Gute wünschen, es wird schon klappen«, antwortete ich laut.

»Na dann.« Mit diesen Worten nahm sie ihre wenigen Habseligkeiten und verschwand aus der Tür.

Ich setzte mich an den Tisch. Mit etwas Glück würde ich vielleicht bis zum Umzug in die Frauenwohngemeinschaft keine neue Mitbewohnerin bekommen. Kommenden Samstag sollte das sein, wenn die Resozialisierung genehmigt würde. In der WG, so hatte man mir gesagt, könnte ich mir in einer Küche selbst etwas kochen, ich müsste nicht mehr in den Speisesaal gehen. In meiner Lage eine verheißungsvolle Vorstellung. Außerdem sollte zu jeder WG-Einheit ein Wohnzimmer mit Sesseln und einem Fernseher gehören. Und das Wichtigste: ein Zimmer ganz für mich allein.

Während ich mir mein weiteres Leben ausmalte, klopfte es an der Tür. Wer sollte das sein? Jochen wollte Tamara doch bei sich zu Hause erwarten. Zögernd öffnete ich die Zimmertür. Draußen stand Paul, der junge Mann im Sweater, zwei nicht zusammenpassende Socken an den Füßen.

»Darf ich reinkommen?«, fragte er.

»Ja«, erwiderte ich, erstaunt über den Besuch. »Natürlich.«

»Ich heiße Paul.« Unbeholfen stand er vor mir, die Hände in den Hosentaschen vergraben. »Es war nicht einfach, deine Zimmernummer herauszubekommen. Darf ich dich einladen zu einer Tasse Kaffee, irgendwo in der Fußgängerzone?«

»Nichts dagegen«, antwortete ich. Im Stillen dachte ich daran, dass er durch diese großzügige Geste möglicherweise hungern müsste, da das Taschengeld im Heim nur knapp bemessen war. Der Gedanke war für mich fast unerträglich. Warum fühlte ich mich bloß immer für andere verantwortlich? Gemeinsam gingen wir an dem Pförtner vorbei, die Treppen hinunter auf die Straße. Paul schlug ein Café mit roten Plüschmöbeln vor; er wollte trotz der sommerlichen Temperaturen drinnen sitzen, fand das feiner.

»Hast du im Heim einen Job?«, fragte ich, meinen Cappuccino umrührend.

»Ich arbeite seit einem halben Jahr in der Gärtnerei«, antwortete Paul, der sich ein Bier bestellt hatte.

»Wo gibt es hier eine Gärtnerei?«

»Gegenüber von unserem Asyl; sie gehört zu dem Altenheim.«

Paul erzählte weiter, dass er vom Sozialamt bezahlt werde, im Rahmen einer Maßnahme für Obdachlose, die sich in den Werkstätten bewährt hatten. Nach anderthalb Jahren in der Tischlerei, wo er nach einem Sechsstundentag fünf Mark erhielt, bekam er nun »Hilfe zur Arbeit«, verbunden mit einem richtigen Gehalt.

»Und warum wohnst du dann im Heim?«, fragte ich. »Du könntest dir doch eine Wohnung leisten, zumindest eine Sozialwohnung.«

»Ich muss Schulden abbezahlen, noch ziemlich lange«, sagte Paul, sich mit seinen kräftigen Fingern, unter deren Nägeln noch feuchte Erde haftete, durchs dichte, strähnige Haar fahrend. »Das Zimmer im Heim ist billig, ich brauche mir auch keine neuen Möbel anzuschaffen.«

»Du verzichtest freiwillig auf deine Freiheit und Eigenständigkeit? Du bist doch noch so jung!«

»Im Heim fühle ich mich sicher.« Paul nahm einen großen Schluck Bier, seine gekrümmten Schultern entspannten sich langsam. »Möchtest du noch einen Eisbecher?«

Ich nickte, dachte gleichzeitig darüber nach, wie ungefestigt dieser Mann wirkte, wie fahrig seine Bewegungen waren. Hatte das Heim ihn schon geschluckt, seinen eigenen Willen aufgesogen? Wie war er vorher gewesen?

»Sind denn genügend Zimmer da?« Eine solche Frage konnte nur ich stellen, die noch keine Ahnung vom Leben im Heim hatte.

»Viele WGs sind nicht vollbesetzt.«

»Und warum sind so viele Zimmer frei?«

»Nur wenige wollen sich resozialisieren lassen. Lieber hocken sie mit anderen tagsüber herum, rauchen, trinken und schlafen in einem Vierbettzimmer, als sich für das karge Tagesgeld krumm zu machen. Es liegt nämlich kaum über dem üblichen Tagessatz für Obdachlose. Viele sagen, in den Werkstätten würde man nur geknechtet werden.« Nachdem Paul bei seinem zweiten Bier angelangt war, wagte ich ihn zu fragen, warum er denn in dem Heim gelandet sei.

»Ich wollte mir die Liebe meiner Frau erkaufen. Sie wollte neue Schuhe, also bekam sie die, sie wollte ein neues Kleid, auch das sollte sie haben. Erst waren es nur Dinge zum Anziehen, dann wurden ihre Wünsche immer größer«, gestand Paul. »Die Couch passte ihr nicht mehr, die Küche war ihr nicht modern genug eingerichtet, schließlich mochte sie unsere Wohnung nicht mehr. Sie war ihr zu klein, zu dunkel, zu muffig. Ein Haus sollte es sein mit einem Garten und einer Hollywoodschaukel. Ich nahm immer mehr Kredite auf, natürlich bekam ich keine mehr von der Bank, aber es gab ja diese Anzeigen in den Zeitungen. Eines Tages krachte alles zusammen, und meine Frau hatte sich längst einen Liebhaber genommen.«

Sanft berührte ich Pauls Arm. Als das Geld ausging, erhielt er keine Liebe mehr. Das war ein schlechter Deal. Aber offenbar gehörte er zu den Menschen, die eine andere Form der Annäherung kaum kannten.

»Was hast du damals gemacht?«, fragte ich.

»Ich war Tierpfleger im Heidelberger Zoo. Vielleicht werde ich eines Tages wieder meine Elefanten füttern können.« Die Art, wie er das sagte, verriet, dass er selbst nicht daran glaubte. Er lächelte, seinem verträumten Gesicht fehlte eine kraftvolle Ausstrahlung.

Paul war wie ein Kind, das einem Bündel bunter Luftballons hinterherschaut, sieht, wie sie in der Weite des Himmels verschwinden, ohne danach zu greifen. »Und was wirst du machen?«

»Ich weiß es noch nicht«, antwortete ich. »Die ganze Situation ist noch zu neu für mich. Ich muss das alles erst mal verdauen.«

»Such dir doch einen reichen Mann, dann hast du keine Probleme mehr.«

Das Leben ist doch kein Groschenroman, dachte ich. Laut sagte ich: »Ich werde es schon schaffen, wieder auf die Füße zu kommen.«

»Du genierst dich, hier mit mir zu sitzen, weil ich nicht mehr alle Zähne im Mund habe.« Paul schien meine Gedanken erraten zu haben. Während unseres Gesprächs hatte ich es absichtlich vermieden, ihn direkt anzuschauen. Ihm war das wohl nicht entgangen. Nun schämte ich mich, dass ich mich an einer derartigen Äußerlichkeit störte. Ich war selber mittellos, beurteilte aber einen Menschen wie alle anderen nach der Erscheinung, anstatt auf das Herz zu schauen. »Meine Mutter ist mit der Eisenstange auf mich losgegangen. Ich war da fünfzehn. Einige Zähne mussten dran glauben.«

»Und warum hat sie das getan?«

»Ich weiß es nicht. Sie mochte mich nicht. Als sie wieder einmal mit so einem blöden Typen ankam, habe ich anscheinend etwas Dummes gesagt. Das letzte Mal hat sie mich geschlagen, als ich achtzehn war. Danach habe ich sie nie wieder gesehen.«

»Du hast dich nicht gewehrt?«

»Sie war doch meine Mutter. Auch als sie mich in ein Heim gesteckt hat und ich sie nur in den Ferien besuchen durfte.«

Plötzlich begann Paul Hundegebell nachzuahmen, das Gezwitscher von Vögeln und das Miauen einer Katze.

»Das habe ich alles während meiner Zeit als Tierpfleger gelernt.« Pauls Gesicht strahlte nun, er war sichtlich stolz auf seine Fähigkeiten. »Ich gehe jetzt runter zum Neckar, Schwäne füttern, aus der Küche habe ich altes Brot mitgenommen. Kommst du mit?«

Wir gingen über die Theodor-Heuss-Brücke auf die andere Seite des Flusses. Viele Menschen bummelten in der Nachmittagshitze, führten ihre neuen Sommerkleider aus, Freundinnen gingen fröhlich und untergehakt ihren Hoffnungen entgegen. Was wäre, wenn ich hier meiner Schwester begegnen würde? Unvermittelt zog sich über mir eine dunkle Wolke zusammen. Martina lebte in einem schönen Haus auf der anderen Neckarseite. Als Beamtin bei der Behörde hatte sie ein gesichertes Einkommen, auch ihr Mann, der als Dozent an der Uni tätig war, verdiente gutes Geld. Kinder hatten sie keine. Gemeinsam konnten sie sich ein angenehmes Leben leisten. Martina musste zum Einkaufen in der Innenstadt über diese Brücke. Angestrengt schaute ich plötzlich in jedes Gesicht, doch nicht einmal ein entfernt bekanntes konnte ich entdecken; die Menschen blieben mir alle fremd. Hatten sie sich in den vergangenen zwanzig Jahren so verändert, dass man sie nicht mehr erkennen konnte? Würde man mich wiedererkennen? Ich war älter geworden, vielleicht auch etwas kräftiger, meine Haare waren kürzer, aber ansonsten glaubte ich, dass mich jede Freundin oder Klassenkameradin von damals nicht übersehen würde. Es war seltsam, einerseits hatte ich Angst davor, identifiziert zu werden, andererseits sehnte ich mich gleichzeitig danach, als diejenige angesprochen zu werden, die ich war, eine normale Frau mit einem bis auf die letzten Tage normalen Leben.

An dem breiten Ufer hatten sich unter dem flirrenden Schatten einer Trauerweide Schwäne versammelt. Einige putzten sich die Federn, die ewig Hungrigen schnappten nach den trocknen Brocken, die im Wasser schnell zu Brei wurden. Paul sprach mit den Vögeln, als ob er selber einer wäre. Es fehlte nur noch, dass er den Kopf unter Wasser setzte, das Hinterteil in die Höhe streckte. Ich war beeindruckt von seiner Lebendigkeit, die erst bei den Tieren zum Vorschein kam.

Gemeinsam gingen wir ins Heim zurück. Der Weg fiel etwas leichter.

»Wenn du etwas brauchst, komm ruhig zu mir«, sagte Paul, bevor wir uns vor meiner Tür verabschiedeten. »Ich bin ein reicher Mann.« Dabei zwinkerte er mir mit seinen braunen Augen zu.

Als ich wieder in meinem Zimmer war, begann sich alles in mir zu drehen. Wer war ich eigentlich? Bis vor wenigen Tagen war ich noch eine normale Bürgerin gewesen. Nun sollte ich eine Pennerin sein, der man nicht zutraute, wieder alleine auf die eigenen Füße zu kommen? Ohne Resozialisierung würde ich keine Chance haben. Ohnmacht ergriff mich, ein Gefühl, das ich aus meiner Kindheit kannte. Ich sollte ab jetzt eine Rolle verkörpern, deren Merkmale von außen bestimmt wurden. Wie Faschingsverkleidung. Die Frage blieb offen, ob es je Aschermittwoch geben würde.

Meine Stärke fiel mir ein, mit der ich schon so viele Tiefs überwunden hatte. Doch was nützte sie mir jetzt? Setzte ich sie ein, würde man mich als arrogant bezeichnen. Um mich diesem System anzupassen, musste ich mir eine unterwürfige Haltung zulegen. Sonst hätte ich bald kein Dach mehr über dem Kopf, nur einen windigen Platz unter der Brücke.

Mir fiel die östliche Weisheitslehre ein, die besagt, dass das Weiche stärker ist als das Harte. Ich entschied mich, dieses »Pennerspiel« mitzuspielen, aber stets in vollem Bewusstsein.

Die Sozialarbeiterin hatte mich am Anfang gefragt, ob ich Angst hätte. Natürlich hatte ich Angst, wer hätte das nicht in solch einer Situation. Aber wir lebten doch auch in einem Sozialstaat. Ich hatte viele Jahre lang Sozialabgaben geleistet. Nach meiner Überlegung wäre eine finanzielle Unterstützung vom Sozialamt für meinen Neustart sicher kostengünstiger gewesen als eine Resozialisierungsmaßnahme. Und das alles nur, weil ich in Deutschland keinen festen Wohnsitz mehr hatte.

Am Samstag konnte ich mein Zimmer in der Frauen-WG beziehen, das Sozialamt hatte seine Einwilligung gegeben. Paul half mir dabei, den Koffer von der Bahnhofsmission abzuholen. Mein kleiner Umzug mit ihm, zwei Stockwerke höher, war für mich ein erster Schritt in eine neue Selbstständigkeit. In der Wohneinheit lebten zwei Frauen, ich kam als dritte hinzu, jede von uns hatte ein eigenes Zimmer. Daneben gab es ein großes Wohnzimmer mit einem kleinen Balkon davor sowie eine Küche und ein Gemeinschaftsbad. An den Wänden hingen uralte Landschaftsbilder auf den einstmals weißen Raufasertapeten. Auf dem Fensterbrett im Wohnzimmer verkümmerten zwei Topfpflanzen, der Fußboden war mit einem Kunststoffbelag ausgelegt. In meinem vielleicht fünfzehn Quadratmeter großen Zimmer gab es ein Bett, auf dem frische Bettwäsche lag, ein Waschbecken, einen zweitürigen Schrank und einen kleinen Tisch mit einem Stuhl. Wenn ich Besuch hätte, würde einer auf dem Bett sitzen müssen. Im Großen und Ganzen unterschied sich die Einrichtung kaum von meiner vorherigen Unterkunft, nur konnte ich jetzt Schrank- und Zimmertür verschließen.

»Wenn du ein Regal brauchst, dann kann ich dir eins aus dem Keller holen«, sagte Paul. »Dort unten lagern Möbel aus Haushaltsauflösungen. Ich würde dir auch empfehlen, nach einem eigenen Kühlschrank zu schauen. Wenn du einen auf dem Zimmer hast, musst du keine Angst haben, dass deine Sachen verschwinden.«

Ähnliches hatte mir Lilly zu Beginn unserer Bekanntschaft erzählt. Leider konnte ich nicht bei ihr in der WG leben, mit Sicherheit war es dort weniger chaotisch, aber es gab kein freies Zimmer. Sie wohnte einen Stock über mir, es war somit nicht weit für einen Besuch. Bevor ich hierhergekommen war, durfte ich nicht zu ihr, der Zutritt zu diesem Trakt war Menschen, die nicht in der Resozialisierung waren, verboten.

»Und wo bekomme ich einen Kühlschrank her?«, fragte ich.

»Es zieht immer mal wieder jemand in eine Sozialwohnung und lässt seinen Kühlschrank im Zimmer. Ich werde mich mal umhören«, erwiderte Paul.

»Aber kann man den dann so einfach wegnehmen?«

»Wer viel fragt, bekommt viele Antworten. Natürlich darf man das nicht. Aber bestimmte Regeln muss man übertreten, sonst gehst du hier unter.«

Ich schwieg. Paul würde die Dinge schon regeln. Tatsächlich fand er am nächsten Tag einen besitzerlosen Kühlschrank in einer Männer-WG.

»Igitt«, sagte ich, als ich die Küche genauer betrachtete. Auf dem Herd stand ein Topf mit Essensresten, auf dem sich eine Schicht Schimmel gebildet hatte, im Kühlschrank lagen alte Lebensmittel, und als ich sie in den Mülleimer werfen wollte, kam mir aus diesem ein übler Gestank entgegen, der den Nikotinrauch, der überall in der Luft hing, schlagartig überdeckte.

»Ich bringe den Abfall runter«, bot sich Paul an.

Es war gut, dass er da war. Der Boden schien schon lange nicht mehr gewischt worden zu sein, die Einbauschränke waren ungeputzt. Im Bad sah es nicht besser aus. Die Waschbecken waren voller Haare, die Kacheln hatten ihren Glanz verloren, Kalkspritzer waren überall zu sehen, in den Fugen hatten Sporen ein neues Zuhause gefunden.

Als Paul mit dem geleerten Mülleimer zurückkam, krempelte er sein kariertes Hemd hoch.

»Jetzt wird geputzt«, sagte er. »Ich habe Routine darin. Vor der Gärtnerei habe ich monatelang im Putztrupp des Obdachlosenheims gearbeitet.«

Paul erstaunte mich immer mehr.

»Da habe ich die merkwürdigsten Dinge erlebt«, fuhr er unbekümmert fort. »Einer stopfte seine verdreckten Hosen immer ins Klo und wollte sie runterspülen. Er dachte, auf die Art könnte er seinen eigenen Schmutz verheimlichen und gleichzeitig aus der Kleiderkammer eine saubere Hose bekommen. Ich musste mich dann vor die Kloschüssel hinknien, um das Ding wieder herauszuzerren.«

Im unteren Küchenschrank befanden sich Scheuermittel,

Wischtücher und Schrubber, alles unbenutzt. Die hier wohnenden Frauen hatten eindeutig die Angewohnheit, sie konsequent zu ignorieren. In den nächsten Stunden verschwand wenigstens der gröbste Unrat und Schmutz. Derweil erzählte ich Paul von Spanien, warum ich wieder nach Heidelberg gekommen war.

»Können dir deine Freunde in Spanien kein Geld leihen?«, fragte Paul, während er verkohlte Reste aus dem Backofen kratzte.

»Ich will mir nichts von Freunden pumpen«, erwiderte ich. »Ich sagte dir schon, ich will es allein packen.« Heftig schrubbte ich den Geschirrschrank.

Am Nachmittag hörten wir erschöpft mit der Arbeit auf. Noch gab es viel zu tun, aber es musste nicht alles auf einmal erledigt werden, zumindest konnte ich nun ohne das Gefühl des Ekels in der Küche kochen.

»Paul, kannst du auch mit den Pflanzen sprechen?«, fragte ich meinen treuen Helfer, als wir uns bei einem Tee, den ich in einer Schrankecke gefunden hatte, am Wohnzimmertisch ausruhten.

»Klar«, antwortete Paul.

»Dann verrate mir doch bitte, was die beiden erbärmlich aussehenden Gewächse sagen.«

»Dass sie über deine Anwesenheit froh sind.«

Paul war gerade gegangen, als ein junges Mädchen hereinkam, vielleicht achtzehn Jahre alt. Sie stellte sich als Beate vor.

»Ich bin etwas behindert, geistig behindert, deshalb haben mich meine Eltern rausgeschmissen«, erzählte sie, ohne dass ich sie danach gefragt hätte. »Ich gehe jeden Morgen in eine Schule, aber in keine normale.«

Beate setzte sich zu mir an den Tisch. Ihr rundes Gesicht, umrahmt von dünnen, kastanienbraunen Flusen, war frei von Emotionen. Auch ihre großen hellgrauen Augen schienen mich kaum zu beachten. Sie hatte sich gerade hingesetzt, da stand Beate abrupt wieder auf und schaltete den Fernseher an, blieb bei einer Familienserie hängen, die ich nicht kannte. Ein Junge gestand seinen

Eltern, homosexuell zu sein. Zuerst wollten sie ihren Sohn auf die Straße setzen, dann brach die Mutter zusammen und alles renkte sich wieder ein. Ob Beate an ihre eigenen Eltern dachte? Das Mädchen verharrte nahezu regungslos vor den Bildern. Als die Sendung vorbei war und man gespannt sein durfte auf den Liebhaber des jungen Mannes, den man beim nächsten Mal kennen lernen würde, erhob sie sich von der grünen Stoffcouch, um in ihr Zimmer zu gehen, den Blick nicht vom Fernseher gelöst. Sie kam mit einer Dose Ravioli zurück, öffnete sie, füllte sie auf einen Teller, kalt, setzte sich wieder vor den Kasten und aß die Teigtaschen, ohne ihre Augen von der Abendshow zu lassen, die nun lief. Die leere Dose blieb auf der Küchenablage, sie würde noch Wochen da stehen, wenn ich sie nicht wegwerfen würde, das war mir klar.

Ich hatte mir am Morgen auf dem Weg zum Bahnhof von meinem ersten Sozialgeld ein fertig gebratenes Hühnchen gekauft. Da ich ebenfalls Hunger verspürte, wickelte ich es aus der Alutüte und legte eine Hälfte davon auf einen Teller. Ich drapierte mich ebenfalls vor dem Fernseher, um nicht weiter allein am Tisch zu sitzen und über meine Zukunft nachzudenken. Beate schien meine Anwesenheit nun gar nicht mehr wahrzunehmen. In der Show stellte ein großer Mann mit blonden Engelslocken und schwarzem Samtanzug Rod Stewart vor. Seine rauchige Stimme hatte so manchen Abend im fernen Spanien begleitet.

Gegen zehn kam meine zweite Mitbewohnerin. Sie torkelte leicht, wurde von einem Mann, der sie im Arm hielt, immer wieder hochgezogen. Ohne auf uns zu achten, verschwanden beide in ihrem Zimmer.

»Wer war das?«, fragte ich meine Couchnachbarin.

»Monika«, bekam ich zur Antwort.

»Und der Mann?«

»Das ist Werner. Der wohnt eigentlich in einer Männer-WG, aber pennen tut er immer hier.«

»Aber es ist doch nicht erlaubt, während der Resozialisierung zu trinken?«

»Wenn sie nicht trinken, nehmen sie Drogen.« Damit war für Beate das Gespräch beendet, ihr hauptsächliches Interesse galt den kuriosen Wetten im Fernsehen.

Ich hatte genug, ging in mein Zimmer, hing meine Kleider auf, einen Stofffetzen in Weiß, einen in Gelb, passend für die Sonne Spaniens, dazu beige Stöckelschuhe, eine passende Lederhandtasche, einen Blazer aus imitiertem Tigerfell, eine schwarze Leinenhose und ein Kostüm aus indischer Seide. Diese Kleidungsstücke hatte ich mir schon vor längerer Zeit in einer Boutique in Marbella gekauft. Für ein Obdachlosenheim waren sie viel zu schick. Mit ihnen konnte ich zur Dinnerparty gehen, aber kaum am Montag meine Resozialisierung beginnen. Auf den schmalen Tisch mit dem blassrosa Läufer stellte ich einen kleinen Buddha aus Holz, den mir Alvaro in einem Antiquariat in Granada gekauft hatte, dazu legte ich ein paar Fotos, eine Muschel und zwei Bücher auf den Tisch. Nun bezog ich zum zweiten Mal ein Heimbett, den unverkennbaren Geruch eines bestimmten Waschpulvers und einer Heißmangel in der Nase.

Fast eine Woche war ich schon in diesem Heim. Ich hatte sie überstanden und etwas Neues gelernt: Gesundheit, Bildung und Tatkraft bedeuteten nichts angesichts eines leeren Geldbeutels. Alle Menschen, denen ich bislang begegnet war, einschließlich der Sozialarbeiterin, wiesen mich auf meine Bedürftigkeit hin. Keiner von ihnen gab mir Mut, ich könnte es hinkriegen, aus diesem Sumpf herauszukommen. Ganz im Gegenteil. Sie gaben mir unentwegt zu verstehen, dass ich ganz unten angekommen war. Wie lange würde ich das durchhalten?

Immer wieder kreisten meine Gedanken um diese Frage. Wir, die Mittellosen, haben kaum eine Chance, mit unseren Wünschen und Problemen beachtet zu werden. Reiche, ja, die kennt jeder, begierig werden die Ranglisten studiert. Wer hat das größte Vermögen? Aber was ist mit denen, die unterhalb der Armutsgrenze leben? Ist der Weg für Gestrandete vorgezeichnet wie sonst bei keinem anderen Menschen? Am Tag zuvor hatte ich ein Gespräch zwischen zwei Sozialarbeitern mitbekommen. Sie sprachen von einem jungen Mann, der mit kurzen Unterbrechungen immer auf der Straße gelebt hatte, mit seinem Rucksack durch aller Herren Länder gereist war. Er hatte den Drang, immer auf Achse zu sein, nun war er aber seit fast einem Jahr kontinuierlich hier im Heim. Im letzten Monat lernte er eine Frau »von draußen« kennen. Sie verliebten sich ineinander, er zog zu ihr in die Wohnung. Als ich das hörte, war ich stolz auf den Mann, auf seinen Schritt. Doch der eine Sozialarbeiter sagte nur: »Der wird nicht lange draußen bleiben. Der schafft es nicht, der kommt wieder.« Sollten alle wiederkommen, sollte es keiner packen? War das die Devise des Heims? Warum konnte ihnen keiner die Daumen drücken und sagen: »Wir wünschen euch ganz viel Glück!«? Ich verstand nicht, weshalb Menschen nicht aufgebaut, sondern nur noch weiter hinabgezogen wurden. Wo lag der Sinn darin, die Leute zu entwürdigen? Oder hatte ich nur noch nicht die richtige Lebenseinstellung gefunden? Ich jedenfalls hoffte auf den Willen des Liebespaars.

Leise drehte ich den Schlüssel im Türschloss um, als ob ich etwas Verbotenes tun würde. Nun war ich wirklich allein. Keiner konnte ohne meinen Willen in mein Zimmer, nur die Hausverwaltung für ihren Routinekontrollgang

6. Im Kreise der Lieben

»Wo wollen Sie hin?«, hatte mich am vergangenen Freitag die Sozialarbeiterin gefragt. »Sie können in die Putztruppe, in die Wäscherei, in die Cafeteria, aber auch in die Werkstätten. Da können Sie Stühle neu flechten, Tische und Schränke restaurieren.«

»Am liebsten möchte ich Büroarbeit machen«, sagte ich.

Frau Stahl schaute mich durchdringend an, wahrscheinlich hatte noch keiner der Obdachlosen einen derartigen Wunsch geäußert.

»Melden Sie sich in der Flechtwerkstätte von Herrn Stasiuk«, entschied sie. »Vielleicht braucht er jemanden an seinem Computer.«

Ich sagte nicht, dass ich noch niemals ein solches Gerät bedient hatte. Vor zwanzig Jahren arbeiteten Sekretärinnen mit der Schreibmaschine und einem Stenoblock. Ich hatte noch die Einführung der elektrischen Schreibmaschine miterlebt und in Düsseldorf bei der Bank auf einer solchen geschrieben. Die technische Entwicklung war an mir vorbeigegangen. Jeder konnte heute mit einem Computer umgehen, nur nicht ich.

Am Montag, halb neun Uhr, stand ich vor dem Werkstattleiter, ein groß gewachsener Mann mit einem markanten Gesicht, einer Hornbrille und einer grünen Kappe auf den braunen Haaren. Ich hatte den Verdacht, dass sie gefärbt waren. Anscheinend wollten jetzt auch die Männer in Deutschland jünger wirken. Herr Stasiuk war Mitte fünfzig, mit einem schmalen Mund, aber freundlichen Augen und mit Händen, die zupacken konnten.

»Ich heiße Christiane Völkner und soll hier anfangen«, sagte ich etwas schüchtern. Um meine Taille kräuselte sich eine gelbe Hose mit einem Gummizug, dazu trug ich eine grün gemusterte Bluse mit einem breiten Kragen und ausrangierte Gesundheitslatschen. Die Sachen hatte ich mir mit Lillys Hilfe aus der Kleiderkammer besorgt, um mich dem allgemeinen Dresscode anzupassen, nichts Überkandideltes, nichts Figurbetontes. Es war gar nicht einfach, etwas Passendes für mich zu finden. Kaum ein Kleidungsstück hatte meine Größe; Hose und Bluse, für die ich mich entschieden hatte, waren mindestens eine Nummer zu groß, ebenso die fleischfarbene Unterwäsche. Nur die weißen Socken saßen haargenau. Als ich in die Hosentasche griff, fand ich ein zusammengeknülltes Tempotaschentuch, einen gefalteten Kaugummistreifen und eine verbogene Büroklammer. Die ausgetretenen Schuhe verhinderten, dass ich weiterhin wie ein Kranich durch die Gegend stolzierte, nahezu über Nacht eignete ich mir einen Schlürfgang an, so hob ich mich auch in dieser Hinsicht nicht weiter von den anderen ab. Einzig meine Haare waren frisch gewaschen und geföhnt. Darauf zu verzichten, das wäre einem kompletten Ich-Verlust gleichgekommen.

»Können Sie am Computer arbeiten?« Herr Stasiuk war ein Mann der direkten Worte. Ich schüttelte den Kopf. Mit Bangen hatte ich die Frage erwartet.

»Aber ich werde es bestimmt schnell lernen«, fügte ich mutig hinzu. In diesem Augenblick erschien es mir einfacher, eine Datei zu öffnen, als einen Thonetstuhl mit einem neuen Geflecht zu versehen, die Bastfäden gekonnt durch das gespannte Netz zu führen. Schon als kleines Kind hatte ich es gehasst, den Stickrahmen zu benutzen, um auf dem straffen Tuch aufgedruckten Kreuzen nachzusticheln. Statt im Ergebnis auf schwebende Blütengirlanden zu schauen, sah es bei mir immer so aus, als hätten Hühner verbissen versucht, die bunten Kleckse aufzupicken. Überall stellten sich aufgedrehte Fäden und schlaffe Schlaufen in den Mittelpunkt.

In der Werkstatt saßen sechs Leute schweigend beisammen und versuchten sich an den kompliziertesten Mustern bei Sitzflächen und Rückenlehnen, andere arbeiteten Korbstühle auf. Später erfuhr ich, dass die Muster auch bestimmte Namen hatten: Wiener Geflecht, Spanisches Binsengeflecht und Sonnengeflecht. Die Stühle kamen von Privatleuten, die sie hier gegen ein geringes Entgelt reparieren ließen. Da von den Obdachlosen kein professionelles Tempo erwartet werden konnte, und weil es auch viele Krankheitsausfälle gab, musste der Auftraggeber Geduld mitbringen, bis er seinen Stuhl oder Sessel wiederbekam.

»Dann bringe ich Ihnen eben die Grundkenntnisse bei«, sagte der Werkstattleiter. »Jemand muss die Einnahmen und Ausgaben kontrollieren. Ich schaffe das nicht allein, ich muss aufpassen, dass beim Flechten nichts schiefgeht.«

Das Büro von Herrn Stasiuk lag unmittelbar neben der Werkstatt, es war ein separater Raum, größtenteils verglast, aber ohne Tür, wie ein Wintergarten an einem Wohnzimmer. Auf einem hellen Holztisch stand ein wuchtiger Computer, daneben eine Grünpflanze mit langen, kahlen Stielen, an dessen Enden schaufelartige Blätter wuchsen. Großstadtpanoramen von New York und Sydney klebten mit Tesastreifen an der Wand, erzählten von einer Sehnsucht nach der Ferne, daneben war eine Postkarte mit dem Ausspruch aufgespießt: »Vor dem Sprechen Gehirn einschalten«. Auf dem Fußboden stapelten sich verstaubte Ordner und unzählige Dosen mit Mischungen zum Beizen und Lackieren der Stühle. Hinter dem Computer reihten sich ein paar Bücher auf, sie alle trugen sozialpsychologische Titel. Hier also sollte ich künftig arbeiten. Mein Herz klopfte.

Herr Stasiuk schaltete das Gerät ein und öffnete eine Datei.

»Betrachten Sie den Computer einfach wie eine bessere Schreibmaschine«, ermutigte er mich. »Schauen Sie, unter dieser Datei sind die Namen all derer, die in den Werkstätten arbeiten. Am Ende des Tages sage ich Ihnen, wer von Ihnen für seine Arbeit die fünf Mark Entgelt bekommen hat und wer nicht, weil er krank war oder was weiß ich für Gründe hatte, nicht in den Werkstätten zu erscheinen. Das alles muss verbucht werden. Und schauen

Sie hier, hier wird verzeichnet, wer einen Stuhl oder einen Tisch gebracht hat, wann der Auftraggeber ihn zurückbekam und wie viel er dafür bezahlte. Am Ende eines Monats werden schließlich die einzelnen Summen addiert. Eine dritte Auflistung hält die Ausgaben für Materialien und Arbeitsgeräte fest.«

Verloren blickte ich Herrn Stasiuk an.

»Es wird schon gehen«, fügte der Werkstattleiter hinzu.

Die Arbeit schien nicht allzu kompliziert, vorausgesetzt, ich beherrschte den Computer. Ich musste nur sehen, dass ich die Dateien aufrufen und die Neueintragungen richtig speichern konnte. Geduldig richtete mir Herr Stasiuk neue Seiten ein, sodass ich herumprobieren konnte, ohne seine wichtigen Daten zu löschen.

»Und wenn Sie nicht weiterkommen, hier ist ein Ordner mit Unterlagen eines Computerkurses der Volkshochschule, den ich einmal gemacht habe. Aber nur die ersten fünf Lektionen.« Mit diesen Worten ging Herr Stasiuk wieder zurück zu den Flechtern.

Computerkenntnisse würden für mich entscheidend sein, das wusste ich. Aus diesem Grund hatte ich mich auch in der vergangenen Woche an der Volkshochschule informiert. Ein Computer-Anfängerkurs für das kommende Wintersemester sollte zweihundertfünfzig Mark kosten. Das war eine extrem hohe Summe für mich. Zwei Monatstaschengelder würde dieser Kurs verschlingen, sollte ich mich dafür entscheiden. Nur noch die fünf Mark blieben dann zum Leben, die auch ich jeden Abend ausgezahlt bekommen würde, fünf Tage die Woche, wenn ich zur Arbeit erschien. Bei einer Krankschreibung würde ich nichts erhalten. Groß rechnen musste man nicht, das machte, wenn alles gut ging, fünfundzwanzig Mark pro Woche. Nicht gerade viel Geld für einen Sechsstundentag, aber wir erhielten kein Gehalt, sondern Therapiegeld. Wovon sollte ich aber Zahnpasta, Shampoo oder die Besohlung meiner Schuhe bezahlen? Unmöglich war das. Oder sollte ich das von meinem Taschengeld bezahlen?

Um nach einem Zuschuss zu fragen, ging ich zum Sozialamt. Der Weg war mir ja nicht mehr unbekannt. Als Antwort erhielt ich ein kategorisches Nein. Ich verstand das nicht, denn was hatte der Staat davon? Je schwächer ich war, desto länger musste er mich alimentieren. Plötzlich verstand ich, warum Menschen eine Wut gegen unser System entwickeln.

In der eineinhalbstündigen Mittagspause stellte ich mich meinen »Arbeitskollegen« vor. Obwohl ich hochkonzentriert vor dem Computer gesessen hatte, war mir nicht entgangen, wie ich angestarrt wurde, sonnengebräunt und erholt, wie ich aussah. Ich war nicht wirklich eine von ihnen, das war klar. In der Pause fasste ich mir ein Herz und trat auf meine Kollegen zu, die in einer Ecke der Werkstatt zusammensaßen. Roland gab mir zuerst die Hand. Er war Ende vierzig, vielleicht auch Ende fünfzig, ich konnte das Alter bei vielen nur schwer einschätzen; wenn ich später nachfragte, merkte ich oft, dass ich mich verschätzt hatte. Er trug einen weinroten Nickipullover. Aus der rechten Seitentasche lugte eine Packung Drums hervor. Seine Beine steckten in Jeans, seine Haare unter einer Kappe, auf der vorne die brasilianische Flagge triumphierte. Er lebe in einer Sozialwohnung, erzählte er, während er seine mitgebrachten Käse- und Leberwurstbrote auspackte, käme aber jeden Tag hierher, weil er sich sonst zu einsam fühle. Fürs Flechten erhalte er zehn Mark, doppelt so viel wie die Heimbewohner, weil er »Hilfe zur Arbeit« bekomme. Ganz hatte ich das System im Heim noch nicht begriffen, aber ich wollte jetzt auch keine Grundsatzdiskussion anfangen.

»Jeder hat sein Päcken zu tragen«, fuhr Roland ohne Pause fort. »Ich bin schon zehn Jahre hier. Früher war ich bei der Bahn, aber dann habe ich Probleme mit dem Rücken bekommen. So ist das eben.«

Zehn Jahre waren für mich eine unvorstellbar lange Zeit. Zehn Jahre hatte er tagaus und tagein Stühle geflochten. Für Roland war das normal, ihm schien es nichts auszumachen. Oder doch? Seine Augen blickten verletzt drein, sein Kinn zitterte.

»Einmal wollte mir die Ärztin hier im Heim eine Kur verschreiben«, hörte ich ihn nun erzählen, »damit ich mal aus dem, wie sie sagte, Milieu herauskomme. Ich war darüber richtig sauer, Milieu, war 'ne richtige Frechheit, so abfällig herumzuschwafeln. Ich hab ihr geantwortet, dass sie sich jemand anderen für diese blöde Kur suchen soll, ich jedenfalls würde nicht fahren. Bleibt mein Rücken eben krumm. Basta.«

»Und wie lange arbeitest du schon hier?«, fragte ich die Frau, die neben dem ehemaligen Bahnangestellten saß.

»Schwafel net so blöd«, brummte sie zwischen zwei hastigen Zügen an ihrer Zigarette. »Ich bin die Suse und du bischt nix Besseres als wir, mir hawe alle kee Geld, brauscht dei Nase net so hoch trage. Du bischt kee normale Sekretärin.«

»Das weiß ich doch«, sagte ich. Erschrocken schaute ich Suse und ihre verstrubbelte Mähne an. Ich begriff sofort, was sie meinte. Büroarbeit war in der Heimhierarchie offensichtlich höher angesehen als das Flechten von Stühlen. Suse hatte mit Sicherheit auch kein leichtes Leben gehabt. Die Schulterblätter zeichneten sich unter dem T-Shirt ab, die Mundwinkel waren verzerrt, die Augenbrauen so dünn wie eine Messerklinge. Um die Arme hatte sie Mullbinden gewickelt, wahrscheinlich um Nadeleinstiche zu verdecken. Vielleicht hatte sie aber auch einen Selbstmordversuch hinter sich. Aber Suse hatte Recht, ich war in dieses Büro gegangen, wie ich es früher auch getan hatte, geschminkt, gebürstet und aufrecht, soweit das mit flachen Tretern überhaupt möglich war.

»Lauf so rum wie wir«, riet mir kurz angebunden ein Mann, der mir aufgefallen war, weil er bei meinem Eintreten in die Werkstatt mit einem wuchtigen Korbstuhl hantiert hatte. Er stellte sich als Freddy vor. Seine großen, knochigen Hände hielten ein Brötchen fest, das er schon fast aufgegessen hatte. Auf seinem Schopf saß ein etwas zu kleiner hellgrauer Filzhut, Tiroler Machart, verziert mit einer gedrehten Kordel in Tannengrün. Männer schienen hier Kopfbedeckung zu favorisieren. Ein paar Krümel lagerten auf seinem grau-blau karierten Hemd, Freddy schien das nicht weiter zu stören. Später erfuhr ich von ihm, dass er mal Metzger gewesen war, dann aber mit dem Saufen angefangen hatte und schließlich völlig versumpft war. In seinem Schlachthof wurde Akkord gearbeitet, das schaffte er nicht mehr. Im angesoffenen Zustand war das lebensgefährlich. Einmal hatte er sich im Vollrausch fast die Hand weggeschnitten. Er wurde deshalb entlassen. Jetzt würde er nur noch ein, zwei Bier am Tag trinken, keine Abstürze mehr. Die Ärztin habe ihm gesagt, dass er nicht mehr lange zu leben hätte, wenn er weiter so viel trinken würde. Aber einen Job als Metzger könne er vergessen, mit vierundfünfzig sei er zu alt. Freddys große Hoffnung, an die er sich Tag für Tag klammerte, war eine alte Tante im Schwarzwald, die ihm bei ihrem Tod den Bauernhof vermachen wolle. Auf dem würde er ganz viele Tiere halten, Ziegen, Schafe und Geflügel, und höchstens zu Weihnachten würde er eine Gans schlachten, ansonsten dürften sie in Ruhe alt werden. Als ich ihn nach einer Frau fragte, wurde er traurig. »Vielleicht finde ich ja eine, die mit mir kommt«, sagte er.

Die Mittagspause war um, noch bevor ich wusste, wer die anderen drei Flechter waren. Erst in den nächsten Tagen lernte ich sie näher kennen. Da war noch Petra, knapp über zwanzig. Mit zwölf wurde sie magersüchtig, die Eltern versuchten ihr das Essen gewaltsam in den Mund zu stopfen. Um ihre Gefühle herauszulassen, Aggressionen abzubauen, fing sie an zu klauen. Sie ging rein zu C&A und kam mit einem neuen T-Shirt oder sogar einem dicken Pullover wieder raus. Mit sechzehn fing sie an zu kiffen, brauchte dafür Kohle, klaute weiter, bis sie von ihren Eltern aus der Wohnung geschmissen wurde. Nach ein paar Jahren auf der Straße wolle sie jetzt wieder auf die Beine kommen. Sie war noch immer dünn wie ein Strohhalm, sie sah aus, als könnte sie nicht einmal die Gabel zum Mund führen. Mario trug auch bei der größten Hitze ein Shirt mit Kapuze, die er stets tief ins Gesicht zog, als würde er sich verstecken wollen. Auf seinem linken Unterarm hatte er Narben, als hätte er sich brennende Zigaretten auf seiner Haut ausgedrückt. Ende zwanzig mochte Mario sein, keiner wusste es genau, er sprach nur selten mit den anderen. Einzig mit Petra. Ihr hatte er anvertraut, dass er süchtig nach Telefonsex sei. Er wohnte noch bei seiner Mutter, als ihm das Handy gesperrt wurde. Innerhalb von drei Wochen hatte er über zweitausend Mark vertelefoniert. Dann nahm er einen Job als Aushilfskoch in einem Hotel an, um die Schulden abzubezahlen, zudem hoffte er, unauffällig an ein Zimmertelefon zu kommen. Das gelang ihm auch, doch wurde er dabei entdeckt. In drei Tagen hatte er zwei Gehälter auf die Konten spezieller Damen transferiert. Er trieb sich überall herum, bis er in dieses Heim gelangte. Telefone gab es in den Wohngemeinschaften nicht, die Sozialarbeiter mussten ihre Zimmer immer abschließen, wenn sie sie verließen, von daher konnte Mario nicht rückfällig werden.

Und von Hansi war so gut wie nichts in Erfahrung zu bringen. Er soll einmal als Schweißer gearbeitet haben, bis seine Frau und die drei Kinder bei einem Autounfall ums Leben kamen. Ein Lastwagenfahrer war in ihr Auto gerast. Die Geschwister würden ihm helfen, sagte er mir in einem Pausengespräch, aber er wolle einfach nur seine Ruhe haben.

In dem kleinen Büroraum war es stickig, das Fenster ließ sich nur einen Spaltbreit öffnen. Die Augen brannten, der Kopf schmerzte von den ungewohnten Beizgerüchen. Wenn ich nicht gerade auf meinen Bildschirm blickte, ließ ich meine Augen durch die Werkstätte wandern. Die Wände waren zur Hälfte gekachelt, in der Mitte stand ein großer Holztisch, an dem die Flechter saßen. Hinten im Raum warteten Stühle auf ihre Abholer oder darauf, neu bespannt zu werden. Den Boden schmückten alte Perser, mein Chef bemühte sich um eine angenehme Atmosphäre. In einer zweiten Flechtwerkstatt, ein paar Häuser die Plöck hinauf, hatte der Meister mit seinen Mitarbeitern sogar eine Voliere im Hof errichtet, in der Wellensittiche und Nymphensittiche herumzwitscherten. Gelbe Tagetes und blauer Männertreu säumten den Außenkäfig. Hier hätte ich gern mein Brot verzehrt, unter freiem

Himmel, doch unserer Werkstatt war kein Garten und kein Hof angegliedert.

Wie lange werde ich wohl bleiben müssen?, dachte ich immer wieder. »Bitte nicht bis an mein Lebensende«, murmelte ich dann leise vor mich. Wie eine Beschwörungsformel, um das Unheil abzuwenden.

Am Ende meines ersten Arbeitstages im Wichernheim klopfte mir Herr Stasiuk auf die Schulter. Vielleicht war er froh, so etwas wie eine Sekretärin zu haben. Ich schaltete den Computer aus und merkte, wie müde ich war, dabei hatte ich doch nichts Großartiges geleistet. Aber alles war neu für mich. Seit Jahren hatte ich nicht mehr über Stunden auf einem Stuhl gesessen, auch ahnte ich, dass ich für die wenigen Eingaben nicht zwingend sechs Stunden benötigen würde. Was aber sollte ich in der restlichen Zeit anstellen? Mir graute davor.

Wie ich erfahren hatte, gab es heute wieder einen Bowlingabend. Jeder, der mitmachen wollte, musste sich vorher auf der Liste eintragen. Zwei Sozialarbeiter wechselten sich regelmäßig ab, um diese Ausflüge zu begleiten. Anscheinend können Obdachlose keine eigenen Aktivitäten organisieren, dachte ich zynisch. Meine eigene unmündige Situation wurde mir noch bewusster.

»Kommst du mit zum Bowling?«, fragte Freddy. »In einer Stunde geht's los.«

Ein »Nein« wäre mir am liebsten über die Lippen gekommen, doch mit dieser Antwort hätte ich ihnen nur zu verstehen gegeben, dass ich mich mit ihnen nicht verbrüdern wollte. Ich wollte es ja auch wirklich nicht, dennoch blieb mir keine andere Wahl. Ich musste mit, wenn ich nicht als Außenseiterin abgestempelt werden wollte. Trotz aller inneren Abwehr fürchtete ich mich vor der Isolation.

»Es gibt auch umsonst etwas zu essen, ein Stück Fleisch, meistens Schnitzel«, warf Hansi ein. »Und ein Bier obendrauf.«

»Aber ich kann nicht kegeln«, sagte ich zaghaft. Und euer Bier ist mir auch egal, hätte ich gern hinzugefügt, verkniff es mir aber.

»Das bringen wir dir bei«, meinte Freddy, freudig erregt, etwas zeigen zu können.

Eine Stunde später stand ich vor dem Haupteingang. Ein Bus wartete bereits, um uns zu einer Bowlingbahn am Stadtrand zu bringen. Die meisten der Heimbewohner, die sich zu diesem monatlichen Gemeinschaftsausflug versammelt hatten, trugen eine Plastiktasche, in denen Bierflaschen aneinanderschepperten.

»Guck net so blöd«, fauchte Suse, die mich beobachtet hatte. »Wie soll'n wir sonst das Leben ertragen?«

Leicht verlegen schaute ich mich in der Menge nach Lilly und Paul um, konnte aber keinen von ihnen entdecken. Sie waren klüger als ich, sie ließen sich von diesem Gruppendruck nicht beeindrucken. Wahrscheinlich saßen sie entspannt in ihrer WG herum, kochten sich etwas zu essen, etwas, das sie sich ausgesucht hatten, schwatzten mit den Mitbewohnern oder sahen sich im Fernsehen eine Vorabendserie an. Wie gerne wäre ich bei ihnen gewesen.

»Einsteigen«, rief ein Sozialarbeiter.

Freddy zupfte mich am Arm und schleuste mich auf einen Platz neben sich. Kaum saßen die meisten, zischte es um mich herum, die ersten Flaschen von Penny wurden geleert. Ich hatte keine einzige dabei, nicht einmal, um sie mit großzügiger Geste kreisen zu lassen. Wer nicht teilte, hatte kaum eine Chance, in den Kreis der Obdachlosen aufgenommen zu werden. Ich fühlte mich wie die letzte Deppin.

»Geht es auch mal woandershin oder immer nur zum Bowling?«, fragte ich Freddy, um von meiner Schmach abzulenken.

»Letzten Monat waren wir im Zirkus«, antwortete er. »Wie die Kinder haben wir uns darauf gefreut. Kann mich nicht mehr daran erinnern, so viel gelacht zu haben. Das Zwerchfell hat höllisch wehgetan. Musst nämlich wissen, dass da ganz viele Clowns auftraten, mit so Pappnasen und kunterbunt angemalten Fratzen. Aber Seelöwen gab's auch. Die machen nur Unfug, wenn sich der Dompteur wegdreht.«

Ich fand es absurd, wie Freddy darüber sprach. Als wäre es für ihn völlig normal, den traurigen Missgeschicken der Clowns zuzuschauen wie die selbstverständlichste Sache der Welt. Keinen Bezug zu seiner eigenen Wirklichkeit stellte er her. Für ihn war das schlichtweg eine Abwechslung aus dem ewigen Einerlei. Aber es lag wohl an meiner Perspektive, an mir, die mit aller Kraft wieder aus dem Heim herauswollte. Freddy hatte sich in seinem Schicksal eingerichtet. Für mich kam das nicht in Frage.

»Manchmal erhalten wir auch Freikarten für die Straßenbahn, dann fahre ich sonntags kreuz und quer durch die Stadt.«

Ich sagte dazu nichts, hätte mich nur in einem Gewirr und Lügen verstrickt, wenn ich mit einem »Das ist ja toll« geantwortet hätte.

Die Bowlinghalle hatte vielleicht fünfundzwanzig Bahnen, wir bekamen die letzten beiden zugewiesen. Ich schämte mich, mit unseren Schuhüberziehern an den anderen Spielern vorbeizugehen. Ich wollte nicht zu denen gehören, die zerlumpt, schmutzig und mit einer Bierflasche in der Hand durch den Saal zogen. Dabei hatte fast jeder ein Bier in seiner Nähe. Es sollte das erste und letzte Mal sein, dass ich hier war, schwor ich mir. Ich wollte nur noch weg, weg von diesen Ausdünstungen aus Schweiß, Alkohol, Rauch und Frittiertem.

Gegessen wurde zuerst, in einem hinteren Bereich des Saals. Nur mit Mühe bekam ich einige Bissen von dem panierten Schwein hinunter.

»Schmeckt's dir nicht?«, fragte mich Freddy. Dachte er gerade daran, dass er diesem Tier den Tod auf der Schlachtbank gebracht haben könnte, wenn er nicht mit dem Saufen begonnen hätte? Wahrscheinlich nicht. Sämtliche Mitarbeiter der Flechtwerkstatt saßen mit am Tisch, sie alle blickten zu mir hin.

»Doch, doch«, erwiderte ich. »Es ist nur so heiß heute. Da habe ich wenig Appetit.«

»Falls du nicht alles aufisst, ich nehm dir gern was ab«, warf Mario ein. Ohne auf Anmeldungen weiterer Mitesser zu warten, hievte ich mein Schnitzel auf Marios Teller, aß nur meine schlaff gewordenen Pommes.

»Wo ist denn dein Mann?«, fragte Petra.

Verdutzt schaute ich sie an.

»Na, der Paul«, fügte sie hinzu. »Ihr beide seid doch ein Paar.«

»Er ist nicht mein Mann. Wir kennen uns doch kaum, wir sind höchstens ein wenig befreundet«, sagte ich.

»Ach komm, zier dich nicht so. Das sieht doch ein Blinder, du hast dich mit ihm eingelassen.«

Für die Heimbewohner war es eine klare Sache, dass ich mit Paul ein Verhältnis hatte. Es hatte keinen Sinn, es weiter zu bestreiten. Also ließ ich sie in dem Glauben, obwohl mir nicht einmal im Traum eingefallen wäre, mich diesem Mann körperlich zu nähern. Später fand ich heraus, dass im Heim niemand von »der Freundin« oder »dem Freund« sprach, immer hieß es gleich, »das ist die Frau von« oder »der Mann von«.

Erstaunlich für mich war, dass ich mich auf der vollautomatischen Bowlingbahn gar nicht so ungeschickt anstellte. Die große Kugel hatte ich gut im Griff, immer traf ich mindestens fünf Kegel. Freddy, der unsere Mannschaft anführte, lobte mich sogar, die Anfängerin.

»Dich kriege se a noch dra. Du kommscht a noch eines Tages dran ans Flechte! Wart's nur ab«, zischte mir Suse nach einem Achter zu. Ich zuckte bei ihrer Drohung zusammen, denn es war klar, dass sie mit mir auf Konfrontation gehen wollte. Ich hatte eine Feindin.

Um halb zehn kündigte der Sozialarbeiter den Aufbruch an, unsere Kegelgruppe hatte haushoch gewonnen. Mir war das nicht wichtig, ich wollte nur in mein Zimmer, allein sein. Dort angekommen, wusch ich erst mal den rauchigen Gestank dieses Abends ab und die Energie dieser ungewöhnlichen Szenerie.

In was für eine Situation war ich nur hineingeraten? Wie lange sollte das noch so weitergehen? Wenn ich einfach hier wieder verschwände? Aber wohin? Ohne festen Wohnsitz. Einen Moment lang überkamen mich Schwäche und Resignation. Ich wollte nur noch sterben.

Auf einmal erinnerte ich mich an die Geschichte von Ischtar. Ich sah, wie die Göttin des Krieges und der Fruchtbarkeit viele Stufen hinunterstieg, immer tiefer. An jeder Stufe stand ein Wächter, der sie aufforderte, ihren Schmuck abzugeben, ihre Kleidung, ein Teil nach dem anderen, ihre Würde, ihre Rechte, ihre Identität. Jetzt musste sie noch weiter hinuntersteigen, ganz tief hinab, bis in die eigene Schattenwelt, vergleichbar mit der Hölle. Nur dort konnte sie sich von Grund auf wandeln, sie musste ihr Ego mit allen falschen Identifizierungen loslassen, damit der wahre unversehrbare Kern ihres Wesens zum Vorschein kam. Sie musste erkennen, dass die Schattenwelt nur eine Illusion war. Erst nach dieser Prüfung durfte sie wieder aufsteigen. Schritt für Schritt zur Sonnenseite, dem Himmel ihres Lebens. Und die Wächter gaben ihr an jeder Stufe genau die Teile zurück, die sie einmal beim Abstieg abgelegt hatte.

Ob ich wohl das Gleiche erfahren werde?, dachte ich. Ein Hoffnungsschimmer keimte in mir auf.

7. Das Herz sieht richtig

Langsam begann mein Leben im Obdachlosenheim einen Rhythmus zu bekommen. Ich passte mich an und blieb gleichzeitig meiner inneren Wahrheit treu. Ich musste mich auf Situationen einlassen, die gänzlich gegen meine eigene Natur waren, um mein Überleben zu sichern. Das sagte mir mein Selbsterhaltungstrieb.

In der langen Mittagspause kochte ich in meiner Wohngemeinschaft Nudeln, machte mir Salate oder wärmte eine Suppe auf. Dadurch brauchte ich nicht in die Kantine zu gehen, es hätte mich noch mehr hinuntergezogen. Nach der Arbeit ging ich einkaufen, räumte mein Zimmer auf oder wusch meine schmutzige Kleidung in der Waschküche. Wären da nicht die vorgeschriebenen Öffnungszeiten des Heims gewesen oder die vierzehntägigen Kontrollen, bei denen die Sozialarbeiter und der Hausmeister sämtliche Schränke nach Alkohol, Drogen oder Waffen durchsuchten, hätte man rein äußerlich kaum einen Unterschied zu einem in Freiheit lebenden Menschen gemerkt.

Obwohl ich versuchte, alles richtig zu machen, um mir unnötigen Ärger zu ersparen, stresste mich das neue Dasein sehr. Monika und Beate waren nicht einfach. Keine von ihnen putzte je die Gemeinschaftsräume noch konnte ich mich mit ihnen über die großen und kleinen Sorgen austauschen, geschweige denn ein vernünftiges Gespräch führen. Beate saß nur schweigend vor dem Fernseher, eingetaucht in ihrer eigenen Welt, zu der ich keinen Zutritt erhielt. Stellte ich ihr eine Frage oder bat ich sie darum, mir bei einer Hausarbeit zu helfen, schaute sie mich nur verständnislos an. Bekam ich Monika zu Gesicht, dann wärmte sie im

Backofen ein Fertiggericht auf, um dann gleich wieder mit Werner in ihren vier Wänden zu verschwinden. Bislang hatte ich noch keinen einzigen Satz mit ihr gewechselt, sie sagte immer nur kurz »Hallo«, ansonsten war ich für sie Luft. Mehrere Male fand ich leere Tablettenschachteln und Bierflaschen im Mülleimer. Wohl war mir nicht dabei. Werner, das brachte ich wenigstens in Erfahrung, sollte einen Job bei der Müllabfuhr haben, Monika sah ich mehrere Male in der Großküche, wo sie in Töpfen herumrührte und Essen auffüllte.

Eines Morgens während der zweiten Woche meiner Arbeitstherapie fühlte ich mich sehr deprimiert. Meine Glieder waren bleischwer, auf der Haut zeigten sich rote Pusteln, wahrscheinlich eine allergische Reaktion auf die Lösungsmittel, meine Augen waren geschwollen, mir war übel. Niedergeschlagen zog ich meine übergroßen Klamotten an, dachte nur daran, in welcher Sackgasse ich gelandet war. Monika und Werner stritten in der Küche, ihr Geschrei war nicht zu überhören. So hatte ich die beiden noch nicht erlebt. Es klang nicht danach, als wären sie nüchtern. Aus ihren Wortfetzen konnte ich nicht entnehmen, worum es genau ging. Die Auseinandersetzung tat meinen Nerven nicht gut, ich verzichtete auf mein Frühstück, wollte nur weg von dem Chaos.

Im Büro hatte ich Schwierigkeiten mit dem Computer. Ich verstand die fünfte Volkshochschullektion nicht, so sehr ich mich auch bemühte. Immer wieder funktionierte es nicht, scheinbar hatten die Tasten ein Eigenleben. Plötzlich liefen mir Tränen die Wange hinunter. Zuerst weinte ich leise vor mich hin, dann gestaltete sich mein Schluchzen zu einem hysterischen Heulkrampf, den ich nicht mehr bremsen konnte.

»Ich kann das alles nicht«, jammerte ich. »Ich weiß gar nicht, wozu das gut sein soll. Das Ganze macht doch keinen Sinn.«

Bestimmt habe ich noch viel mehr gesagt, an das ich mich aber nicht mehr erinnere. Ich war einfach nur fix und fertig. Herr Stasiuk schaute mich irritiert an. Wenn seine Mitarbeiter betrunken, bedröhnt, voller Ausreden und Lügen in die Therapie kamen, konnte er ein Machtwort sprechen, aber eine völlig aufgelöste Sekretärin war ihm noch nicht untergekommen.

»Habe ich etwas verkehrt gemacht?«, fragte er mich verunsichert.

»Nein, nein«, heulte ich. »Ich bin nur todunglücklich.«

Mein Chef erwiderte darauf nichts, er verließ das Büro. Nach einer Weile kam er mit meiner Sozialarbeiterin zurück, ich hatte mich schon wieder etwas gefangen.

»Was ist passiert?«, fragte mich Frau Stahl.

»Ich musste weinen«, sagte ich.

»Das geht doch nicht. Was sollen die Leute von Ihrem Chef denken? Der kann keine heulende Sekretärin gebrauchen.«

»Andere trinken wegen ihrer Probleme oder nehmen Drogen. Ich weine bloß. Was soll daran verkehrt sein? Soll ich mich etwa betrinken, damit ich nicht heulen muss?« Langsam erwachte mein Lebenswille, ich war wieder bereit, für mich zu kämpfen.

»Das kann schon mal vorkommen, dass man traurig ist und weinen muss«, lenkte die Sozialarbeiterin ein. »Wenn weiter nichts vorliegt, können Sie Ihren Job hier im Büro behalten.«

Mein Chef nickte mit dem Kopf, er hätte ungern auf eine Sekretärin verzichtet. »Gehen Sie eine Weile draußen spazieren und erholen Sie sich. Sie brauchen erst nach der Mittagspause wieder an Ihrem Arbeitsplatz zu erscheinen«, fügte er hinzu.

Das ließ ich mir nicht zweimal sagen. Ich nahm meine Handtasche und lief in Richtung Fußgängerzone, auf der Suche nach einem Straßencafé, Wunschbild eines normalen und freien Lebens. Das war wohl ein Heimkoller, dachte ich bei mir, während ich an meiner Zitronenlimonade nippte. Kein Wunder, in dieser grölenden, nörgelnden Umgebung. Da mussten die Nerven blank liegen.

Es war klar, dass ich etwas ändern musste, damit es mir wieder besser ging. So nahm ich mir vor, meinen Tageslohn erst am Ende der Woche abzuholen, dann brauchte ich nicht mehr jeden

Abend mit den anderen anzustehen, um meine fünf Mark zu erhalten, brauchte nicht mehr ihre unerträglichen Bemerkungen anzuhören. Außerdem hatte ich dann fünfundzwanzig Mark für das Wochenende, eine aussichtsreiche Vorstellung. Keiner von meinen Kollegen sparte das Geld, jeder griff gierig nach dem Fünfmarkstück, um den Frust des Tages mit Bier oder Zigaretten auszugleichen. Doch viele von ihnen besorgten sich zudem eine Flasche Schnaps oder sogar zwei, die von dem knapp bemessenen Therapiegeld kaum zu bezahlen war. Woher hatten die Leute bloß das Geld? Ich konnte mir keinen Reim darauf machen. Erst viel später begriff ich, dass so mancher Deal mit gestohlenen Sachen in irgendwelchen Kneipen ablief. Paul erzählte mir davon. Ich war in keinem Fünfsternehotel gelandet, das konnte nicht übersehen werden.

Paul besaß auch mehr Geld als die anderen. Immer wieder steckte er mir etwas zu, damit ich zum Friseur gehen oder eine Körperlotion kaufen konnte. Ohne ihn hätte mein Leben im Heim anders ausgesehen. So konnte ich für meine Kollegen auch hin und wieder eine Runde Eis spendieren. Es war so einfach, mit kleinen Dingen Stimmungen zu verändern. Das Extrageld verdiente sich Paul, indem er hier und dort auf Hunde aufpasste, die Gartenhecke schnitt oder den Rasen mähte. Anfangs wollte ich nichts von Paul annehmen, ich wollte mich nicht abhängig machen von ihm. Aber nach einer Weile gab ich meinen Widerstand auf.

»Nimm es einfach«, sagte Paul, wobei er sich mit der Hand eine Strähne aus dem Gesicht wegstrich, wo keine war. »Ich habe ja auch für dich gearbeitet. Ich will, dass es dir gut geht.«

»Du musst wissen, ob du es entbehren kannst«, erwiderte ich.

»Kann ich.«

Pauls Fürsorge war entwaffnend. Oft brachte er mir belegte Brote vom Abendtisch aus dem Gemeinschaftssaal mit, auf diese Weise sparte ich ein paar Mark ein und konnte sie für meine persönlichen Sachen ausgeben. Wie er das alles organisierte, habe ich nicht erfahren, er hatte seine eigenen Überlebensstrategien entwickelt.

Im Heim genoss Paul eine gewisse Achtung, ja Respekt. Er galt als zuverlässig, entsprechend stand ich als »seine Frau« unter einem besonderen Schutz. Hätte ich diesen nicht gehabt, ich konnte mir ausmalen, wie man dann mit mir umgegangen wäre. Das einzige Problem war nur, dass ich mir Paul als Partner überhaupt nicht vorstellen konnte, auch wegen seiner äußeren Erscheinung. Zu verfilzt waren mir seine Haare, zu kaputt die Zähne, zu grau die Haut, als hätte er sich seit Tagen nicht gewaschen, was aber mit Sicherheit nicht stimmte.

»Kann ich nicht die Nacht bei dir verbringen? Wenigstens am Wochenende?«, fragte mich Paul oft.

Ich versuchte mich in Ausflüchten. Ich sagte ihm, ich sei nicht offen für eine Beziehung, Spanien habe mir ganz schön zugesetzt. Paul schaute mich mit wehmütigen Augen an. Ich fühlte mich schlecht, denn ich nahm so viel von ihm, gab aber außer meiner Gesellschaft nichts zurück.

Oft sahen wir zusammen fern, hielten uns sogar an den Händen, zum Abschied gab ich ihm einen Kuss auf die Wange. Wenn er am nächsten Morgen wiederkam, brachte er frische Brötchen vom Bäcker. Nicht einmal mein Exmann hatte das in den Jahren unserer Ehe fertig gebracht. Manchmal standen auch Blumen auf dem Tisch.

Nach einer Woche kam Paul fast jeden Abend bei mir vorbei. Einmal besuchte ich ihn auch in seinem Zimmer. Ich wollte ihm zeigen, dass ich mich für seine Dinge interessierte. Sein Zimmer war kleiner als meins, vollgestopft mit Käfigen, in denen Kanarienvögel, Hamster und Mäuse lebten. Ein wahrer Zoo. Es roch dort sehr streng, überall flatterte und raschelte es. Ich war froh, als ich wieder draußen war.

Langsam beruhigte ich mich. Die Säure der Limonade ließ mich an Andalusien denken, an die Zitronenhaine, deren Früchte jetzt leuchtend gelb wären. Im Frühjahr verströmten die weißen Blüten einen süßlichen Duft, der einen geradezu betäubte, wenn man unter einem Baum picknickte.

Es war Zeit, wieder die Plöck aufzusuchen. Am Eingang stand der Heimleiter, Herr Neumann, der zugleich Pfarrer war und jeden zweiten Sonntag in der nahe gelegenen Gemeindekirche Gottesdienste abhielt. Es schien, als hätte er auf mich gewartet.

»Gut, dass ich Sie hier treffe«, sagte er. »Ich möchte mit Ihnen reden. Es gehe Ihnen nicht gut, hab ich gehört. Das Beste ist, wir gehen in mein Büro, da haben wir mehr Ruhe.«

»Ja«, antwortete ich. Mehr nicht.

Pfarrer Neumann war ein groß gewachsener Mann mit einem breiten Rücken, auf dem man viel Kummer abladen konnte. Ich mochte ihn und folgte seiner Aufforderung, ohne zu zögern.

»Sie müssen sich keine Sorgen machen«, fuhr der Geistliche fort, nachdem er sich in einem braunen Ledersessel niedergelassen hatte. Ich sollte auf einem Stuhl ihm gegenüber Platz nehmen. »Sie können immer im Heim wohnen bleiben. Und wenn Sie es mit der Arbeit nicht mehr schaffen, dann ist da noch unser Altersheim auf der anderen Seite der Straße. Es ist sehr schön dort.«

»Ich möchte aber nicht für immer und ewig im Heim bleiben«, sagte ich. »Ich bin hier zwar am Abgrund angelangt, im unteren Himmel sozusagen, aber ich weiß, dass dieser Ort nur eine Zwischenstation sein wird, eines Tages werde ich die Kurve kriegen, wieder eine Zukunft haben. Aus der Pechmarie wurde auch eine Goldmarie, aus dem Aschenputtel eine Prinzessin. So weit will ich gar nicht gehen, aber wer ganz unten ist, muss eigentlich keine Angst mehr haben. Allein das hilft schon, um nach vorn zu schauen.«

Wieder einmal wollte ich mich beweisen, mir inneren Mut zusprechen. »Überschätzen Sie sich da nicht?«, fragte der Heimleiter. »Wie wollen Sie jemals auf dem freien Arbeitsmarkt eine Stelle bekommen? Wer hier seine Zelte aufgeschlagen hat, wird nicht mehr genommen. Seien Sie doch vernünftig.«

»Mag alles für Sie sprechen und Ihre Fürsorge in allen Ehren, aber hierbleiben? Niemals!« Aufgebracht verließ ich das Büro. In dieser Umgebung grassierte eine furchtbare Seuche, sie hatte den Beamten im Sozialamt wie auch die Menschen im Wichernheim erfasst: Jeder glaubte, mich in ein vorgefertigtes Kästchen stecken zu können, auf dem stand: »Hier bleibst du drin bis zu deinem Lebensende.«

Noch immer wütend meldete ich mich bei meinem Chef und bat darum, auch für den Rest des Tages frei zu bekommen. Er nickte, rief mir noch hinterher, dass ich meine Arbeit gut mache. Wahrscheinlich dachte er, dass ich an meinen Fähigkeiten zweifelte.

In unserem Gemeinschaftsbad ließ ich die Wanne mit heißem Wasser volllaufen. Glücklicherweise war ich allein, wer weiß, ob ich nicht Beate oder Monika angeraunzt hätte. So kannte ich mich selbst nicht, erschrocken hielt ich inne. Hatten die zwei Wochen in diesem Heim einen anderen Menschen aus mir gemacht? Ich hoffte nicht, aber ich merkte, dass ich aufpassen musste. Es war schwer, in diesem Wirrwarr einfach nur Christiane zu sein. Klare Gedanken brachen hier zusammen wie ein Kartenhaus, es kostete mich Mühe, nicht ganz den Mut zu verlieren.

Mein Leben kam mir wie ein Puzzle vor, dessen Einzelteile von vielen Händen durchmischt wurden. Ständig musste ich eine andere Rolle spielen, mal entzog ich mich, mal versuchte ich mich mit den Heimbewohnern zu verbrüdern, damit man mich nicht ständig abblitzen ließ, mal fühlte ich mich wie ein hypnotisiertes Kaninchen. War es die Atmosphäre, die mich so herunterzog? All dieser Dreck und die kaputten Menschen? War ich diesem fremden Milieu einfach nicht gewachsen? Ich spürte, wie erneute Hoffnungslosigkeit von mir Besitz ergriff, schleichend, doch die eiserne Zange war nicht mehr wegzudenken.

Manchmal hatte ich mich schon dabei ertappt, wie ich selber den Gang herunterschlurfte, den Rücken gebeugt, um nur ja nicht aufzufallen. Ich bekam schon Schmerzen vom krummen Gehen. Die Menschen im Heim, ich schien sie nun besser zu verstehen.

Warum habt ihr keinen Pep, keine leuchtenden Augen mehr?, hatte ich am Anfang gedacht. Nun verlor ich selbst meine Energie. Am gesellschaftlichen Rand zu vegetieren, das ist so, als wäre man aussätzig und müsste in Quarantäne leben. Bestimmt hatte ich in einem vergangenen Leben schon mal solche Erfahrungen gemacht. Das Gefühl, nie mehr heimkehren zu dürfen, war mir sehr vertraut.

Das Wasser hatte schon den Wannenrand erreicht, aber ich wollte nicht mehr baden. Ich fühlte mich einsam und ging in den großen Speisesaal, wo ich seit meiner Ankunft nicht mehr gewesen war. Für fünf Mark erhielten die »Resozialisierten« ein Mittagessen. Immerhin in Gesellschaft.

Mit meinem Teller Kässpatzen und einem kleinen Salat setzte ich mich in die Nähe eines Mannes, der Mitte vierzig war, gebräunt, strubbeliges, sonnengebleichtes Haar, das Gesicht wettergegerbt wie ein Seemann oder ein Abenteurer.

»Warum bist du hier gelandet?«, fragte ich neugierig. »Ich habe dich noch nicht gesehen. Du musst neu sein.« Jetzt stellte ich schon die Fragen, die man mir bei meiner Ankunft gestellt hatte. So schnell ging das.

»Ich lebe auf der Straße. Seit achtundzwanzig Jahren. Manchmal gehe ich in ein Obdachlosenheim, um mich zu regenerieren«, antwortete der Neuankömmling, fast leierte er seine Worte herunter, als hätte er sie sich für solche Zwecke zurechtgelegt.

»Hast du nie ein Zuhause gehabt?«

»Meine Mutter hat mich als Baby ausgesetzt«, antwortete er, »vor ein Kloster. Die Mönche haben mich aufgezogen, mir sogar eine Lehre als Tischler besorgt. Aber als ich siebzehn war, sagte ich dem Orden Adieu. Seitdem ziehe ich zwischen Kathmandu und Amsterdam hin und her. Mir gefällt's.«

Damit war unser Gespräch beendet. Zu gern hätte ich mehr Geschichten von seinem Leben und den fernen Ländern gehört, aber er zeigte kein weiteres Interesse an Geselligkeit. Er hatte Auskunft gegeben, die Sache war für ihn erledigt. Wahrscheinlich ist er ein Einzelgänger, dachte ich.

Als ich am späten Nachmittag nach Paul suchte, sah ich ihn mit Jo, seinen Namen erfuhr ich später, in der Cafeteria sitzend. Ich wunderte mich, wie intensiv diese einsilbige Gestalt auf Paul einredete. Vielleicht erzählte der Vagabund seine Geschichten lieber einem Mann, vielleicht war Paul ein besserer Zuhörer, der keine dummen Fragen stellte. Ich machte auf dem Absatz kehrt, ohne dass mich die beiden wahrgenommen hätten. So vertieft waren sie in ihre Diskussion.

Am Abend tauchte Paul nicht wie üblich in der WG auf. Ich machte mir weiter keine Gedanken. Erst als er sich auch nicht am nächsten Abend blicken ließ, begann ich mir Sorgen zu machen. Was war passiert? War Jo interessanter als ich? War er krank? Ich ging in sein Zimmer, um nachzuschauen. Vorsichtig öffnete ich die Tür zu Pauls Zimmer, sie war nicht abgeschlossen. Mit einem Blick sah ich, dass das Bett unberührt war. Ich trat ein und untersuchte die Käfige, die Apfelspalten und Salatblätter für die Tiere waren braun angelaufen oder lagen schlaff auf dem Sandboden. Paul hatte immer sorgfältig darauf geachtet, dass sein kleiner Zoo mit frischem Obst oder Gemüse versorgt war. Etwas musste passiert sein. Ich klopfte an die Türen der anderen Mitbewohner, aber keiner war da, den ich hätte fragen können, was mit ihm los war. Gerade als ich die WG verlassen wollte, trat Wolfgang ein, der das Zimmer direkt neben Paul bewohnte.

»Wo ist Paul?«, fragte ich. »Ich kapier das nicht, nirgendwo kann ich ihn auftreiben.«

»Er ist weg. Mit diesem Luftikus«, antwortete Wolfgang mürrisch. »Wollten nach Amsterdam. Wahrscheinlich kiffen. Der Paul hat sein ganzes Geld mitgenommen. Freiheit schnuppern war wohl angesagt.«

Ich konnte das nicht fassen. Über Nacht war Paul verschwunden, einfach abgehauen, ohne ein Wort zu sagen. Jo hatte in ihm den Richtigen gefunden, gutmütig, wie er war. Er brauchte meinen Freund, damit er ihm den Stoff finanzierte, ging es mir durch den Kopf. Keinen Moment zweifelte ich an Wolfgangs Aussage, dass es nur um Drogen ging. Warum hatte Paul das nur getan? Warum hielt er nicht an seinen Chancen fest? Alles war doch in Ordnung. Er hatte einen Job, mehr Geld als die anderen, möglicherweise sogar eine Stelle im Tiergarten in Aussicht. Und nun das? Auf der anderen Seite verstand ich ihn aber auch. Da kam so ein Freigeist und Desperado daher und redete von tollen Städten, womöglich auch von aufregenden Frauen. Wer sollte da nicht durchdrehen! Ich brauchte nur an meinen gestrigen Koller zu denken, wenn mir da einer das Blaue vom Himmel erzählt hätte, wer weiß, was ich stehen und liegen gelassen hätte. Dennoch wollte ich, dass Paul hier weitermachte, sich nicht mit merkwürdigen Touren durchschlug, nach Amsterdam oder Kathmandu. Die Gefahr war groß, dass er dabei in die Kriminalität abrutschte.

Plötzlich stand Lilly vor mir, Wolfgang hatte sich schon längst in seine Bude verzogen.

»Du sollst zum Pförtner kommen«, aufgeregt tippte sie mir auf die Schulter, »ein Anruf für dich, aus dem Ausland.«

Ich rannte den Flur hinunter zum Ausgang, atemlos blieb ich vor dem Pförtner Lothar stehen, der selten ein freundliches Wort für die Menschen übrig hatte. Ungehalten hielt er mir den Hörer entgegen.

»Bist du es, Paul?«, rief ich.

»Ich bin in Amsterdam«, dröhnte seine Stimme.

»Uns geht es super.«

»Du machst alles kaputt«, schrie ich geradezu ins Telefon hinein. »Warum machst du das?«

»Ich will leben, Christiane. Jetzt und nicht erst später, wenn all die Schulden mal abbezahlt sind.«

»Die Drogen, Jo, Amsterdam, das ist kein Leben. Der Typ nutzt dich nur aus, und wenn er dein Geld verprasst hat, lässt er dich hängen, dann bist nichts als ein Mülleimer für ihn.«

»Auch egal, und wenn ich an der Kifferei sterbe, ich will nicht mehr ins Heim zurück.«

»Komm zurück, bitte«, flehte ich Paul an.

»Nein«, sagte Paul. »Nie wieder.« Er lachte und legte auf. Das Gespräch war beendet.

»Er wird nicht mehr auftauchen«, meinte Lilly, die in der Zwischenzeit an meine Seite getreten war und meinen Arm tätschelte. »Es sind schon viele von hier verschwunden. Genauso wie Paul. Plötzlich, wie aus heiterem Himmel. Wenn man nicht völlig abstumpft oder sich zu Tode säuft, dann hält man es in diesem Gefängnis nicht aus.«

»Wir können Paul doch nicht einfach so laufen lassen. Wir müssen etwas tun«, rief ich. »Sonst geht er zugrunde.«

»Das ist Pauls Entscheidung.«

»Kann ich die private Telefonnummer vom Pfarrer haben?«, wandte ich mich nun an Lothar. »Vielleicht kann der helfen. In seinem Büro wird er nicht mehr sein, dafür ist es zu spät.«

»Nee, die dürfen wir nicht rausgeben«, sagte Lothar. »Der Paul hätte ja dableiben können.«

»Ihr macht es euch einfach«, erwiderte ich.

Resigniert ging ich in mein Zimmer, ohne weiter auf Lilly zu achten, die mich trösten wollte. Sie hatte sich mit ihrem Schicksal abgefunden, war still und hilfsbereit, murrte höchstens, wenn ihr etwas nicht passte. Und was wird aus mir werden?, fragte ich mich. Werde ich rechtzeitig diesen Tiefpunkt hinter mir lassen, bevor ich verrückt oder krank werde?

Versunken in meine traurigen Gedanken kam mir plötzlich in den Sinn, dass ich meine Sichtweise verändern sollte. Vielleicht gab es eine Möglichkeit, die Dinge mehr mit dem Herzen zu sehen. Mir fiel Saint-Exupéry ein, »Man sieht nur mit dem Herzen gut«. Genauso wollte ich versuchen, mir vorzustellen, ich sei im Obdachlosenheim nur auf Besuch und hätte keine Ahnung von seinem gesellschaftlichen Status. Ich musste nur lernen, die Szenen mit neuen Augen zu betrachten. Der kleine Prinz sollte an dieser Stelle mein Lehrmeister sein.

Ein Woche später hatte das Heim einen Ausflug an den Neckar angekündigt. Wer daran teilnahm, brauchte nicht zu arbeiten, erhielt aber dennoch die Arbeitsprämie, jene fünf Mark. Von Paul hatte ich seitdem nie wieder etwas gehört, seine Vögel und Nagetiere pflegten nun seine Kumpels. Langsam war auch ich davon überzeugt, dass er seine Entscheidung endgültig getroffen hatte und wohl nie mehr in dieses Heim zurückkehren würde.

In der Küche hatten sie für die Fahrt ins Blaue belegte Brötchen hergerichtet, Salate und Frikadellen. Verschiedene Sorten Saft waren bereitgestellt, sogar Cola gab es und Mineralwasser. Das war richtig großzügig. Organisiert hatte Hülya den Ausflug, die türkische Praktikantin. Ich kannte sie von einem Tanzabend, den sie im Heim veranstaltet hatte. Leider waren damals nur drei Leute gekommen, was schade war, denn die Tänze aus ihrer Heimat hatten mir viel Spaß gemacht. Hülya hatte immer wieder neue Ideen, um uns Heimbewohnern eine Abwechslung zu bieten. Heute brachte sie Federball-Sets mit, die sie von ihren Freunden organisiert hatte, und sogar einen Fußball.

Die Neckartour wollte ich mir nicht entgehen lassen, es war besser, als im Büro zu sitzen, gleichzeitig meldete sich wieder meine Angst, von meiner Schwester Martina entdeckt zu werden, wie ich inmitten dieser Obdachlosen Federball spielte. Auch hatte ich meinen Horror vor Gemeinschaftsveranstaltungen noch nicht abgelegt, was noch immer mit meiner Überheblichkeit gegenüber den meisten Heimbewohnern zu tun hatte. Sie zu bewältigen war immens schwer, zugegebenermaßen, obwohl ich selbst unter Diskriminierung litt. Ich wehrte mich mit Händen und Füßen, um nicht mit ihnen auf eine Stufe gestellt und von dem Umfeld vereinnahmt zu werden. Aber letzten Endes saßen wir alle im selben Boot, wenn auch jeder aus einem anderen Grund. Das verband uns miteinander, ob wir wollten oder nicht.

Trotz dieses Unbehagens marschierte ich nun neben Lilly und Freddy zu den breiten und herrlich grünen Flussauen auf der anderen Uferseite. Auf der Wiese wurden sogleich die Federballschläger verteilt, erstaunlicherweise ging es ohne Streit ab, andere machten sich über die ersten Brötchen her. Ich saß mit hochgezogenen Beinen im Gras, wurde von Erinnerungen überfallen. Hier unten auf der Wiese hatte ich mit meiner Schwester Ball gespielt, hier traf ich mich mit Jürgen, meinem ersten Freund. Es war ein heißer Sommer, ein Tag wie heute, er streichelte meinen Rücken, gab mir dann, anfangs noch etwas unbeholfen und verlegen, einen Kuss. Es war der erste überhaupt, von meiner ersten Liebe, die zwei Sommer lang hielt. Dann zog er mit seinen Eltern in eine andere Stadt, nicht einmal einen Brief schickte er mir. Und nun war ich an diesen Platz zurückgekehrt, als Obdachlose.

Hülya musste mich beobachtet haben, denn sie setzte sich zu mir.

»Warum schaust du so traurig?«, fragte sie.

Ich gab ihr meine Gedanken preis, berichtete von Jürgen, von meiner Krise in Spanien, musste mich stoppen, sonst hätte ich jedes Detail aufgeführt. Sie hörte mir verständnisvoll zu, legte ihren Arm um mich und sang leise ein türkisches Lied, nachdem ich endlich zu reden aufgehört hatte. Anschließend erzählte sie mir von Nelson Mandela, der Jahrzehnte im Gefängnis gesessen hatte. Als er endlich freikam, sagte er, dass er das alles ausgehalten habe, weil er, wie alle anderen Menschen auch, eine unermesslich große Kraft in sich hätte, nur würden sich die meisten Menschen vor dieser Kraft fürchten. Und diese innere Stärke würde auch mich leiten, ich müsse mich nur darauf besinnen. Wir redeten noch eine Weile und ich merkte, wie gut es mir getan hatte zu reden.

»Ist jetzt wieder alles in Ordnung?«, fragte Hülya mit sanfter Stimme, bevor sie sich wieder den anderen zuwandte und ging.

»Ja«, sagte ich. »Danke dir vielmals, Hülya.«

Wieder zuversichtlicher langte ich zu einem der Brötchen, die sich auf einer Decke wie kleine Berge stapelten, und biss hinein. Nicht weit von mir entfernt hatte sich Ullrich in seinen abgeschnittenen Jeans und Riemensandalen niedergelassen, daneben lag seine Gitarre. Er war neu im Heim, ein ehemaliger Musikstudent aus Hamburg. Ich hatte noch nicht in Erfahrung bringen können, wieso er obdachlos war, aber er schien sich nichts daraus zu machen. Ullrich wirkte fröhlich, begann mit seinem jugendlichen Gesicht und den langen blonden Haaren auf seinem Instrument zu spielen, amerikanische und deutsche Lieder. Als er »Let it be« anschlug, gab es kaum jemanden, der nicht wenigstens den Refrain versuchte. Schließlich legte er die Gitarre beiseite und gesellte sich zu denen, die mit dem Fußball kickten.

Etwas weiter hinten entdeckte ich Monika. Sie saß allein im Gras, Manfred hatte wohl Dienst. Ich dachte mir, das sei eine gute Gelegenheit, sie näher kennen zu lernen. Wir sahen uns ja immer nur im Vorbeigehen, wenn ich sie überhaupt zu Gesicht bekam. Sie und ihr Freund waren für mich wie Geister aus einer anderen Welt.

»Darf ich mich zu dir setzen?«, frage ich Monika, nachdem ich eine größere Gruppe von Picknickenden umrundet hatte.

»Wie du willst.« Monika zuckte gleichgültig mit den Schultern. Hocherfreut schien sie nicht gerade zu sein, aber zumindest konnte ich aus ihrer Antwort auch kein Nein entnehmen.

»Ich weiß so wenig über dich«, fing ich das Gespräch an. »Dabei wohnen wir schon eine Weile zusammen.«

»Da gibt es auch nicht viel zu wissen. Ich hänge hier locker ab. Darum geht's doch wohl im Leben, oder? «

»Ich weiß nicht, ob man sich nur die Sonne ins Gesicht scheinen lassen soll. Könntest du mir nicht ab und zu dabei helfen, den Müll wegzubringen?«, fragte ich. »Eines Tages werden wir alle noch am Schimmel ersticken.« Ich weiß auch nicht, was mich da geritten hatte, gerade jetzt dieses heikle Thema anzusprechen

»Warum musst du wie meine Mutter an mir herummäkeln? Lass mich so sein, wie ich bin«, antwortete sie. »Ich will aus dir ja auch keinen Junkie machen!«

Ich hatte unser Gespräch in eine Sackgasse geführt. Wir tauschten noch ein paar Belanglosigkeiten aus, bis wir endgültig verstummten. Monika starrte nur noch auf ihre silbern lackierten Fußnägel, von denen die Farbe an den Seiten abzublättern begann. Zu verschieden waren wir beide, um etwas Gemeinsames finden zu können. Ich zog mich zurück und ließ mich neben Lilly ins Gras plumpsen, sie war mir von allen Heimbewohnerinnen noch am nächsten. Schon bei Beginn unseres Ausflugs fiel mir auf, dass ihr rechtes Auge blaugrün leuchtete wie ein eingelegter Hering.

»Hey, wer hat das getan?«, fragte ich sie nun, wo wir für einen Moment ungestört waren.

»Henry«, antwortete sie.

»Ist das dein neuer Freund, von dem du mir erzählt hast?«

»Na ja, so neu ist der eigentlich nicht. Wir trennen uns und spätestens nach einer Woche hockt er wieder bei mir.«

»Und schlägt dich, wie man sieht. Das darfst du dir nicht bieten lassen.«

»Was heißt schon bieten lassen? Es passiert halt.«

Dazu konnte ich nichts sagen. In meiner einstigen Welt hätte ich einer Freundin, bei der ich mitbekommen hätte, dass sie geschlagen wird, lange Vorträge gehalten – bis sie diesen Typ auf die Straße gesetzt hätte. Oder, wenn das nicht gegangen wäre, hätte ich mich wahrscheinlich von ihr distanziert. Hier aber im Heim konnte ich schlecht Lilly abstrafen, sie wohnte nur eine Etage über mir. Und was wusste ich schon über Lillys Liebesleben. Hatte ich mich da überhaupt einzumischen?

Ein fremder Mann näherte sich unserer Gruppe. Glöckchen bimmelten an seinem linken Knöchel, zu einer weiten Leinenhose trug er eine lila Weste aus zerschossener Seide. Ein Althippie, dachte ich. Jo fiel mir sofort ein, der mit Paul nach Amsterdam durchgebrannt war, und mein Gemüt verfinsterte sich noch mehr, als ich sah, wie er sich zu einigen Männern im Schneidersitz kauerte.

»Was will denn dieser lässige Typ?«, fragte ich.

»Einen Joint rauchen«, antwortete Lilly. »Er fällt zwischen unseren Leuten nicht weiter auf. Und weil er ihn kreisen lässt, hat keiner was dagegen.«

Immer wieder geschah etwas, worüber ich mich wunderte. Auch dass Hülya sich nicht einmischte, irritierte mich.

Der Ausflug zog sich bis in den Abend hinein. Die Wärme und die Weite der Umgebung schienen allen gutzutun. Wir rekelten uns auf den Decken, dösten für eine Weile vor uns hin, und schon brach die Dunkelheit herein. Einige von uns waren schon heimgegangen, auch unsere Praktikantin hatte die Federballschläger wieder eingesammelt und uns eine gute Nacht gewünscht.

Zufrieden und entspannt nach dem langen, sonnigen Tag schaute ich ins letzte Licht hinein. Plötzlich trat ein Mann auf mich zu. Wie er so vor mir stand, erschien er mir wie ein Riese. Ich setzte mich auf, um nicht mehr ganz so klein zu erscheinen.

»Volker«, sagte er, »ich bin der Volker und möchte mich zu dir setzen.«

»Tu dir keinen Zwang an«, erwiderte ich. »Falls du meinen Namen wissen willst, ich heiße übrigens Christiane.« Ich rutschte zur Seite, um Volker Platz zu machen, dabei gab es auf der Decke genügend davon.

»Ich habe dich noch nie gesehen. Wie kommt das?«

»Bin lieber für mich.«

»Und wie lange hast du schon das Vergnügen, Gast in der Plöck zu sein?«

»Drei Wochen.«

»Und du?«

»Drei Jahre.«

»Das ist schon eine Menge. Sicher gab es einen Grund dafür?«

»Ich war beruflich viel unterwegs, hab im Hochbau gearbeitet. Meine Frau und meine drei Kinder musste ich oft allein lassen, manchmal für Wochen, wenn ich in Bulgarien oder Rumänien arbeitete. Eines Tages kam ich früher als erwartet nach Hause, da lag sie mit einem anderen im Bett.«

»Das muss schlimm für dich gewesen sein.«

»Vor lauter Wut und Enttäuschung habe ich unser ganzes Haus zerstört, die Schrankwand zertrümmert, Waschbecken aus der Wand gerissen, Fensterscheiben eingeschlagen, Türen eingetreten. Alles hatte ich in mühsamer Arbeit eigenhändig mit ein paar Kumpels aufgebaut. Ich rannte auf die Straße, blieb dort und fing mit dem Trinken an. Zum Glück habe ich hier im Heim einen Ersatz gefunden, einen Ersatz für mein einstiges Zuhause.«

Volker hatte noch sämtliche Zähne. Er war schlank, gut gebaut, wohl in meinem Alter. Die dunkelbraunen Haare waren störrisch, ja leicht stachelig, wodurch sein Kopf eine gewisse Ähnlichkeit mit einem Igel bekam. Seine länglich geformte Nase wirkte genauso neugierig wie die schmal geschnittenen Augen. Vor seinem Heimaufenthalt musste er einmal sehr attraktiv ausgesehen haben, das war zu erkennen, aber die letzten Jahre hatten ihre Spuren im Gesicht hinterlassen.

»Und deine Frau und deine Kinder?«

»Meine Frau will ich nicht mehr sehen und meine Kinder sollen mich in diesem Zustand nicht zu Gesicht bekommen. Es ist besser, wenn wir keinen Kontakt mehr miteinander haben.«

Volkers Geschichte berührte mich tief. Für eine Weile vergaß ich, dass ich eine Obdachlose war. Ich fühlte mich nur als Mensch, der einem anderen zuhörte.

»Du bist eine besondere Frau«, sagte er plötzlich zu mir. »Ich hab dich schon eine Zeit lang beobachtet, bevor ich zu dir gekommen bin. Du gehörst nicht in dieses Heim.«

»Ich habe Pech gehabt«, sagte ich. »Wie du.« Dann erzählte ich ihm meine Geschichte, vergaß auch Paul nicht zu erwähnen.

»Ach, du bist diejenige, mit der Paul zusammen war. Ich habe davon gehört. Der Klatsch im Heim kennt keine Grenzen. Aber tröste dich, jeder von uns hat einen Knick in seiner Biografie, deshalb leben wir auch außerhalb der Normalität. Wer uns als Penner bezeichnet, versteht nicht, welche schweren Schicksale dahinterstehen.«

»Aber ich kann mich nur schlecht damit abfinden, dass ich eine

Obdachlose bin. Wenn ich den so genannten normalen Menschen sage, dass ich im Wichernheim lebe, schauen sie mich an, als wenn ich eine ansteckende Krankheit hätte. Das ist manchmal unerträglich. Immer wieder gehe ich in Kaufhäuser, in Boutiquen und Stehcafés, um nur ja nicht den Anschluss an ihre Welt zu verlieren. Das ist doch verrückt.«

»Das mache ich schon lange nicht mehr. Welchen Sinn soll das haben? Für mich existieren nur die Menschen im Heim. Alle anderen können mir gestohlen bleiben. Tun einem doch nur weh.«

»Ich will mich aber nicht geschlagen geben, ich will wieder eine Wohnung haben, ein Auto, eine Arbeit, Freunde und Anerkennung. Ich glaube daran, dass Gott mir helfen wird. Du nicht?«

»Ich möchte auch glauben. Aber wenn ich an meine Frau denke und ihren Typen, dann frage ich mich, ob es eine Gerechtigkeit gibt.«

Wir schauten schweigend in die Nacht hinein, die Strömung des Neckars war kaum noch zu erkennen. Nur eine schmale Mondsichel und wenige Sterne, die den Himmel erleuchteten.

Ich begann zu frieren, wohl aus Müdigkeit. Als ich meinen Blick schweifen ließ, konnte ich nicht einmal die Umrisse von Menschen erkennen. Wahrscheinlich war auch keiner mehr da.

»Lass uns zurück ins Heim«, sagte ich. »Es ist sicher schon sehr spät.«

»Es ist schon nach Mitternacht«, bemerkte Volker.

»Aber wie kommen wir dann durch die Pforte? Um diese Uhrzeit ist sie doch geschlossen!«

»Keine Sorge, der Franz hat heute Nachtschicht. Ich kenne ihn gut. Der drückt schon mal ein Auge zu. Außerdem arbeite ich als Handwerker im Haus, da habe ich mehr Rechte. Beim Putztrupp oder in der Flechtwerkstatt ist man nämlich nicht so angesehen.«

»Und in welchem Trakt wohnst du?«

»In keinem, sondern ein paar Straßen weiter, in einer selbstständigen Wohngemeinschaft, die aber auch dem Heim angeschlossen ist. Nur werden wir da weniger kontrolliert. Möchtest du mitkommen?«

»Nein, nein«, wehrte ich ab. »Ich will auf mein eigenes Zimmer.«

»Kann ich dann mit zu dir?«

»Das geht nicht. Vielleicht ein anderes Mal«, sagte ich.

Zum Abschied legte Volker einen Arm um meine Schultern und zog mich zu sich heran. Er gab mir einen Kuss. Ich ließ es geschehen.

8. Eine verpasste Chance

Der Sommer ging langsam dem Ende zu. Die Neckarwiesen hatten ihr saftiges Grün verloren, vielfach lag man auf blassgelben Strohbüscheln, die Sonne hatte gute Verbrennungsarbeit geleistet. Wenn ich im grauen und trüben Winter nach Heidelberg gekommen wäre, hätte vieles anders ausgesehen. Die Wärme gab mir das Gefühl, Spanien sei nicht allzu weit entfernt. Meine Stimmungsschwankungen ließen nach, sicherlich spielte auch Volker dabei eine Rolle. Immer häufiger übernachtete er in unserer Wohngemeinschaft, auf der Couch im Wohnzimmer. Mir machte das nichts aus, denn es war gut, ihn als Freund zu haben.

Die Arbeit im Büro begann mir Spaß zu machen, immer besser konnte ich mit den Finessen eines Computers umgehen, wenigstens mit den ersten fünf Volkshochschullektionen. Mein Chef schien über meine Fortschritte begeistert zu sein, denn eines Tages sagte er in einem verschwörerischen Ton, dass ich zu meiner Sozialarbeiterin gehen sollte, sie hätte eine Überraschung für mich. Was damit wohl gemeint sein könnte, fragte ich mich, als ich mich auf den Weg in ihr Büro machte.

»Setzen Sie sich doch bitte. Mögen Sie einen Kaffee?« So freundlich hatte mich Frau Stahl noch nie empfangen.

»Ich gratuliere Ihnen zu Ihrer Beziehung mit Volker«, fuhr sie fort. »Er ist ein ordentlicher Kerl. Eigentlich dürfen Sie außerhalb der Besuchszeiten niemanden in der WG empfangen und nachts schon gar nicht, aber in Ihrem Fall machen wir eine Ausnahme. Auch die Heimleitung begrüßt diese Partnerschaft. Wenn Sie wollen, können Sie sogar offiziell beantragen, mit Volker zusammenzuwohnen.«

»Nein«, sagte ich bestimmt. »Das würde zu weit gehen.« Frau Stahl meinte es gut mit mir, aber ihre Fürsorge konnte ich kaum ertragen. Offenbar durfte ich kein privates Leben haben, das ich selbst bestimmte. Alles wurde kontrolliert, durchleuchtet und zensiert, im Guten wie im Schlechten. Musste ich hier nun auch noch über meine intimsten Gefühle Rechenschaft abgeben? Warum konnten sie mich nicht einfach in Ruhe lassen?

»Na, lassen wir das Thema. Ich muss mit Ihnen noch etwas anderes besprechen.« Der Ton der Sozialarbeiterin hatte etwas Gönnerhaftes bekommen. »Sie haben sich so gut in den Computer eingearbeitet, dass Herr Stasiuk sich für Sie auf dem Sozialamt eingesetzt hat. Daraufhin hat die Behörde beim Arbeitsamt eine Umschulung beantragt. Die ist nun genehmigt worden. Ab nächsten Montag werden Sie nicht mehr in die Arbeitstherapie gehen, sondern für sieben Monate eine EDV-Schule besuchen.«

Ich war völlig platt, konnte die Nachricht nur langsam aufnehmen, wie in Zeitlupe.

»Vielen Dank für die Chance«, sagte ich endlich. Einerseits jubilierte es in mir, hier war nun endlich die Möglichkeit, auf die ich so lange gewartet hatte, andererseits beschlich mich Angst. So viel Computer! Ich konnte gerade das Nötigste und nun sollte ich gleich auf eine EDV-Schule gehen. Ich hatte Befürchtungen, es nicht zu schaffen.

»Kann ich bis dahin Urlaub bekommen?«, fragte ich leise. »Bei einer so schwierigen Sache möchte ich ausgeruht erscheinen.«

Die Sozialarbeiterin war damit einverstanden.

»Die Schule beginnt um acht Uhr morgens und dauert den ganzen Tag.« Damit war ich entlassen.

Mir schwirrte der Kopf. Ich würde nun viel früher aufstehen müssen und erst spät am Tag wieder ins Heim kommen. Auf einmal sollte mein mühsam erworbener Rhythmus wieder durcheinandergewirbelt werden. Mich beunruhigte meine eigene Unflexibilität. Hatte ich mich den Gewohnheiten des Heims schon dermaßen angepasst? Brauchte ich dieses Korsett etwa, um mir eine Lebensstruktur zu geben? Ich war doch sonst nicht so ängstlich, hatte noch immer jede neue Herausforderung angenommen. Es schien sich etwas verändert zu haben. Dann dachte ich darüber nach, dass ich von nun an fünfundzwanzig Mark weniger Geld in der Woche haben würde, da die Arbeitsprämie für mich entfiel. Wie sollte ich mit dem verbleibenden, sowieso schon geringen Taschengeld zurechtkommen? Die Schule würden hauptsächlich Arbeitslose besuchen, vielleicht noch Sozialhilfeempfänger, aber kaum Obdachlose. Sie alle bekamen Geld, viel mehr als ich.

Abends erzählte ich Volker von meinen Bedenken.

»Denk nicht so viel darüber nach«, sagte er. »Du musst einfach robuster werden. Und außerdem hast du mich. Ich werde für dich kochen, und falls du keine Zeit hast, werde ich dir sogar deine Wäsche waschen. Und weil ich immer mal wieder bei einigen vom Heimpersonal die Wohnung streiche oder die Heizung repariere, fällt noch ein Extragroschen ab. Das reicht für uns beide.«

Volker war optimistischer als ich. Vielleicht war seine Sehnsucht nach einem geregelten Leben auch so groß, dass er sich weiter keine Gedanken machen wollte. Zur Feier des Tages lud er mich zu einer Bratwurst und Pommes in eine Imbissbude ein. Anschließend gingen wir ins Kino. Eine turbulente Liebeskomödie spielte sich vor unseren Augen ab, an den Titel kann ich mich nicht mehr erinnern, nur daran, dass die Heldin ihren Helden bekam. An ein Happy End musste auch ich glauben, versuchte ich mir immer wieder einzutrichtern.

Die Schule lag in einem anderen Stadtteil am Rand von Rohrbach. Mit der Straßenbahn brauchte ich eine halbe Stunde, die Fahrtkosten übernahm das Arbeitsamt. Von der Haltestelle musste ich noch zehn Minuten zu Fuß durch ein Industriegebiet gehen. Bevor man in die Straße einbog, die zur Schule führte, kam ich an einem »Familia-Center« vorbei, in dem es viele Geschäfte und kleine Restaurants gab. Das Unterrichtsgebäude war modern, ein weißer Zementbau mit vielen großen Glasfronten, hellgrauen

Kunststoffböden und Holzmöbeln. Auf einer Tafel im Eingangsbereich las ich das Angebot: Schulungen für Sekretärinnen, kaufmännische Ausbildungen, Sprachkurse und EDV-Kurse.

Die Klasse, in der der Unterricht stattfinden sollte, befand sich im dritten Stockwerk. Achtzehn Schüler hatten sich versammelt, zwölf Frauen, sechs Männer. Einige Teilnehmer kannte ich von meiner Aufnahmeprüfung, die ich vor einigen Tagen bestanden hatte, die meisten waren Anfang zwanzig oder dreißig, ich war mit Abstand die Älteste in der Gruppe.

Vor jedem Platz stand ein Computer. Ein junger Mann betrat den Raum, der sich als Reinhard Murschetz vorstellte. Sein blondes Haar war gelockt, am Daumen trug er einen Silberring. Er hätte gut nach Marbella gepasst, wenigstens an die Strände, wo sich der Jetset nur zu gern tummelte. Sofort fing er damit an, den Aufbau des Computers und diverser Programme zu erklären. In einem rasenden Tempo ging es voran. Excel, Powerpoint, QuarkXPress, ich hatte diese Namen noch nie gehört.

Zum Glück gab es nach zwei Stunden Unterricht eine Pause. Wir gingen in den Hof, einige rauchten, andere aßen Obst oder ihre mitgebrachten Frühstücksbrote. Von Volker hatte ich am frühen Morgen ein kleines Esspaket zugesteckt bekommen, mit zwei Brötchen, einem Apfel, einer Banane und einer halben Tafel Vollmilchschokolade. Ich schloss mich drei Frauen an, die vehement über den Unterricht diskutierten. Alle waren sich darin einig, dass der Lehrer zu schnell mit seinen Ausführungen war. Ich war froh, das zu hören, damit war ich nicht die Einzige, die sich überfordert fühlte.

»Obwohl ich mich ganz gut mit Computern auskenne«, sagte Miriam, »verstehe ich oft nur Bahnhof.«

»Die ganzen Programme kann man nicht auf einmal kapieren«, pflichtete ihr Nicole bei. Nicole trug einen Kurzhaarschnitt mit Strähnen in Honiggelb, Weizenblond und Karamelltönen. Sie erinnerte mich an Prinzessin Diana mit ihren großen Augen und dem sanften Lächeln. Später erfuhr ich von ihr, dass sie schon seit zwei Jahren arbeitslos war, etwas Computererfahrung hatte, gelernt von ihrem Mann, der auf diesem Gebiet ein richtiger Freak sei. Miriam wirkte eher patent, neigte zur Fülligkeit, hatte fast schwarze Augen und Haare, war mindestens zehn Jahre jünger als die Prinzessin, vielleicht Anfang zwanzig.

Die Dritte in der Truppe war Claudia. Sie nickte den beiden anderen zu und hielt mich gleichzeitig am Arm, sodass ich mich den Frauen zugehörig fühlte. Von nun an verbrachten wir fast jede Pause miteinander. Von Claudia erfuhr ich, dass sie Arzthelferin war, aber vor einem halben Jahr ihre Stelle verloren hatte. Eigentlich wollte sie Sängerin werden, Schlager und Chansons einem großen Publikum präsentieren, dennoch war sie realistisch genug, einzusehen, dass gute Computerkenntnisse nicht schaden würden, wer wusste schon, ob ihre Stimme tatsächlich überzeugen konnte. Ihr Äußeres jedenfalls brauchte sie nicht zu verstecken. Sie war schlank, mit tollen langen Beinen, ihre blonden Haare glänzten wie Gold, reichten ihr bis weit über die Schultern. Manchmal steckte sie ihre Pracht hoch, dann gefiel sie mir noch besser. Ihre Kleidung war topmodisch, hauptsächlich bezahlt von ihrem Vater, der Geschäftsmann war und ihr auch erklären konnte, was sie im Unterricht nicht verstanden hatte.

»Und warum besuchst du diesen Kurs?«, fragte mich Claudia in einer Pause.

Ich sei wieder von Spanien nach Deutschland zurückgekehrt, berichtete ich kurz, und würde wieder Anschluss in einem Büro suchen, aus diesem Grund hätte mir das Arbeitsamt eine Umschulung gewährt.

»Hast du denn schon eine neue Wohnung gefunden?«

»Eine Freundin hat mir vorübergehend ein Zimmer abgetreten«, log ich. »Wenn ich einen Job habe, suche ich mir etwas.« Es brauchte ja keiner zu wissen, dass ich Bewohnerin eines Obdachlosenheims war.

Sie gab sich damit zufrieden, fragte nicht weiter nach, erzählte, dass sie am Wochenende ihren Vater begleitet hätte, in ein Golfhotel im Taunus, wo sie einen ganzen Tag lang Beautybehandlungen bekam. Nicole plauderte nun über ihre Urlaubspläne für den Herbst, dass sie in den Ferien mit ihrem Mann nach Südfrankreich reisen werde und auf gutes Wetter hoffe, weil sie dann offen im Cabrio runterfahren könnte. Ich blieb stumm, meine Erlebnisse waren zu dürftig, um sie von mir zu geben, Urlaubsplanungen erschienen mir wie etwas, das von einem anderen Stern kommen musste. Ich spürte, wie sich Beklemmung in meinem Körper ausbreitete. Auch schämte ich mich wegen meiner Kleidung, ich konnte mit den Frauen, die den Kurs besuchten, nicht mithalten. Zwar hatte ich inzwischen ein paar Outfits in der Kleiderkammer gefunden, die mir besser passten, doch konnte bei ihnen von einer harmonischen Farbabstimmung keine Rede sein. Sie sahen nicht nur ärmlich aus, ich fühlte mich auch ärmlich, wenigstens in der Schule, für Heimverhältnisse wirkte ich dagegen geradezu herausgeputzt. Ähnliches empfand ich bei meinen Haaren, dringend hätten sie eines Friseurs bedurft, doch dazu fehlte mir das Geld. Ein streng nach hinten gebundener Zopf sollte den ausgewachsenen Schnitt verdecken.

Mittags wollten die Frauen aus meiner Gruppe immer essen gehen in eines der umliegenden Restaurants. Für mich bedeutete dieser Moment immer Stress. Ein Mittagessen konnte ich mir nicht leisten. Tapfer sagte ich, dass ich zu dieser Zeit noch nichts runterbekäme und nur eine Winzigkeit brauche, die ich mir selbst mitbringe.

»So bleibst du wenigstens schlank«, sagte Claudia. Erleichtert nahm ich ihre Bemerkung auf.

Mit knurrendem Magen saß ich zwischen den Frauen und hoffte, dass sie meine begehrlichen Blicke nicht bemerkten, wenn die warmen und lecker duftenden Speisen aufgetischt wurden. Manchmal zitterten mir sogar die Knie vor Schwäche. Dann ging ich auf die Restauranttoilette, wo ich schnell meine mitgebrachten Brötchen hinunterschlang, um nicht umzukippen. Sorgfältig achtete ich hinterher darauf, dass ich im Spiegel keinen übrig gebliebenen Brotkrumen im Mundwinkel entdeckte, sich nirgendwo ein Käsestückchen in den Kleiderfalten versteckt hielt.

Die nächste Hürde war die Nachmittagspause.

»Aber einen Cappuccino trinkst du doch mit uns in der Cafeteria?«, meinte Miriam.

»Sicher«, antwortete ich, wie ich hoffte, selbstbewusst.

Ein Cappuccino kostete zwei Mark fünfzig, bei fünf Tagen Schule waren das zwölf Mark fünfzig, eine ganze Menge bei einem wöchentlichen Essensgeld von fünfzig Mark. Ich fühlte mich schrecklich, kreidebleich musste mein Gesicht geworden sein. Eigentlich konnte ich mir den Kaffee nicht leisten, aber dennoch wollte ich meine neuen Freundinnen nicht verlieren, indem ich mich von ihnen absonderte.

»Ist dir nicht gut?«, fragte Claudia besorgt. »Stimmt mit deinem Kreislauf etwas nicht?«

»Nein, nein«, wehrte ich ab. »Es geht gleich wieder.« Dabei liefen mir Tränen über die Wangen.

»Komm, wir gehen nach draußen. Ein paar Schritte übers Feld werden dir guttun.« Freundschaftlich hakte sie sich bei mir unter. »Einverstanden?«

Ich nickte.

Als wir etwas gelaufen waren, brach es aus mir heraus.

»Ich habe nicht so viel Geld wie ihr«, heulte ich. »Es stimmt auch nicht, dass ich bei einer Freundin wohne. Ich bin eine Obdachlose, Claudia, eine, die kein Dach über dem Kopf hat, und das schon seit Wochen.« Unentwegt flossen die Tränen, während es weiter aus mir heraussprudelte. »Als ich aus Spanien zurückkam, hoffte ich, meine Schwester würde mich für eine Weile aufnehmen, nur so lange, bis ich eine Arbeit gefunden hätte. Sie weigerte sich aber, sodass mir keine andere Wahl blieb, als im Wichernheim unterzukommen. Ich weiß nicht, wie lange ich dort noch bleiben muss. Es ist einfach furchtbar, so demütigend.«

»Weine nicht, Christiane«, sagte Claudia, während sie mich fester drückte. »Ich mag dich gut leiden, ganz gleich, wo du wohnst. Ich bin froh, dass du bei uns in der Klasse bist. Hast du gemerkt, die anderen mögen dich auch. Du traust dich sogar, Herrn Murschetz zu bremsen, wenn er wieder einmal seine hektische Tour hat und den Computer in einer Minute erklären will. Keiner traut sich das, ohne dich würde er noch ein schnelleres Tempo vorlegen. Weißt du was, mein Vater verwöhnt mich mit Geld, wo er nur kann. Ich werde dir in Zukunft den Nachmittagskaffee spendieren.«

Ich war erleichtert über Claudias Freigiebigkeit. Ich hörte, wie ich ihr ein »Dankeschön« zuflüsterte. Zugleich fiel mir aber die Annahme des Angebots schwer, ich wollte doch von niemandem abhängig sein, wollte nicht dastehen und einen Menschen nett finden, nur weil er mir etwas ausgegeben hat. Eiligst rannten wir nun in unseren Klassenraum, der Unterricht hatte nämlich schon begonnen.

»Christiane ging es nicht gut«, sagte Claudia zu unserem Lehrer, »deshalb kommen wir später.« Herr Murschetz winkte ab, er wollte sich weiter reden hören.

Dass Claudia mir fortan den Cappuccino bezahlte, verwunderte Nicole und Miriam zwar, aber keiner sagte etwas dazu. Ich gehörte ja zu ihnen. Ebenso war ich Claudia dankbar, weil sie nichts von meiner »wahren« Geschichte preisgab, es blieb unser Geheimnis.

Der Unterrichtsstoff wurde von Tag zu Tag komplizierter. Alle anderen Kursteilnehmer hatten einen Computer zu Hause, auf dem sie mit Hilfe des Vaters, Mannes oder Freundes die Techniken einüben konnten. Eine solche Möglichkeit hatte ich nicht. Nach einiger Zeit hinkte ich mit den Lektionen immer mehr hinterher. Herr Murschetz wurde immer ungeduldiger mit mir, ich sah die nächste Krise auf mich zukommen.

Eine morgendliche Unterrichtsstunde begann er mit dem Satz: »Sie wissen ja wohl alle, was ein Pentium ist?« Da ich es nicht wusste, meldete ich mich und sagte, dass ich diesen Begriff nicht kannte. Ich hatte mir dabei nichts weiter gedacht, nur dass es gut sei, wenn ich das zum Ausdruck bringen würde. »Wo kommen

Sie denn her, etwa vom Mond?«, bekam ich daraufhin von ihm zu hören. »Nein, vom Strand«, gab ich zur Antwort.

Trotz meiner Schlagfertigkeit war mir klar, dass ich mehr Wissen benötigte, um nicht in die Ecke gedrängt zu werden. Ich bat meinen ehemaligen Chef in der Flechtwerkstatt, ob ich an seinem Computer den Lernstoff durchgehen dürfte. Das gehe nicht, gab er mir zur Antwort. Es sei nicht erlaubt, ihn für private Zwecke zu verwenden. Als er mein enttäuschtes Gesicht sah, meinte er, am Nachmittag könne er eine Ausnahme machen. Aber da konnte ich noch nicht, die Schule war erst um 18 Uhr aus, zu einem Zeitpunkt, zu dem die Werkstätten schon längst geschlossen hatten. Also sprach ich mit meiner Sozialarbeiterin und dem Heimleiter, sagte ihnen, wie wichtig es für mich sei, dass ich einen Computer zum Üben hätte. Sie sahen das ein, müssten aber erst einen Antrag bei der Behörde stellen, was wohl einige Zeit dauern könnte, vorerst bliebe mir keine andere Wahl, als ohne ein solches Gerät auszukommen. Ich war enttäuscht und verzweifelt. Da hatte ich nun diese Chance und konnte sie doch nicht richtig nutzen. In der Schule erzählte ich niemandem, dass ich keinen Computer besaß, mithin mittellos war. Auch mit Claudia sprach ich nicht über dieses Problem, sie glaubte, dass mit dem Nachmittagskaffee alles geregelt sei.

Eines Tages lud sie mich nach der Schule zu sich nach Hause ein. Sie lebte in einer schick eingerichteten Dachwohnung mit Holzbalken, einer schwarzen Ledercouch und originellen Designerlampen.

»Aussuchen durfte ich mir die Möbel selbst«, lachte Claudia, nachdem sie mich stolz durch ihre drei Zimmer geführt hatte, »bezahlt hat sie mein Vater.«

Wir plauderten noch eine Weile über die Vorzüge von Eltern, ich wurde ein wenig traurig, weil ich Claudia sagte, dass ich keine mehr hatte. Vielleicht fragte sie auch deshalb etwas unvermittelt, um das Thema zu wechseln: »Soll ich dir etwas vorsingen?«

»Oh ja, bitte«, antwortete ich schnell, dankbar für diesen Vorschlag.

Claudias Gesang ließ mich frösteln, so schön war ihre Stimme. Zuerst hörte ich von ihr einige Schlager, die sie selbst komponiert hatte, anschließend interpretierte sie ein Chanson von Charles Aznavour so hinreißend komisch, ich konnte nur noch lachen. »Du lässt dich geh'n« hieß der Song über jene Ehefrau im schlampigen Morgenrock und mit den abtörnenden Lockenwicklern. Als sie sich vor mir verneigte, klatschte ich voller Begeisterung in die Hände.

»Toll«, rief ich, »du bist ein richtiger Star.«

»Quatsch nicht so rum«, sagte Claudia. »Aber in zwei Wochen gebe ich in einem Golfclub ein Konzert. Du musst unbedingt kommen.«

Mein Gesicht verdüsterte sich.

»Ich würde gern bei deinem Auftritt dabei sein, aber wie du weißt, habe ich kaum Geld, ich kann mir das nicht leisten.«

»Zerbrich dir darüber nicht den Kopf. Ich werde das schon alles regeln. Hauptsache, du bist da. Jeder Fan zählt. So, und jetzt bestelle ich für uns erst mal eine Pizza. Ich habe Hunger. Napoli oder Margherita? Du kannst dir auch was anderes aussuchen.«

»Gibt es auch eine mit Artischocken und Oliven?«

»Klar doch«, antwortete Claudia und griff zum Telefon, um ihre Bestellung aufzugeben.

In Marbella hatte ich mir manchmal auch eine Pizza oder etwas anderes nach Hause bringen lassen, aber jetzt schien mir diese selbstverständliche Geste wie aus einem anderen Leben. Mein Kopf schmerzte, meine Armut machte mir zu schaffen. Claudia konnte ich davon nichts erzählen, sie war ein Sonnenkind und hätte meine Gefühle nicht wirklich verstanden, wenigstens ging ich davon aus. Auch wollte ich unsere eben erst begonnene Freundschaft nicht mit zu vielen Problemen belasten.

»Warst du mal verheiratet?«, fragte Claudia, ein Stück Pizza mit Salami kauend. »Ich finde Hochzeiten so spannend. Irgendwann möchte ich einmal eine Braut sein, in einem todschicken Kleid mit langer Schleppe. Ein einziges Märchen.«

»Eine Garantie für die ewige Liebe ist das aber auch nicht«, warf ich nüchtern ein. »Das weiß ich aus eigener Erfahrung.«

»Sei nicht so miesepetrig.«

Das Thema Männer gab Stoff für viele fröhliche Stunden, in denen wir aus dem Nähkästchen plauderten.

An diesem Abend kam ich erst spät nach Hause. Claudia hatte mich mit ihrem froschfarbenen Polo vor die Haustür gefahren. Mit dem Finger deutete ich auf das Zimmer, in dem ich wohnte.

»Du hast es doch praktisch hier«, sagte sie, »so mitten in der City.«

Volker war noch wach, saß vor dem Fernseher in meiner WG und schaute sich einen alten Krimi an, »Tatort«, glaube ich. Normalerweise schlief er schon zu dieser Zeit, aber er wollte sich anscheinend vergewissern, dass ich auch zurückkam. Seitdem ich zur Schule ging, hatte er Angst, mich zu verlieren. Ich könnte ja einem besseren Mann begegnen. Freudig erzählte ich ihm, dass mich Claudia zu einem Konzert mitnehmen wollte.

»Da werden wir bestimmt einen Superabend haben«, sagte er.

»Ich bin allein eingeladen«, klärte ich ihn auf.

»Du schämst dich wohl, wenn ich mitkomme!«

»Wer sagt denn überhaupt, dass ich dort hingehen will?«

»Das wirst du schon tun. Es ist wichtig für dich.«

Es tat weh, Volker verletzen zu müssen. Aber sollte ich seinetwegen auf diese Möglichkeit verzichten? Ich kam mir egoistisch vor, dachte, dass ich rücksichtsloser als sonst reagierte, besonders, wenn es um meine Vorteile ging. Manchmal schien es mir so, als würde ich Volker ausnützen, seine Nähe nur erdulden, weil es mir mit ihm besser ging. Fast fühlte ich mich wie eine Wiederholungstäterin, erst Paul und nun Volker. Aber ganz so einseitig durfte ich es wiederum auch nicht sehen. Oder wollte ich nur mein Gewissen beruhigen? Volker wollte mich behalten, also opferte er sich freiwillig. Auch bei ihm stand dahinter Berechnung, denn er bekam dadurch Anerkennung. Die Obdachlosen bewunderten ihn, weil er eine Beziehung vorweisen konnte, seine Sozialarbeiterin war stolz auf ihn, dass er es hingekriegt hatte, eine feste Freundin zu haben. Dafür war auch er bereit, einen Preis zu bezahlen. Wir beide waren eine seltsame Symbiose eingegangen, das stand jedenfalls fest. Und auch, dass die feineren und differenzierten Gefühle mit der Zeit immer mehr durch den Heimalltag zurückgedrängt wurden. Es war zum Überleben wichtig, in erster Linie an sich zu denken, etwas, was ich bislang immer abgelehnt hatte. Wie sollte ich nur diese Widersprüche miteinander vereinen?

Ich dachte darüber nach, wie wichtig es ist, sich selbst zu lieben. Vor Gott gibt es kein Gut und kein Schlecht. Die Moral wird von Menschen gemacht. Wenn ich mich so lieben kann, wie ich bin, dann fällt es auch nicht mehr so schwer, alles um mich herum ebenfalls aus dem Herzen zu betrachten.

Ich musste lernen, diese seltsame Symbiose mit Volker akzeptieren zu lernen, mochte sie noch so absurd sein. Fast musste ich ein bisschen schmunzeln. Das Leben ist eine Bühne, auf der man seine Rollen ausprobieren kann. Und wie ich wusste, war das Leben sowieso eine Illusion, auch wenn es sich verdammt echt anfühlte. In dem Moment, in dem ich die Situationen akzeptiere, verändert sich mein Bewusstsein augenblicklich. Hatte das nicht Buddha gesagt?

Zwischen meiner Erkenntnis und ihrer praktischen Umsetzung gab es jedoch immer noch eine große Kluft. Es war ganz schön schwierig, die Gefühle von Ohnmacht und Enttäuschung zu akzeptieren. Doch jedes Mal, wenn ich mich selbst lieben konnte, lösten sich die negativen Gefühle peu à peu auf. Ich kam ein Stückchen weiter mit mir selbst.

Die Schule wurde für mich immer schwieriger, der Stoff immer anstrengender, der Abstand zu den anderen Schülern stets größer. Ich brauchte dringend einen Computer zum Lernen, ohne einen solchen würde mich Herr Murschetz weiteren Peinlichkeiten aussetzen.

Eines Nachmittags fasste ich den Entschluss, das Arbeitsamt aufzusuchen. Als ich dem Beamten meine Situation schilderte, konnte er mir nicht helfen, riet mir aber, beim Sozialamt nachzufragen. Am nächsten Tag meldete ich mich in der Schule krank, um sofort dorthin zu gehen. Aber auch hier fühlte man sich nicht für mich zuständig. Verzweifelt setzte ich mich auf eine Bank vor dem Gebäude. Was konnte ich noch tun? Mir fiel nichts ein. Aber es machte auch keinen Sinn, weiter hier sitzen zu bleiben, auf dieser Bank, die wohl schon so manchen Seelenmüll hatte aushalten müssen. Es war noch früh, aber zur Schule konnte ich nicht gehen, da ich ja Fieber vorgetäuscht hatte. Außer ich würde etwas von einer Spontanheilung faseln, aber das ließ ich lieber sein. Unglaubwürdigkeit konnte auch den Ruf ruinieren, also ging ich zurück ins Wichernheim.

Ich fragte nach Volker und bekam zur Antwort, dass er gerade eine Tür im Männerwohntrakt repariere. Dort fand ich ihn auch ohne große Schwierigkeiten.

»Kannst du zu mir in die WG kommen?«, fragte ich. »Ich muss mit dir reden.«

»Jetzt geht es schlecht«, erwiderte Volker. »Aber heute Mittag.«

In meinem Zimmer blätterte ich die EDV-Unterlagen durch. Ich muss das Pensum schaffen, dachte ich, sonst kann ich alles hinschmeißen. Frustriert legte ich mich aufs Bett und wollte meditieren. Aber es gelang mir nicht. Ich war wieder einmal zornig auf die ganze Welt. Warum musste ich in diesem unmöglichen Obdachlosenheim leben, kein Geld haben für einen Computer, nicht normal leben können? Was hatte ich verbrochen, dass ich dieses Schicksal ertragen musste? Mit keinem Menschen konnte ich über meine wahren Gefühle reden, nicht mal mit Volker. Alles drehte sich nur ums materielle Überleben. Genervt sprang ich wieder auf. Ich konnte nicht abschalten. Ich brauchte einen Computer, egal wie. Als Volker kam, brachte er für uns beide gebratene Seelachsfilets und Kartoffelsalat mit, eine der Küchenfrauen hatte ihm die Portionen rasch zugeschoben. Das Essen war sogar noch warm.

»Es muss ein Computer her«, sagte ich.

Volker kam auf die Idee, bei verschiedenen Gemeinden nachzufragen, auch im Altersheim wollte er sich erkundigen. Irgendwo musste doch ein verdammter Computer herumstehen, der nicht mehr gebraucht wurde.

Nach Volkers Feierabend zogen wir los, aber wo immer wir an die Tür klopften, keiner wollte seinen Computer für ein paar Monate ausleihen, schon gar nicht für eine Obdachlose. Selbst der Leiter der EDV-Schule, an den ich mich schließlich schweren Herzens wandte, wollte von meinen Schwierigkeiten nichts wissen. Er könne da nichts machen, sagte er.

In den nächsten Tagen war ich im Unterricht nur noch mit meinem Körper anwesend, mein Geist hatte sich verflüchtigt, weil er nichts mehr aufnehmen konnte. Wie sollte das weitergehen, dachte ich sorgenvoll, immerhin hatte ich noch sechs Monate vor mir.

Ein wenig abgelenkt wurde ich durch Claudias musikalischen Auftritt im Golfclub.

»Meine Eltern werden dich im Wagen abholen«, sagte sie am Freitag, einen Tag vor ihrem Konzert. Du stehst am besten um sechs Uhr an der Ecke Plöck, Neugasse, da, wo ich dich herausgelassen habe. Keine Bange, ich werde ihnen nicht verraten, dass du dort im Obdachlosenheim wohnst.«

Lange hatte ich darüber nachgedacht, was ich anziehen sollte. Zur Not wollte ich eines meiner Spanien-Outfits tragen, doch Volker fand sie alle unpassend, zu wenig elegant oder zu aufdringlich. Mit Tigerprints oder Leinenhosen könne man nicht in Golfclubs erscheinen, meinte er. Recht hatte er, aber es gab kaum eine Alternative, höchstens noch meine bunten Sommerfetzen.

Eines Abends kam Volker in die WG mit einer großen, eleganten Papiertüte. »Boutique Orsay« war darauf zu lesen, in großen klaren Buchstaben.

»Nun pack schon aus«, forderte mich Volker ungeduldig auf. »Das ist für dich.«

Vorsichtig faltete ich das Seidenpapier auseinander: Ein enges, bodenlanges Kleid kam zum Vorschein, ganz in Silber.

»Wo hast du das denn her?«, fragte ich mit erhöhtem Pulsschlag.

»Na, kannst du nicht lesen, steht doch auf der Verpackung.«

»Etwa aus der Boutique hier an der Ecke?«

»Aus der Kleiderkammer bestimmt nicht.«

»Aber das muss doch ein Vermögen gekostet haben?«

»Ganze fünfundsiebzig Mark. Hab dafür letztes Wochenende bei einem Sozialarbeiter zu Hause geschuftet. Die ganze Bude renoviert. Das weißt du doch. Jetzt zieh den Fummel aber mal an, ich will sehen, wie er dir steht.«

Das Kleid passte perfekt.

»Richtig edel schaust du aus. Kannst damit bei jedem Millionär Eindruck schinden.« Volker betrachtete mich stolz. So viel Geschmack hätte ich ihm nicht zugetraut, auch nicht, dass er ein Modegeschäft betrat und sich von einer Verkäuferin beraten ließ. Immer wieder verblüffte er mich.

Über Schuhe musste ich mir keine weiteren Gedanken machen, meine Pumps aus Spanien sahen noch wie neu aus, ebenso meine Abendtasche. Um an ein Parfum zu gelangen, war ich in den Kaufhof gegangen und hatte in der Duftabteilung nach einer Probe gefragt. »Manifesto« wurde mir in die Hand gedrückt, von Isabella Rossellini. Als ich mir am Samstag das Parfum vorsichtig hinters Ohr tupfte, fühlte ich mich so schön und attraktiv wie diese Schauspielerin. Nicht nur Kleider machen Leute.

Aufrecht, mit geraden Schultern, ging ich in meinem Abendoutfit an dem Pförtner vorbei. Franz traute seinen Augen nicht, so etwas Herausgeputztes hatte er schon lange nicht mehr gesehen. Wahrscheinlich war in einem solchen Aufzug bislang noch niemand die Heimtreppe hinuntergegangen.

Wie verabredet erwarteten mich an der Straßenecke die Eltern von Claudia in einem silbernen Mercedes – geradezu passend zu meinem Outfit. Claudias Vater saß am Steuer, sein Gesicht war sonnengebräunt, die Schultern breit, das Haar dicht und nussbraun, einige Härchen ringelten sich an den Augenbrauen und gaben ihm ein verschmitztes Aussehen, frei von Sorgen. Er trug einen Anzug aus einem wunderbar fließenden Stoff. Seine Frau saß auf dem Beifahrersitz, ein dunkelrotes Seidenkostüm ließ wohlgeformte Beine zum Vorschein kommen. Das honigblonde Haar legte sich zu einer leichten Innenrolle, die Ohrringe funkelten bei jeder Bewegung. Claudia sah ihr sehr ähnlich. Beide begrüßten mich freundlich.

»Steigen Sie ein«, sagte Claudias Vater. »Meine Tochter hat so von Ihnen geschwärmt, sie wird sich über Ihre Unterstützung freuen.«

Wir fuhren nach Waldwimmersbach. Die letzten Sonnenstrahlen lagen auf den abgeernteten Feldern. Durch das offene Dach roch ich die würzige Luft des Spätsommers. Pilze mussten schon aus der Erde sprießen, bald würde Nebel den Neckar umhüllen.

Das zum Golfplatz gehörige Clubhaus war einst ein großer Reitstall gewesen, dann behutsam und mit viel Gefühl für alte Gemäuer umgebaut worden. Auf dem Rasen standen viele Menschen in festlichen Kleidern und tranken bunte Cocktails. Kellner in schwarzen Hosen und cremeweißen Jacketts boten diskret auf silbernen Tabletts kleine Brote mit Räucherlachs, Rehpastete oder Geflügelsalat an. Ich wagte nicht davon zu nehmen, da ich Angst hatte, mein sorgfältig aufgetragener Lippenstift könnte verschmieren. Er war wie eine Maske für mich, hinter der ich mein wahres Sein verbergen konnte. Gut, dass es Make-up gab. Claudias Eltern sprachen mit zwei anscheinend befreundeten Ehepaaren über ihr Handicap, die Kinder oder einfach nur über den warmen Spätsommer. Die Männer waren frisch geduscht und rasiert, hatten ein Eau de Toilette aufgelegt, die Frauen dufteten ihrerseits in den schönsten Nuancen. Zu gern hätte ich mich ihnen allen an den Hals geworfen, nur um diesen Wohlgerüchen noch näher zu sein.

Ich suchte den Rasen nach Claudia ab, fand sie aber nirgends. Ihre Mutter sagte mir, dass sie sich in einem der hinteren Räume auf den Auftritt vorbereite, sie sei aber zu nervös, um jemanden zu empfangen.

Jetzt, das Zeichen. Alle begaben sich nach drinnen, in den großen Clubraum. Vor einem schwarzen Flügel waren mehrere Tische gruppiert, auf weißen Tüchern die Gedecke angeordnet, in der Mitte thronte jeweils ein Gesteck aus weißen Lilien und hellgelben Chrysanthemen. Claudias Eltern führten mich zu einem nahe am Flügel aufgestellten Tisch. Das Licht ging aus, es wurde mucksmäuschenstill, ein jüngerer Mann im Frack setzte sich an den Flügel, ein Spot richtete sich auf Claudia, die nun den Saal betrat. Mir verschlug es fast den Atem, so schön sah sie aus in ihrem hautengen schwarz glänzenden Abendkleid, tief ausgeschnitten an Dekolleté und Rücken. Ihre blonden Haare hatte sie zu einer Banane geschlungen, eine Locke umspielte ihr Gesicht, um den schmalen Hals lag eine zarte Kette mit einem blitzenden Diamanten. Sie sah aus, als würde sie in einem Hollywoodfilm auftreten, mit Richard Gere an ihrer Seite, oder noch besser Al Pacino.

Der Klavierspieler schlug den ersten Ton an, Claudia begann mit einem eigenen Chanson, in dem es um Sehnsucht und die große Liebe ging. Sie verzauberte alle Zuhörer, ihre volle, leicht raue Stimme zog jeden in ihren Bann. Einige ihrer Songs kannte ich schon, doch klangen sie mit der musikalischen Begleitung noch viel besser. Zuletzt sang sie »Talk to my Heart« von Tina Turner, mit viel Gefühl, ihr Körper war ein einziger Ton geworden. Der Applaus hätte nicht größer sein können, immer wieder wurde von Claudia eine Zugabe gefordert. Nach der fünften verneigte sie sich endgültig, verschwand in der Dunkelheit.

Ich folgte Claudias Eltern in die Garderobe, wo überall leuchtende Blumen herumstanden. Warum hatte ich nicht daran gedacht, ihr welche mitzubringen? Schnell verdrängte ich den Gedanken und umarmte meine Freundin.

»Du hast mir Glück gebracht«, sagte Claudia strahlend.

Ich konnte mir nicht vorstellen, wie ich das gemacht haben sollte, freute mich aber dennoch über ihre Worte.

»Lass uns jetzt feiern«, meinte Claudias Vater.

Er bestellte eine Flasche Champagner, wir stießen auf Claudias Zukunft an. Der Vater sagte, dass er selbst hätte Sänger werden wollen, seine Eltern ihm diesen Wunsch aber aus dem Kopf schlugen, nun wolle er seiner Tochter die Chance geben, diesen Lebenstraum zu realisieren. Ich nippte an meinem Champagner, jede Perle erschien mir so kostbar, dass sie einzeln auf meiner Zunge prickeln sollte. Anschließend wurden die köstlichsten Speisen aufgefahren, ich kam mir wie im Schlaraffenland vor. Claudias Mutter wollte von mir erfahren, was ich in Heidelberg vorhabe, ihre Tochter hätte ihr gesagt, dass ich lange Zeit in Spanien gewesen war, mich nun wieder in meiner Heimatstadt richtig niederlassen wollte. Claudia zwinkerte mir in diesem Augenblick zu, sie hatte wohl Fetzen von dem Gespräch mitbekommen. Ich war ihr dankbar, dass sie meine Lüge aufrechterhalten hatte. »Ich versuche es auf zwei Wegen«, antwortete ich. »Einerseits will ich wieder in meinen früheren Beruf als Sekretärin zurück, andererseits bin auf der Suche nach einer Praxis, in der ich als Atemtherapeutin arbeiten kann. Das habe ich jedenfalls in Andalusien gemacht.« Meine Tischnachbarn interessierten sich offenbar sehr für dieses Thema. Sie wollten genau wissen, welche Methoden ich anwandte und welche Probleme die Menschen hatten, die von mir behandelt wurden. Erleichtert atmete ich über den Gesprächsverlauf auf. Meine Obdachlosenwirklichkeit war damit umschifft, ich konnte nun befreit von meiner Arbeit erzählen, die ich so viele Jahre ausgeübt hatte. Ich redete wie ein Wasserfall, erzählte von dem Orthopäden, in dessen Praxis ich Menschen behandelt hatte, die durch ihre falsche Atmung Probleme mit ihrem Rücken oder im Beckenbereich bekommen hatten. Wie sehr mir diese Tätigkeit doch fehlte.

Mitternacht war vorüber, als mich Claudias Eltern wieder in

die Plöck fuhren. Meine Freundin nahm ihren Polo, wollte noch mit einigen anderen Freunden eine Bar in Heidelberg aufsuchen. Sie bat mich, mitzukommen, doch ich schüttelte den Kopf, ich wollte nicht, dass sie noch weiter für mich Geld ausgab. Hatte mich Claudia aus Mitleid mitgenommen?, fragte ich mich, als ich die Stufen zu meiner WG hochging. Nein. Ich verwarf den Gedanken sofort. Sie hatte mich gemeint, nicht die Obdachlose, als sie mich zu diesem Abend einlud. Das tat gut. Ich würde nicht mehr schlurfen, sondern meinen Rücken strecken und so tun, als sei die Welt in Ordnung. Ja, darauf wollte ich nun wieder besonders achten.

Volker wartete auf mich, wie damals, als ich von Claudia kam. Der Aschenbecher war randvoll mit Kippen. Er versuchte ruhig zu wirken, aber ich wusste, dass er wie ein Tiger im Käfig hin- und hergelaufen war.

»War es schön?«, fragte er, die Stimme klang leicht gequält.

»Claudia wird noch mal eine große Sängerin, davon bin ich überzeugt«, erwiderte ich. »Und überhaupt war alles so festlich. Wenn ich meiner Sozialarbeiterin davon erzähle, kräuselt sie bestimmt ihre Nase. So etwas gehört sich doch nicht für eine gesellschaftlich randständige Obdachlose.«

»Und hast du jemanden kennen gelernt?«

»Wie meinst du das?«

»Bist du mir treu gewesen?«

»Ich hatte keine Chance, mich im Heuhaufen zu wälzen, wenn du das meinst. Hör mit diesem Blödsinn auf. Es ist spät, lass uns schlafen gehen.«

Einen Monat hielt ich noch durch, dann warf ich die EDV-Schule hin. Ich kam einfach nicht mehr mit. Ich spürte, dass mein Aufenthalt im Obdachlosenheim mir zu viel seelische Energie nahm. Vom Verstand her wäre ich noch zum Weiterkämpfen bereit gewesen, doch meine Gefühlsseite versagte total. Ich hatte in den letzten Monaten so viele Zwänge erlitten, dass ich keinem weiteren Stress standhalten konnte.

Der Schulleiter eröffnete mir in einem Gespräch, dass es für mich das Beste sei, die Schule wieder zu verlassen. Auf dem Arbeitsamt musste ich sagen, dass ich freiwillig gegangen sei, nicht rausgeschmissen wurde. Der Sachbearbeiter meinte nur, ich könne an einer anderen Schulung teilnehmen, die nur halbtags stattfände und auch nicht so schwierig sei. Leider gäbe es einen solchen Kurs zurzeit nicht, aber er könne mir dann Bescheid geben. Ein richtiger Trost war das in diesem Augenblick auch nicht. Nicht wirklich. Ich versuchte zu lächeln, es missglückte. Versagt hatte ich, dieser Gedanke beherrschte mich, versagt in einer so wichtigen Angelegenheit. Wie sollte ich nun den Weg in ein normales Leben zurückfinden, wo ich mir alles vermasselt hatte? Wie eine Dilettantin kam ich mir vor. Machte mir Vorwürfe, dass ich vielleicht nicht ausreichend Ehrgeiz entwickelt hatte, möglicherweise zu bequem, nicht zielorientiert genug war, mich viel zu sehr mit meiner Angst, als Obdachlose erkannt zu werden, beschäftigt hatte. Neandertaler, so stellte ich mir vor, hatten es in ihrem Dasein leichter gehabt. Nach meiner Kenntnis kannten die kein soziales Zusammenleben, das ihre Mitsammler und -jäger vom Feuer und damit vom Essen und der Existenz ausschloss. Oder träumte ich nur von einem Paradies, das es in einer wie auch immer gearteten Weise nie gab?

Mit hängenden Schultern ging ich in die Plöck zurück. Nie mehr würde ich mit Claudia, Nicole und Miriam zusammen lachen und die Pausen verquatschen. Sie würden den Kurs bestehen, weiter ihr Leben leben, Urlaub machen, tun und lassen können, was man wollte, Freunde empfangen, ohne dass sie ein Obdachlosenheim betreten mussten. Die drei Frauen würden mich schnell vergessen. Sie waren für mich wichtiger als ich für sie.

Aber ganz wollte ich mich nicht meinem Elend hingeben, so ging ich, statt mich ins Bett zu verkriechen, wonach mir war, auf direktem Wege in die Flechtwerkstatt.

»Ich gehe nicht mehr in die Schule, ich hab's nicht gepackt«, sagte ich zu meinem alten Chef. »Kann ich wieder bei Ihnen im Büro anfangen?«

»Geht in Ordnung«, antwortete Herr Stasiuk. »Morgen früh können Sie wieder anfangen, aber pünktlich.«

Über acht Wochen hatte ich kaum Kontakt zum Heim gehabt. Mir graute vor der Begegnung mit meinen Kollegen. Freddy griente mich dann auch gleich am nächsten Tag an, andere schauten hämisch.

»Ja, hallo, da bist du ja wieder, hast die Schule wohl nicht hingekriegt«, sagte Petra. »Na, ist auch keine Überraschung.«

»Wir haben gewettet, dass du es nicht schaffst«, fügte Mario hinzu.

»Eine Aufschneiderin bischt du, das hab ich doch gleich geahnt.« Suses Kommentar schnürte mir fast die Kehle zu.

Doch nicht alle zeigten Schadenfreude. Roland und Norbert nahmen mich mitfühlend in den Arm, fragten mich, ob ich einen Kaffee wolle, frisch durchgelaufen sei er. Das war eine neue Erfahrung, früher hätte mich keiner daran erinnert, an einen frisch aufgebrühten Kaffee. Ich war nun eine von ihnen, nichts Besseres und nichts Schlechteres, auf gleichem Niveau, entsprechend erhielt ich auch die typischen Obdachlosen-Streicheleinheiten. Sogar Freddy gab mir etwas von dem Marmorkuchen ab, den seine alte Mutter regelmäßig ins Heim schickte. »Nimm noch ein zweites Stück«, ermunterte er mich, »du brauchst es.« Zuvor hatte ich nicht einmal einen Krümel angeboten bekommen. Die Fütterung der tief Gefallenen machte ihnen Freude, so konnte man sich in seinem eigenen Pech bestätigt fühlen.

9. Die Magie des Geldes

Volker war ebenfalls froh, dass ich nicht mehr die Schule besuchte, wenn er dies auch nicht offen zeigte. Aber er war glücklich, dass wir nun auch mittags wieder zusammen essen konnten und ich abends nicht mehr müde vor dem Fernseher einschlief, oder, noch schlimmer, lernen musste. So weit ich es vermochte, zeigte ich nach außen nicht, wie groß meine Selbstzweifel geworden waren. Mit freundlichem Gesicht saß ich wieder jeden Tag in dem kleinen Büro vor dem Computer, der mich permanent an meine Schmach erinnerte. Ich hörte, wie die anderen tuschelten, ich sei zu dumm für die Technik, ja nicht einmal ein Wiener Geflecht würde ich zustande bringen. Widersprechen konnte ich nicht.

Die Tage in dem stickigen Arbeitszimmer zogen sich in die Länge. Meine Eingaben hatte ich schnell erledigt, nach dem EDV-Kurs sogar noch schneller. Er war also nicht völlig umsonst gewesen. In der Zwischenzeit war es Herbst geworden, ich hatte die Verfärbung der Blätter kaum wahrgenommen, so sehr war ich mit mir selbst beschäftigt gewesen. In Marbella wäre ich nun öfters mit Alvaro abends an den Strand gegangen, um im Sand einen Fisch zu grillen, Rotwein zu trinken und in die Sterne zu schauen. Nur noch wenige Touristen wären an uns vorbeigezogen, Ruhe und Frieden hätte sich im Ort verbreitet. Ich liebte diese Sattheit der Natur, die vom langen Sommer aufgewärmten Steine, die feuchter werdende Meeresluft. Marbella würde bald den Einheimischen gehören und den ewigen Hippies, der Jetset verzog sich im Herbst in die europäischen Metropolen zurück, zu Partys, Premieren und Vernissagen, und bereitete sich auf die Skisaison in Kitzbühel, St. Moritz oder Aspen vor.

»Geht es Ihnen gut?«, fragte Pfarrer Neumann, der Heimleiter, in meine Gedanken hinein. Er machte seinen täglichen Rundgang durch die Werkstätten.

»Ich suche noch nach kleinen Aufgaben, um mehr ausgelastet zu sein«, sagte ich, ohne weiter darüber nachzudenken, ob mein Chef etwas dagegen haben könnte, der gerade im Urlaub war. Ich langweilte mich. »Brauchen Sie vielleicht bei Ihnen im Sekretariat Unterstützung?«

»Ich muss nachdenken«, schmunzelte Pfarrer Neumann über meinen Arbeitseifer. »Aber vielleicht können Sie auf die Bank gehen und Schecks einlösen. Alle vierzehn Tage bekommen wir das Geld für die Heimbewohner ausgezahlt. Sie haben sich als sehr verantwortungsbewusst gezeigt, vielleicht sollte man Ihnen diese Aufgabe anvertrauen.«

»Aber, Herr Neumann, Sie wissen doch, dass Obdachlose keinen Zugang zu öffentlichen Geldern haben. Es ist uns sogar verboten, an die kleine Bürokasse zu gehen. Holt ein Kunde seinen Stuhl ab, dürfen wir nicht einmal das Wechselgeld herausgeben.«

»Sie brauchen mich nicht daran zu erinnern. Ich weiß das. Melden Sie sich heute Nachmittag nach der Arbeit bei meiner Sekretärin, Frau Pfeiffer.«

Damit verschwand der Heimleiter. Warum hatte er mir diesen Vorschlag unterbreitet? Wollte er in seiner Funktion als Pfarrer seelsorgerisch tätig sein? Mir Selbstbewusstsein vermitteln?

Um drei Uhr klopfte ich bei Frau Pfeiffer an.

»Herein«, sagte eine harsche Stimme, die zu einer grauhaarigen, dürren Person gehörte. Ich hatte sie schon einige Mal gesehen, wie sie in beigefarbenen Schuhen die Flure entlanggging, eher quietschte, denn die glatten Böden entlockten den Gummisohlen die hellsten Geräusche.

»Ich soll hier einen Scheck abholen und auf der Bank einlösen«, sagte ich leise.

»Das ist nicht erlaubt«, antwortete Frau Pfeiffer, »Sie sind eine Heimbewohnerin.«

»Ich weiß, aber ich habe das mit dem Herrn Pfarrer so besprochen.«

»Das kann ich mir nicht vorstellen. Ich werde einen Zivildienstleistenden rufen. Der kann das dann für mich übernehmen.«

»Ist denn ein Zivi glaubwürdiger als ich?« So schnell wollte ich mich nicht geschlagen geben. »Sind wir Obdachlose es nicht wert, dass man uns Vertrauen schenkt? Mein ganzes Vergehen besteht darin, dass ich kein Geld mehr habe, und das liegt nicht daran, dass ich es mit vollen Händen zum Fenster herausgeschmissen hätte. Ich bin weder ein Alki noch auf Droge. Und Unehrlichkeit hat mir bislang auch keiner vorgeworfen. Sie können doch nicht alle Menschen über einen Kamm scheren!«

Frau Pfeiffer verstummte. Sie stand abrupt auf und ging ins Nebenzimmer. Kurz darauf kam sie mit Herrn Neumann zurück.

»Was ist los?«, fragte er.

»Frau Pfeiffer will mir den Scheck nicht geben«, antwortete ich. »Dabei hatte ich nie in meinem Leben Schulden.«

»Frau Pfeiffer, geben Sie Frau Völkner den Scheck. Sie wird ihn alle vierzehn Tage hier abholen und einlösen.«

Mit grimmigem Gesicht holte die Sekretärin den Scheck aus einer Schatulle, die sie in einer Schreibtischschublade verwahrte.

»Das ist gegen die Regeln«, schnaubte sie, der Pfarrer war schon wieder in seinem Büro. »Aber wenn der Herr es befiehlt, dann soll es so sein. Schließlich ist er der Heimleiter.«

Zitternd nahm ich den Scheck entgegen.

»Hoffentlich kommen Sie mit dem Geld auch wieder zurück«, rief mir die Sekretärin nach.

»Glauben Sie etwa, ich will mich strafbar machen?« Meine Antwort sollte zuversichtlich klingen, dennoch fürchtete ich mich davor, dass etwas schiefgehen könnte. Immerhin ging es um viel Geld.

Die Bank lag in der Kurfürstenanlage, es war eine größere Filiale. Vor den Einzahlungs- und Auszahlungsschaltern hatten sich Schlangen gebildet, heute wollten wohl viele Menschen Geld abholen. Ich stellte mich geduldig an und sah mich in der Halle um. Es war schon lange her, seit ich das letzte Mal eine deutsche Bank betreten hatte. Alles war modernisiert, es gab einzelnc Abteilungen für Überweisungen, Kredite und andere Bankgeschäfte. Ein großes Schild verwies auf eine Ausstellung von alten Bibeln im hinteren Teil der Schalterhalle. Eine seltsame Kombination, dachte ich. Nun bemerkte ich, in welch rasantem Tempo die Kassiererin die Scheine abzählte; ich nahm mir vor, genau aufzupassen. Als ich an die Reihe kam, legte ich ihr den Scheck hin.

»In welchen Scheinen wollen Sie das Geld?«, fragte die Kassiererin, eine blonde Endzwanzigerin, die sehr nervös erschien.

»Fünfer, Zehner, Zwanziger und Fünfziger«, antwortete ich. Es sollte damit ja die Arbeitstherapie entlohnt und das wöchentliche Taschengeld ausbezahlt werden.

»Sie kommen vom Obdachlosenheim. Stimmt's?«

Ohne meine Antwort abzuwarten, zählte die Kassiererin das Geld vor. Trotz ihrer Schnelligkeit bemerkte ich, dass sie mir zu wenige Scheine herausgab. Mindestens hundert Mark mussten fehlen.

»Ich glaube, Sie haben sich verzählt«, sagte ich. Hinter mir war die Schlange der Wartenden noch länger geworden. Sollte ich mich getäuscht haben, würde das eine Blamage werden.

Streng schaute mich die Blondine an.

»Ich verzähle mich nicht. Die Summe stimmt.«

»Nein, Sie haben sich um hundert Mark verzählt. Mindestens.« Ich beharrte auf meiner Meinung. »Bitte, zählen Sie das Geld noch einmal durch.«

Zähneknirschend tat sie es. Die Frau hinter mir stöhnte auf. Beim erneuten Vorzählen passte ich wieder höllisch auf, um jeden Schein einzeln zu erfassen. Am Ende fehlten tatsächlich hundert Mark. Schnippisch lcgte sie mir das fehlende Geld dazu, als sei es normal, dass mal was fehlt.

Völlig durcheinander ging ich ins Obdachlosenheim zurück und legte dem Heimleiter das dicke Bündel auf den Tisch. Es wurde sogleich an den Sozialarbeiter weitergegeben, der den Betrag verwahrte.

»Zählen Sie nach«, bat ich.

Der Sozialarbeiter blätterte die einzelnen Scheine hin, bei seiner Zählung fehlten am Schluss fünfzig Mark. Es war wie verhext. Ich war sicher, dass ich auf der Bank richtig mitgezählt hatte. Noch einmal wurde gerechnet, jetzt stimmte der Betrag. Ich hatte mich nicht getäuscht.

Schweißgebadet stand ich da. Sollte ich besser die Sache mit dem Geld abgeben? Nein, dachte ich, damit würde ich Schwäche zeigen. Ich musste da durch, diese Hürde meistern, sonst würde ich nie wieder eine solche Aufgabe übernehmen. Der Gang zur Bank bedeutete für mich einen Zipfel zu der Welt, der ich wieder angehören wollte. Diesen durfte ich nicht loslassen.

»In zwei Wochen gehen Sie wieder dorthin«, beschloss der Heimleiter. Ich hatte die Probe bestanden.

»Können Sie nicht beim Filialleiter der Bank anrufen und mit ihm eine Veränderung der Geldübergabe vereinbaren? Es wäre gut, wenn ich es in einem separaten Raum in Empfang nehmen könnte.«

Der Heimleiter griff zum Telefon.

»Ein Bankangestellter wird das Geld dort auch einpacken«, sagte er nach Beendigung des Gesprächs. »Sie, Frau Völkner, können die Scheine ja nicht einfach in Ihrer Tasche verstauen, für alle sichtbar.«

Auch wenn dieses viele Geld mir nicht persönlich gehörte, so fühlte ich mich dafür verantwortlich, als sei es mein eigenes. Ich konnte mir wieder vorstellen, wie es ist, wenn man eigenes Geld besitzt. Plötzlich überwältigten mich Fantasien von einem ewigen Urlaub unter Palmen, einem aus allen Fugen platzenden Kleiderschrank, von einem Palast voller Schuhe, bei dem selbst Imelda Marcos neidisch hätte werden könnte. Seltsam, wie mich diese Bilder packten, da sie mir ansonsten eher fremd waren. Viele Lottomillionäre wissen ja oft auch nicht, was sie mit ihrem unvermuteten Reichtum anfangen sollen, schmeißen ihr Geld für die banalsten Dinge zum Fenster hinaus. Als ich mich wieder auf den Boden der Tatsachen zurückgeholt hatte, dachte ich einfach nur daran, wie schön es wäre, Geld zu sparen, anzuhäufen – es musste wirklich nicht gleich die Dimension eines Dagobert Duck annehmen.

Der Umgang mit der Bank war für mich ein wichtiger Schritt, um aus dem Heim herauszuwachsen, das war unzweifelhaft so. Als Obdachlose hatte ich kein eigenes Konto, durfte auch keines besitzen. Die Behörden hatten das so angeordnet. Selbst Sozialhilfeempfänger bekamen ihr Geld auf ein Konto überwiesen, sollten es sich selbst einteilen. Nur uns wurde es nicht erlaubt, im normalen Geldverkehr mitzumischen. Je weniger aber ein Mensch die Chance hat, über eine Summe eigenständig zu verfügen, desto eher verlernt er es, mit ihr umzugehen. Im Heim wurde mir das Geld zugeteilt, in kleinen Raten, überreicht von einem Sozialarbeiter, der sich so aufführte, als sei es sein eigenes, was er hier großzügig verteilte. Für diesen täglichen, beziehungsweise für mich wöchentlichen Akt musste man sich anstellen, mit allen anderen Heimbewohnern. Die Gnade des Geldempfangs war schon bitter. Ich hatte das Gefühl, auf ein Menschenrecht verzichten zu müssen, als hätte man es mir mit dem Kontoverbot abgesprochen, weil ich dessen nicht würdig war. In diesen Augenblicken gab es kein Entrinnen vor meiner Realität. Wenn ich mich inmitten all dieser mittellosen, oftmals heruntergekommenen Menschen sah, ihre Sprüche hörte, konnte ich die Diskrepanz zu meinem früheren Leben kaum ertragen.

Wie würde es sein, wenn ich wieder ein eigenes Konto hatte? Schon nach dieser relativ kurzen Zeit, wo ich keines besaß, bekam ich Angst davor. Was wäre passiert, wenn ich den Fehler der Kassiererin nicht bemerkt hätte, man mir vorgeworfen hätte, die hundert Mark unterschlagen zu haben? Das fehlende Geld wäre ein Beweis gewesen, dass ich unehrlich sei. Schnell schüttelte ich den Gedanken ab. Ich wollte nicht weiter über die Folgen nachdenken, war nur froh, dass mir dieses Missgeschick erspart geblieben war.

An eine besondere Situation kann ich mich erinnern, in der ich eine Ahnung davon bekam, wie es sich anfühlte, kein Geld zu haben. Kurz nach meiner Ausbildung konnte mir mein Chef ein Monatsgehalt nicht überweisen. Mit meinen Ersparnissen vermochte ich zwar die Miete und alle anderen Unkosten zu bezahlen, doch für Nahrungsmittel reichte das Geld nicht aus. Ich war jung, und ich schämte mich nicht, dass ich kein Geld zum Essen hatte. Noch nicht einmal Angst hatte ich dabei. Ich nahm die Situation sportlich, wie ein kleines Abenteuer, das ich meistern wollte. Ich kaufte mir viele Zitronen, die ich für meinen täglichen Vitaminbedarf auspresste, und Unmengen von Tütensuppen. Das konnte ich mir gerade noch leisten. Kaffee und Teebeutel waren noch ausreichend da, wenn mich eine Freundin besuchte, konnte ich sogar mit einer Packung Butterkekse aufwarten, die in der hintersten Ecke des Küchenschranks ihr Dasein fristete.

»Mehr habe ich nicht im Haus«, erklärte ich allen. »Ich mache gerade eine Fastenkur.« Jeder verstand das. Nach diesem Monat bekam ich wieder mein Gehalt überwiesen, alle fanden, dass es mir prima stand, so schlank zu sein.

Hier im Wichernheim hatte ich jedoch nicht einen einzigen Tag hungern müssen, ich hatte ein Bett zum Schlafen, sogar ein eigenes Zimmer. Die Zukunft musste mir auch keine Probleme bereiten, es würde für mich gesorgt werden, bis an mein Lebensende, wie mir ja der Pfarrer versichert hatte. Dennoch empfand ich diese Form der Armut viel schlimmer als die Zeit meiner Fastenkur. Damals tat ich es freiwillig, jetzt hatte ich keine andere Wahl. Obdachlose im Heim sind nicht wirklich arm. Sie haben alles, was sie materiell zum Leben brauchen. Vielleicht sogar in mancher Hinsicht mehr als finanziell schwach gestellte Menschen draußen, im normalen Leben. Die Armut im Obdachlosenheim ist in erster Linie eine seelische Armut. Diesen Unterschied durfte ich hier erfahren. Auf der Straße habe ich Leute kennen gelernt, die um keinen Preis der Welt in ein Heim gehen würden, eher suchen sie sich einen Unterschlupf im Wald, unter den Neckarbrücken oder in irgendwelchen Winkeln von Parkhäusern oder leer stehenden Gebäuden. Sie sehen äußerlich oft ärmlicher aus als die Heimbewohner, aber sie haben ihre eigene Entscheidung getroffen.

Ich erinnerte mich auch an eine andere Erfahrung, eine, bei der ich die besondere Magie des Geldes verspürte. Einige Jahre vor meiner Heirat war ich mit Thomas befreundet. Er war kein richtiger Zocker, doch es zog ihn immer wieder zum Casino nach Wiesbaden, nicht oft, aber jeden zweiten Monat suchte er die Spielbank im Kurhaus auf. Ich kam gerne mit, weil ich den Plüsch der Räume, das leise Murmeln der Croupiers, das Klirren der Chips mochte. Dreitausend Mark war sein Limit am Roulettetisch, mehr setzte er nie ein. Manchmal gewann er dazu, manchmal verlor er, nicht selten sogar alles. Es amüsierte ihn, wenn er einen Gewinn abholen konnte, dann mieteten wir uns im gegenüberliegenden Grandhotel ein und ließen uns Champagner und kleine Häppchen kommen. War alles verspielt, ärgerte es Thomas nicht, er nahm es gelassen hin. Ich bewunderte ihn für diese Leichtigkeit, es war, als spielte er Monopoly, wo ein virtueller Verlust immerhin verschmerzbar war.

Am Ende eines Abends zog er mich oft in einen der hinteren Räume, wo es um das ganz große Geld ging. Sobald man eintrat, konnte man das Geld regelrecht riechen, schmecken und fühlen. Korpulente Männer in feinem Zwirn saßen an Einzeltischen, umrahmt – wie mir schien – von muskulösen Bodyguards, und pafften gierig an ihren Zigarren. Einige stierten auf die Chips, kaum ein Flackern oder Zucken war in ihren Gesichtern zu entdecken, andere hatten kleine Schweißperlen auf der Stirn, die mit nervöser Geste weggewischt wurden. Diejenigen, die mit voller Lust spielten, wirkten wie freudig erregte Kinder, gleichzeitig danach schauend, ob ihnen die Aufmerksamkeit garantiert war von den herumstehenden schönen Damen. Selten sah ich eine Frau an diesen Tischen spielen, an denen es um viel Geld ging. So mancher Chip, der einen Gegenwert von zehntausend Mark hatte, wurde mit professioneller Geste eingesammelt oder gesetzt, hin und wieder gestapelt zu einem Fünferset. Ganze Häuser und Grundstücke wurden innerhalb einer halben Stunde verloren oder gewonnen. Es war in diesem Saal stiller als in all den anderen Räumen, die Luft zum Zerreißen gespannt, sobald die Kugel rollte. Eine unglaubliche Energie ging von diesen ins Spiel versenkten Menschen aus, eine ganz besondere Schwingung. »Nicht das Glück siegt«, sagte Thomas, »sondern der beste Zocker.« Ich hatte immer gehofft, die Kugel mit meinen Blicken beeinflussen zu können. Aber das gelang mir nicht. Sie hatte ihr eigenes Geheimnis.

An diese Situation dachte ich, als ich zum zweiten Mal in die Bank ging, um den Scheck einzulösen. Die Geldübergabe fand wie vereinbart in einem gesonderten Raum statt. Ein langer Tisch stand in seiner Mitte, umgeben von mehreren Stühlen. Ein Bankangestellter bat mich Platz zu nehmen, er setzte sich mir gegenüber. Dann begann er sofort, das Geld abzuzählen. Zuerst die großen Scheine, dann die kleineren. Ich hatte mir einen Zettel und einen Kugelschreiber mitgenommen und notierte mir die Summe der einzelnen Geldpakete. Als der Bankangestellte fertig war, rechnete ich nach, ob im Endergebnis die Summe stimmte. Ja, er hatte richtig gezählt.

»Stimmt's?«, fragte er.

»Es ist alles in Ordnung.«

Das Geld wurde in einen Umschlag gesteckt, den ich sorgfältig in der Seitentasche meiner Handtasche unterbrachte. Zum Schluss zog ich den Reißverschluss zu. Wieder spürte ich die Stille, die eigenartige Ausstrahlung des Geldes, wie damals in dem Casino. Fest klemmte ich die Tasche unter meinen Arm, keiner sollte sie mir wegnehmen können.

Fortan durfte ich auch an die Kasse im Werkstattbüro gehen und den Kunden das Wechselgeld herausgeben. Als mein Chef aus dem Urlaub zurückkam, wurde er über die neue Regelung informiert. Sie passte ihm nicht, war ich doch nun nicht mehr allein seine Sekretärin. Aber er wollte sich nicht der Anordnung des Heimleiters widersetzen.

»Frau Völkner brauchen wir noch für andere Botengänge«, bestimmte Herr Neumann. »Jemand muss die Post bei all unseren Einrichtungen abliefern und die zu bearbeitenden Sachen wieder mitbringen.«

Mein Freiraum war nun größer geworden, oft hatte ich den Vormittag eigenverantwortlich zu gestalten. Es war schön, an der frischen Luft zu sein, die Beine bewegen zu können, durch die Straßen meiner Heimatstadt zu gehen. Einmal kam ich bei meinen Gängen an dem Haus meiner Schwester vorbei. Eigentlich wollte ich daran vorbeigehen, denn bislang war ich Martina nicht begegnet, und ich legte auch keinen Wert darauf, sie zu sehen. Dennoch spähte ich neugierig über den Zaun. Sämtliche Fenster waren geschlossen, nichts bewegte sich hinter den schneeweißen Gardinen. Meine Schwester und ihr Mann gingen mit Sicherheit ihrer Arbeit nach. In dem kleinen Vorgarten gab es keine verwelkte Blüte, nicht ein einziges vergessenes Blatt. Die Rasenkanten waren wie mit der Nagelschere zurechtgestutzt. Etwas anderes hätte mich auch verwundert.

Die Kollegen in der Flechtwerkstatt begannen mich wieder mit neidischen Blicken zu traktieren. Ich konnte es ihnen nicht verdenken, durfte ich doch mit meiner Sondererlaubnis das Heim tagsüber verlassen. Suse und Mario, die mit ihren Gehässigkeiten nicht gespart und mir am meisten zugesetzt hatten, fielen immerhin kurz hintereinander als Mitarbeiter aus. Die Schwäbin war wieder drogenrückfällig geworden, ich hörte, dass sie sich im Rotlichtmilieu herumtreiben sollte, um ihren Stoff zu bezahlen. Der sexsüchtige Mario hatte es in dem »Gefängnis« nicht mehr ausgehalten, haute einfach ab, wollte nach Hamburg und dort als Hilfskoch auf einem Schiff anheuern.

An deren Stelle kamen Dominique und Günther in unsere Werkstatt. Dominique hatte Sprachen studiert und früher sogar in Paris als Dolmetscher gearbeitet. Doch dann kam der Alkohol in sein Leben, von dem er nicht mehr loskam, trotz unzähliger Entziehungskuren. Er trank nicht permanent, aber wenn er das Teufelszeug zu sich nahm, tat er das in einem solchen Ausmaß, dass er tagelang volltrunken war. Manchmal schaute er mich traurig an und sagte: »Christiane, du kommst wieder nach oben. Aber ich?« Dominique hatte außerhalb des Heims eine Freundin, die ihm aber auch nicht helfen konnte, vom Alkohol loszukommen.

Günther kam aus der zweiten Flechtwerkstatt zur Aushilfe, nur so konnten die Termine für die Kunden einigermaßen eingehalten werden. Er arbeitete schon viele Jahre hier und kannte sich mit jedem Geflecht aus. Nach der Schule kam er in einem Kohlebergwerk unter, wo er jahrzehntelang blieb, bis sein Rücken ganz krumm war und er an einem Stock gehen musste. Das machte ihn so fertig, dass er alles aufgab und nicht mehr leben wollte. Bevor der Zug kam, zerrte man ihn noch rechtzeitig von den Gleisen. Nach einem Klinikaufenthalt ging er auf die Straße, jetzt gehörte Günther schon zum Inventar des Wichernheims, er hielt sozusagen die Stellung. Er flocht und flocht, fast wie eine Maschine. Sein grauer Zopf wurde mit jedem Jahr länger. Er würde im Heim bleiben. Für immer. Das war klar.

Mit meinen neuen Aufgaben fasste ich mehr Mut und hoffte auf einen Ausweg.

10. Ein dramatischer Zwischenfall

Volker und ich wuchsen zusammen. Mit ihm gestaltete sich das Leben erträglich. Er renovierte nicht nur mein Zimmer, sondern auch die Küche, das Wohnzimmer und den Flur, sogar die Fensterrahmen strich er neu. Für diese Arbeit zahlte ihm das Heim ein Überstundengeld, was wir gut gebrauchen konnten. Ich putzte sämtliche Fenster, wusch die Vorhänge und bastelte aus Strand- und Palmenbildern, die ich aus Reisekatalogen herausschnitt, bunte Collagen. Klebstoff und Pappe durfte ich mir aus dem Büro mitnehmen. Auf den weiß gestrichenen Wänden kamen die »Kunstwerke« gut zur Geltung.

Durch die gemeinsame Arbeit hatten wir das Gefühl, unsere eigene Wohnung herzurichten. Beate, das behinderte Mädchen, war zu ihren Eltern zurückgekehrt, sie hatten sich wieder auf ihr Kind besonnen, eine neue Mitbewohnerin war uns noch nicht zugeteilt worden. Monika und Werner tauchten weiterhin nur selten in der WG auf. Wir waren meist allein, was wir sehr genossen.

Nach und nach deponierte Volker immer mehr Sachen bei mir im Kleiderschrank, erst war es ein Hemd, dann drei, später schmuggelte er noch zwei Paar Hosen und ein Paar Schuhe hinein. Plötzlich stand neben der Zahnbürste auch noch sein Rasierzeug. Anfangs beäugte ich diese Veränderungen misstrauisch, denn tief in meinem Herzen akzeptierte ich diese Beziehung immer noch nicht. Volker hätte alles für mich getan, aber ich sehnte mich nach einem anderen Mann, einem, der nicht schwach war, der Schwäche überwinden, kämpfen konnte. So ein Typ war Volker nicht. Ich stellte Ansprüche, die ich selbst nicht erfüllen konnte, trotzdem wollte ich meine Wünsche nicht völlig aufgeben. Volker lebte in meiner Gegenwart auf, war glücklich durch mich, verzichtete dabei auf eine eigene Persönlichkeit. Das machte mir zu schaffen, auch dass er nicht wirklich aus dem Heim rauswollte.

Dafür war Volker ein Lebenskünstler auf einem ganz anderen Gebiet. Wenn er zu mir kam, trug er oft Päckchen unter dem Arm, überreichte sie mir und sagte: »Pack aus! Nun mach schon! Ist doch für dich!« Mal war es eine Wanduhr, dann wieder ein Badeanzug oder die schönsten Schuhe.

»Hast du die für mich gekauft? Du spinnst wohl!«, sagte ich.

»Frag nicht! Zieh sie an!«

Die braunen Wildlederstiefeletten und die roten Stöckelschuhe saßen wie angegossen, sie waren neu, noch von keinem Menschen getragen. Später erzählte mir Volker, dass ein Schuhgeschäft aussortierte Paare in großen Tüten in der Kleiderkammer abgegeben hatte. Als er den VW-Bus mit dem Aufdruck des Geschäfts sah, war er sofort zu Lilly gerannt und hatte sie darum gebeten, nach meiner Größe suchen zu dürfen. Lilly hatte natürlich nichts dagegen. Volker wusste immer, wo es Sonderangebote gab oder Haushalte aufgelöst wurden. Einmal schleppte er einen Karton an, um den er eine Schleife gebunden hatte. Als ich den Deckel abnahm, kam eine ganze Drogerie zum Vorschein, zwanzig Lippenstifte, ebenso viele Lidschatten, mehrere Tiegel mit Tages- und Nachtcremes, sogar eine Lotion gegen Cellulite. Die Lippenstiftfarben waren nicht der letzte Hit und manche Creme hatte schon ihr Ablaufdatum überschritten, aber was machte das schon?

»Wo hast du denn das schon wieder her?«, fragte ich.

»Ein Kosmetikinstitut wurde gerade aufgelöst«, schmunzelte Volker. »Da musste ich ein bisschen herumwühlen.«

Ich veränderte mich im Heim, das fühlte ich, wurde von Woche zu Woche selbstbewusster und mutiger. Meine täglichen Meditationen trugen auch ihren Teil dazu bei. Eines Tages kam ich auf die Idee, einen separaten Schlüssel für unseren Wohntrakt zu fordern, direkt unter unseren Fenstern gab es nämlich einen grün gestrichenen Eingang. Die »Neugasse 1« war immer verschlossen, als ich genauer hinsah, entdeckte ich ein kleines Schild: »Zugang nur über die Pforte des Wichernwohnheims«. Aber musste das weiterhin so sein? Konnte ich nicht einen Schlüssel zu dieser Tür erhalten?

Ich vereinbarte mit meiner Sozialarbeiterin einen Termin, um ihr mein Anliegen vorzutragen. Sie zeigte sich skeptisch, noch nie hatte ein Heimbewohner einen eigenen Schlüssel besessen. Doch sie versprach, mit dem Pfarrer darüber zu sprechen. Eine Woche später händigte er mir den erwünschten Schlüssel aus. Er machte mich darauf aufmerksam, dass ich nur Volker mit in mein Zimmer nehmen dürfte.

Mit dem Schlüssel war ich der Kontrolle des Pförtners entkommen. Es gab nichts, was ich verbergen wollte, ich hatte nur meine Privatsphäre erweitert, brauchte fortan auch nicht mehr durch das ganze Heim laufen, um in die Werkstatt zu gelangen. Es war ein wunderbares Gefühl.

Der Schlüssel musste gefeiert werden. Abends fuhren Volker und ich mit der Straßenbahn Linie 1 nach Handschuhsheim, einem von Touristen verschont gebliebenen Stadtteil von Heidelberg, und kehrten im »Gasthaus zum Löwen« ein, einem Lokal mit Garten. Da es noch sehr mild war, setzen wir uns nach draußen, geschützt von Weinreben und alten Bäumen. Die Tische standen eng beieinander, fast alle waren von Studenten, jungen Familien und einigen eingesessenen Bauern besetzt. Es wurde viel gelacht, immer wieder wurden Worte zwischen den einzelnen Tischen gewechselt. Wir setzen uns zu zwei Männern mit wettergegerbten Gesichtern, offensichtlich sprachen sie über ihre Ernteerträge, der eine von ihnen wollte sich im nächsten Jahr mehr auf den Gemüseanbau konzentrieren, der andere einen neuen Weinberg anlegen. Wir bestellten Lammrücken mit Knödel und grünen Bohnen, tranken dazu Rotwein. Für uns hatte es in diesem Moment den Anschein, als wären wir freie Menschen – was ein Schlüssel alles bewirken konnte. Natürlich war der Ausflug der reinste Luxus für uns, aber es war für uns wichtig, aus der Heimmühle ausbrechen zu können. Volker hatte das Geld wieder einmal durch Zusatzarbeit verdient. Auf dem Rückweg machten wir einen kleinen Umweg zur Tiefburg, die nur zwei Minuten Fußweg vom Lokal entfernt lag, eine ehemalige Wasserburg der Herren von Handschuhsheim. Schaurig schön lag sie da im hellen Mondlicht, nur noch in den Umrissen erkennbar, im Burggraben spiegelte sich der spätgotische Erker. Volker und ich stellten uns vor, wie wir dort leben würden, ein Ritter und sein Burgfräulein, stark und gewappnet gegen die Umwelt, von freundlichen Dorfbewohnern mit Obst und Wein versorgt. Frohgelaunt und ein bisschen beschwipst kamen wir im Heim an, gingen durch »unseren« Eingang in mein Zimmer hinauf.

Eine Woche später hörte ich in der Nacht Polizeisirenen und das Getrappel vieler Menschen, die durch das Treppenhaus rannten. Ich ging auf den Flur, um nachzusehen.

»Was ist passiert?«, fragte ich eine Mitbewohnerin von Lilly, die zusammengesunken auf der Treppe saß.

»Sie ist tot«, sagte Eva-Maria, Tränen rannen ihr übers Gesicht. »Einfach tot.«

»Wer ist tot? Nun sag schon.«

»Die Lilly.«

»Das glaube ich nicht. Wer soll das getan haben?«

»Henry. Mit dem Messer.«

In diesem Moment fiel mir Lillys blaues Auge ein. Sie hatte mir im Nachhinein erzählt, dass er sehr jähzornig sei, von einem Augenblick zum nächsten die Hand erheben konnte, besonders, wenn er nicht mehr nüchtern war. Oft stellte er sich breitbeinig vor die männlichen Heimbewohner und sagte: »Ich bin der Macker und das ist meine Frau. Wenn einer von euch sie anrührt, den erschlage ich.« Die Faust ins Auge bekam Lilly, weil sie ihm nicht das Geld für Zigaretten geben wollte. Er konnte es nicht leiden, wenn man ihm widersprach. In jüngeren Jahren soll Henry Geschäftsführer einer Stripteasebar in Frankfurt gewesen sein, jetzt wohnte er in einer kleinen Zweizimmerwohnung in Dossenheim als Frührentner.

Weil er im Heim so viel lautstarken Stunk gemacht hatte, durfte er Lilly nur mit Sondergenehmigungen besuchen. Oft stand er nachts vor der verschlossenen Heimtür, hämmerte gegen die bruchsichere Glastür und schrie: »Ich will zu meiner Frau, verdammt noch mal, ihr Penner, lasst mich rein!« Der Pförtner konnte auf dem Monitor verfolgen, wer diesen Krawall verübte. Natürlich ließ er ihn nicht ins Haus.

Ich verstand Lilly nicht. Wieso ließ sie sich auf einen solch ungehobelten Typen ein?

»Er kann so lieb sein, wenn er nichts getrunken hat«, erklärte Lilly. »Dann flickt er mir sogar mein Fahrrad.«

Keiner der Heimbewohner besaß ein derartiges Gefährt.

»Liebe, Triebe, Hiebe – die endlose Geschichte einer Hassliebe«, war Volkers Erklärung. Wahrscheinlich hatte er damit Recht.

Ich kam bis zum oberen Treppenabsatz, ein rot-weißes Band sperrte das Stockwerk ab. Ein Polizist stand dahinter, um alle aufzuhalten, die Spuren verwischen konnten. Die Tür zur Lillys Wohngemeinschaft stand offen, Männer mit Handschuhen standen davor, redeten miteinander, einer machte mit einem Blitzlicht Fotos.

»Ist der Lilly was geschehen?«, fragte ich den Polizisten. Ich wusste nicht einmal ihren Nachnamen.

»Ich darf Ihnen keine Auskunft geben«, sagte der Beamte.

Überall auf den Gängen suchte ich nach dem Heimleiter, blickte aber nur in verstörte, übernächtigte Gesichter, die aus allen Türen herausschauten. Wahrscheinlich war er in Lillys Zimmer bei den Polizisten.

»Wer hat Lilly gefunden?«, fragte ich Eva-Maria, die immer noch zusammengekauert auf der Treppe hockte.

»Rosa und ich«, antwortete sie stockend. »Wir haben Schreie aus Lillys Zimmer gehört, das war aber nichts Neues. Der Kerl schlug ja öfters mal zu. Hätten sie dem doch absolutes Hausverbot erteilt. Aber die Lilly ist immer wieder für ihn eingetreten. Das hat sie nun davon.«

»Aber dann seid ihr doch zu ihr rüber?«

»Ich nicht, aber der Rosa ist es zu bunt geworden. Als sie ins Zimmer kam, lag Lilly ausgestreckt im Bett, schon ziemlich still. Überall war Blut. Ich hab's dann auch gesehen. Schrecklich. Ihr ganzer Kopf war rot. Der Henry stand wie angewurzelt daneben, mit einem Messer in der Hand. Auch er war voller Blut. Als er uns sah, ist er weggerannt.« Eva-Maria zitterte wie Espenlaub. »Rosa lief zum Pfarrer, der alarmierte sofort die Polizei.«

»Komm! Hier draußen kannst du nicht sitzen bleiben. Wir haben noch ein Zimmer frei. Da kannst du dich hinlegen.«

Sanft nahm ich Eva-Maria in den Arm und zog sie von der Treppe fort. Ihr anfänglicher Widerstand löste sich auf. Zu erschöpft war sie, zu durcheinander. Volker hatte in der Zwischenzeit den Wache schiebenden Polizisten überredet, einen Arzt ausfindig zu machen, der Eva-Maria eine Beruhigungsspritze gab. Sie schlief in der nächsten Minute ein.

Ich konnte noch nicht zu Bett gehen, ich musste wissen, was genau mit Lilly passiert war. Ich hatte Angst um sie, glaubte nun langsam selbst, dass sie diese Bluttat kaum lebend überstanden haben konnte. Warum waren denn sonst so viele Beamte in dem Heim?

Ziellos irrte ich die langen Flure entlang, hoffte, dass mir irgendjemand eine Auskunft geben konnte. Am Getränkeautomat hatte sich eine Gruppe von Neugierigen versammelt. Ich hörte, wie jemand »Sie war schon ein rechtes Rabenaas« sagte.

»Ihr habt sie wohl nicht alle«, brauste ich auf. »Wie könnt ihr so von Lilly sprechen!«

»Na, die hat den Henry doch immer gereizt«, sagte einer, der in eine zerlumpte Decke eingewickelt war, doch so unvollständig verhüllend, dass seine graue Unterhose hervorblitzte. »Keinen hat die Schlampe ausgelassen. Immer die Anständige gespielt und hintenrum hat sie jeden genommen. Klar, dass da irgendwann der stärkste Kumpel rotsieht. Wahrscheinlich wollt' er ihr nur einen Denkzettel verpassen.«

Das konnte nicht wahr sein!

»So eine ist Lilly nicht!«, rief ich. »Das sind nur eure schmutzigen Fantasien. Jeder Mensch wird von euch runtergezogen, nur damit ihr euch nicht so klein fühlt.«

Ich kehrte um, hörte dumpfes und widerliches Gelächter hinter meinem Rücken. Lilly, eine Hure? Unmöglich! Nie hatte ich erlebt, dass sie mit anderen Typen flirtete. Wenn Henry sie wieder beschimpft und angepöbelt hatte, ging sie manchmal zu Jochen, ihrem früheren Freund, der ebenfalls im Heim wohnte. Aber andere Männer sind mir nicht weiter aufgefallen. War Henry vielleicht ausgerastet, weil er eifersüchtig auf Jochen war? Vorstellbar war das. Aber musste ein Streit gleich so ausarten?

Ich ging wieder zu Lillys Wohnung zurück. Hinter der Absperrung sah ich nun unseren Heimleiter, der mit einem Mann in Jeans und Jackett sprach. Wahrscheinlich der Kommissar. Beide sahen sehr ernst aus.

Während ihres Gesprächs wartete ich einige Stufen unterhalb des Treppenabsatzes. Ich wollte eine Aufklärung, ohne sie würde ich nicht mehr von hier fortgehen.

»Menschen können so grausam sein«, seufzte der Heimleiter. Er wandte sich mir zu, nachdem der Kommissar sich von ihm verabschiedet hatte. »Sie kannten Lilly ja auch gut, Frau Völkner.«

»Sie ist wirklich tot?« Ich suchte in dem Blick des Pfarrers eine Antwort, kannte diese aber schon. »Liegt sie noch da?«

»Vor einer Stunde wurde sie mit dem Leichenwagen abgeholt und in die Rechtsmedizin gebracht.«

»Warum hat Henry das getan?«

»Die Polizei hat ihn schon gefasst. Er wollte auch gar nicht fliehen, ließ sich ohne Widerstand abführen. Saß nur zwei Minuten von hier auf einer Bank an der Bushaltestelle Bismarckplatz, sagte, dass es ihm leidtue, er es nicht erklären, aber auch nicht wiedergutmachen könne.«

»Musste Lilly sehr leiden? Hätte man sie nicht besser beschützen müssen?«

»Ich habe immer gehofft, dass Lilly einen guten Einfluss auf Henry ausüben würde«, sagte der Heimleiter. »Vielleicht hatten beide zu viel getrunken. Das eine Wort ergibt das andere, schon ist ein fataler Streit im Gang. Manche Menschen suchen das Verhängnis, wir können das nicht immer verhindern. Die Nacht lockt viele Ungeheuer heraus. Ich werde jetzt für die beiden beten.«

Lilly hatte mir das Leben im Heim erleichtert, mich als Mensch begrüßt. Lilly, meine Lilly. Jetzt war sie nicht mehr da, die einzige Frau, mit der ich gern zusammensaß und wie ein kleines Mädchen kichern konnte. Wie oft hatten wir die Männer im Heim aufs Korn genommen oder so unendlich viel Spaß gehabt, wenn ich sie in der Kleiderkammer besuchte und Lilly mir die skurrilsten Kleidungsstücke vorführte. Hätte ich Lilly mehr ins Gewissen reden sollen, sich von Henry zu trennen? Ich konnte in mir nur ein eindeutiges »Ja« vernehmen. Schon damals, bei unserem Ausflug zu den Neckarwiesen, hätte ich das tun sollen.

Der Morgen dämmerte bereits. Eine einzelne Amsel gab vorsichtig ein paar Laute von sich, irgendwo draußen auf einem stillgelegten Schornstein oder einem vorspringenden Dachgiebel. Noch war sie etwas unsicher, ob der Tag nun beginnen sollte. Aber mit jedem Ton wuchs ihre Entschiedenheit.

Ich legte mich zu Volker. »Verstehst du das?«, fragte ich ihn leise. Er brummte nur und legte sich auf die andere Seite. In zwei Stunden würde ich aufstehen, Botengänge und die Aufgaben im Büro erledigen. Mein Lebenskarussell drehte sich weiter, wie das vieler anderer Heimbewohner. Aber wie schnell konnte es gestoppt werden. Lilly hat es gezeigt.

Die Stimmung am Morgen war gedrückt. Im Heim passierten jeden Tag die ungewöhnlichsten Dinge, nicht aber ein Mord. Mag so mancher mit dem Gedanken gespielt haben, die untreue Ehefrau zu erwürgen oder den Chef, der einen rausgeschmissen hat, sogar den Zimmergefährten, wenn der einem die Flasche Schnaps geklaut hatte, aber ausgeführt hätte wohl keiner die Tat.

Volker kam in der Mittagspause wie üblich zu mir in die WG, damit wir gemeinsam essen konnten. Dieses Mal hatte er es nicht eilig, seine Spaghetti zu bekommen. Er zog mich ans Fenster, hielt mich eng umschlungen.

»Meine Süße«, sagte er, »du bist die Frau, die ich am meisten liebe. Noch nicht einmal meine Ehefrau habe ich so sehr gemocht. Willst du mich heiraten, meine Frau werden? Niemals würde ich dir so etwas antun, was der Henry mit der Lilly gemacht hat. Wir könnten irgendwo in einer kleinen Stadt leben, wo uns niemand kennt, ich repariere alles, du kannst vielleicht eine Boutique aufmachen, mit Stricksachen oder Tiffany-Lampen, die du so gerne magst. Wir könnten ein wunderbares Leben zusammen haben.«

Für Volker war das eine lange Rede. Ich war über mich selbst erschrocken, dass sie mich wenig rührte. Es war schwer zu ertragen, jetzt in seinen Armen zu bleiben, lieber hätte ich mich aus ihnen gewunden.

»Ich will keine Boutique-Besitzerin werden«, erwiderte ich vorsichtig. »Das weißt du. Und nicht nur, weil uns niemand Geld leihen würde. Ich bitte dich, lass solche Fantasien los. Eines Tages werde ich das Heim verlassen, möglicherweise auch ohne dich.«

Immer wieder musste ich Volker meine Grenzen zeigen, ich wollte nicht mit ihm von einem gemeinsamen Leben träumen. Eigentlich hatte er es nicht verdient, dass ich ihn abblitzen ließ und in entscheidenden Fragen abwies. Ich konnte aber für ihn keine tiefe Liebe empfinden, auch nicht in dieser sentimentalen Stimmung nach dem Mord an Lilly.

»Ach was, du bleibst für immer bei mir. Da bin ich mir ganz sicher«, sagte er.

Tagelang sprachen wir über nichts anderes als das schreckliche Drama. Jeden Abend, kurz vor dem Einschlafen, dachte ich an sie.

»Ich wünsche dir«, flüsterte ich der toten Freundin im Himmel zu, »dass es dir da oben besser geht als in diesem Heim. Vielleicht triffst du ja meine Mutter. Und sie erzählt dir, wie sie ums Leben gekommen ist. Und meinen Vater, der mich erzogen hat. Er hat für seine Liebe gekämpft, wenn auch auf seltsame Weise. Lilly, du musst wissen, das Leben ist eine verdammt merkwürdige Angelegenheit.«

Nach und nach verblasste die furchtbare Tat, neue Menschen kamen in die Plöck, jeder mit einem eigenen Drama. Ich erinnere mich noch gut an Sophie, die ungefähr zwei Wochen nach Lillys Ermordung vor unserem Heimleiter stand und darum bat, aufgenommen zu werden. Eine eigenartige Geschichte war das. Sophie trug ihre Haare rot, aus ihren goldgrün gesprenkelten Augen blitzte es, keiner wurde aus ihr klug. Sie hatte ihren gewalttätigen Mann verlassen und wollte nun im Obdachlosenheim leben. Sogar ihre Zimmermiete und das Essen wollte sie selbst bezahlen. Das ging natürlich nicht. Man musste mittellos sein, um hier wohnen zu dürfen. Sie wollte auch arbeiten, Flechten hätte ihr gefallen, aber damit wären die Regeln des Heims komplett verletzt worden. Der Pfarrer gewährte ihr einen Aufenthalt von zwei Wochen, er hoffte, dass sie schon vorher wieder das Weite suchen würde, allein wegen der Umgebung.

Doch Sophie fand alles toll. Jeden Tag ging sie in die Kleiderkammer, die nun Lillys Mitbewohnerin Rosa verwaltete, und suchte sich Sachen zum Anziehen heraus, meist weiße Gewänder, die sie mit Tüchern und Gürteln zusammenhielt. Wir schüttelten nur den Kopf, wenn sie damit durch die Flure schwebte. Entweder hatte diese Frau einen Tick oder sie war ein sehr ungewöhnlicher Mensch; das eine schloss das andere aber nicht aus. »Unser Schwan ist wieder unterwegs.« Dieser Satz war täglich mehrere Male zu hören.

»Warum bist du eigentlich hier?«, fragte ich sie. »Wenn dein Mann dich geschlagen hat, dann wäre doch ein Frauenhaus besser für dich.«

»Mir gefällt es bei euch. Ich fühle mich wie in einer großen Familie. Das ist schön.« Sofort rauschte Sophie weiter, verströmte Patschuli und eine noch größere Dosis Verrücktheit.

Als die zwei Wochen um waren, wurde sie aufgefordert, das Heim zu verlassen. Doch sie weigerte sich. Sie wolle bleiben, schrie sie hysterisch, hier sei sie zu Hause. Total durchgeknallt ist Sophie, dachte ich. Wie kann man ohne Not in diesem Heim leben wollen, es auch noch als »Zuhause« empfinden?

Eine Sozialarbeiterin hielt die um sich Schlagende fest und sprach ruhig auf sie ein, versuchte Sophie zu überzeugen, dass sie gehen müsse, weil eine andere Frau, die kein Geld hätte, ihr Zimmer brauche.

»Ihr lügt«, schrie Sophie und befreite sich blitzschnell aus dem Griff der Sozialarbeiterin. Sie rannte zu dem Ausgang des Heims, legte sich vor dessen Stufen und blockierte den Weg.

»Nun sieht sie aus wie ein sterbender Schwan«, murmelte Volker. Das Heim hatte sich nahezu komplett zu ihrem theaterreifen Protest versammelt. Als Einzige näherte ich mich vorsichtig der Wahnsinnigen.

»Steh doch auf, Sophie«, sagte ich. »Der Boden ist kalt, du wirst dich erkälten.«

Es kam keine Antwort, nicht eine einzige Körperrührung ging von ihr aus. Sie schien in eine Art bewusstlosen Zustand gefallen zu sein. Fast drei Stunden lag sie bewegungslos da. Als die Johanniter sie ins Krankenhaus bringen wollten, musste sie getragen werden. Sie weigerte sich, ihre Füße zu gebrauchen. Was ging in Sophies Kopf vor? Warum wollte sie unbedingt an diesem Ort bleiben, der so wenig verheißungsvoll war? Ich kam nicht dahinter. Nie wieder hörte ich etwas von ihr.

Wieder einmal war Bowling angesagt. Volker wollte daran teilnehmen, natürlich am liebsten mit mir. Dazu hatte ich aber wenig Lust, der letzte Abend reichte als Erfahrung, auch wenn er schon lange her war.

»Geh allein«, sagte ich. »Wir müssen doch nicht jeden Tag zusammenhocken.«

»Gut, dann gehe ich ohne dich«, antwortete Volker. »Aber ungern. Ich möchte lieber Arm in Arm mit dir dort sein.«

Ich lächelte. Volkers Absichten waren nur zu verständlich. Aber sie waren das genaue Gegenteil von meinen Wünschen.

»Es gibt dort wieder Kotelett«, fügte er hinzu. »Ich werde dir eines mitbringen.«

»Danke«, sagte ich. Volkers Fürsorge schreckte vor nichts zurück.

Ich freute mich auf mein Alleinsein, endlich konnte ich einmal Claudia in Ruhe anrufen. Seit meinem Weggang von der EDV-Schule hatte ich nichts mehr von ihr gehört. Als Volker mit den anderen in den Bus gestiegen war, wählte ich vom Gemeinschaftstelefon im Flur ihre Nummer. Sie war glücklicherweise zu Hause, freute sich auch, so unerwartet von mir zu hören.

»Wie geht es dir?«, fragte ich. »Was macht die Schule?«

»Ach, die«, stöhnte sie. »Vergiss es. Viel wichtiger sind mir meine Songs. Ich habe wieder ein paar neue eingeübt, ich muss sie dir bei Gelegenheit vorsingen. Außerdem lerne ich Stepptanz, das macht riesigen Spaß.«

»Du wirst noch mal groß rauskommen, das habe ich dir ja prophezeit.«

»Ein Bandleader sagt das auch. Er will, dass ich bei ihm als erste Sängerin einsteige.«

»Das ist doch klasse. Du musst das unbedingt machen.«

»Wenn du das sagst …«

»Claudia, willst du mich nicht mal besuchen kommen? Ich habe jetzt einen eigenen Haustürschlüssel, du müsstest nicht beim Pförtner vorbei und durchs ganze Haus gehen. Du kannst ganz normal durch das Treppenhaus in der Neugasse in meine Wohnung kommen.«

»Gute Idee, dann sehe ich endlich mal, wie du lebst.«

»Wann willst du kommen?«

»Nächsten Mittwoch nach der Schule, wenn's dir passt.«

»Das wäre toll.«

»Ich bringe eine Flasche Prosecco mit.«

»Wir dürfen zwar keinen Alkohol in der WG trinken, aber so selten, wie ich so etwas trinke, sollen sich die Leute im Heim nicht anstellen. Ich besorge uns etwas zum Knabbern. Und bevor ich es vergesse: Der Hausflur wird mit einer Videokamera überwacht. Stör dich einfach nicht daran.«

»Wozu denn das?«, entrüstete sich Claudia. »Halten die euch für bescheuert?«

»Ich könnte ja irgendwelche Verbrecher oder Gangster einschleusen. Ich muss auch dem Pförtner Bescheid sagen, dass du kommst. Sonst hält er dich noch für einen Eindringling.«

»Das ist ja wie im Krimi bei euch.«

»Nicht ganz so schlimm, nur fast so.«

Von dem Mord erzählte ich lieber nichts. Claudia wollte tatsächlich kommen. Ich freute mich sehr. Sie würde mein erster offizieller Besuch sein.

Den Rest des Abends genoss ich das Alleinsein. Durch Volker erhielt ich viel Unterstützung, aber er beanspruchte auch fast meine gesamte freie Zeit. Ich brauchte jedoch Muße, um herauszufinden, wie es weitergehen sollte. Der Oktober neigte sich dem Ende zu, die ersten gelben Blätter verfärbten die Bäume. In Marbella gab es eigentlich nur Sommer und einen Winter, der eher frühlingshafte Temperaturen hatte. Hier würde es bald schneien, das Thermometer unter null fallen. Ich war eine solche Kälte nicht mehr gewohnt, wie würde ich sie aushalten? Morgen wollte ich mich darum kümmern, dass ich einen dicken Wintermantel fand, gefütterte Stiefel und wärmende Pullover, am besten mit Rollkragen. Seit Lillys Tod war ich nicht mehr in der Kleiderkammer gewesen, ich konnte das nicht. Ihr Leichnam war nach Sindelfingen überführt worden, wo ihre Kinder lebten. Es war für sie so leichter, das Grab zu pflegen. Verdammt noch einmal, warum konnten sich die Kinder nicht zu Lebzeiten um ihre Mutter kümmern, sie wenigstens hin und wieder im Heim besuchen? Lilly hatte sehr darunter gelitten, dass keiner von den beiden vorbeigekommen war.

»Meine Tochter schämt sich wegen mir«, hatte mir Lilly einmal erzählt, dabei waren ihr Tränen die Wangen heruntergelaufen. Ich hatte ihr den Rücken gestreichelt und gesagt, dass es mir genauso ergehen würde mit meiner Schwester.

»Aber mein Sohn war einmal da«, fügte sie hinzu. »Er hat sich mein Zimmer angeschaut und fand es in Ordnung, so wie ich lebe. Anschließend lud er mich ins Steakhaus ein, ich durfte mir bestellen, was ich wollte. Es war ein schöner Abend. Zum Abschied steckte er mir noch hundert Mark in die Tasche. Er war schon immer anders als meine Tochter.«

Ich sagte darauf nichts. In all den Jahren, in denen Lilly schon im Heim lebte, ein einziges Mal die Mutter zu besuchen, das war für mich genauso schnöde, als wäre er überhaupt nicht erschienen. In meinen Augen hatte er sein Gewissen beruhigt und damit war für ihn die Sache erledigt gewesen.

»Liebst du deine Kinder trotzdem?«, fragte ich Lilly. »Auch wenn sie nichts von dir wissen wollen?«

»Es tut weh, aber ich kann sie nicht verdammen. Ich habe immer versucht, sie einigermaßen durchs Leben zu bringen, jetzt bin ich ihnen nicht mehr gut genug.« Resigniert schaute mich Lilly an.

Doch nicht alle Kinder schämten sich wegen ihrer Eltern. Ich hatte auch mitbekommen, wie eines Tages Freddy unerwarteten Besuch von seiner unehelichen Tochter bekam. Hanna war gerade neunzehn geworden, hatte ihr Abitur bestanden und wollte dies nun dem Vater mitteilen. Sie setzte sich mit ihm in den Hof und hörte ihm zu, als er von seinem Tagesablauf berichtete. Immer wieder streichelte sie ihm liebevoll seine Hände, besonders die, die er sich beim Schlachten verletzt hatte.

Noch tagelang später erzählte Freddy allen, dass Hanna da war, ihn berührt hätte, hoch anrechnen würde er das seinem Töchterchen. Und wiederkommen wolle sie auch. Wenn man Freddy dabei genauer ins Gesicht schaute, konnte man sehen, dass seine Augen ein wenig feucht wurden. Hinter ihren zerfurchten Gesichtern und den merkwürdigen Grimassen, die sie permanent zogen, waren diese Gesellen gar nicht so rau, wie sie meistens erschienen. Gewiss, sie waren keine Engel, so mancher hatte gar einiges auf dem Kerbholz, aber hin und wieder schien mir, dass ihre Grobheit nur eine dicke Fassade war. Sie waren genauso sensibel wie alle anderen Menschen, vielleicht sogar ein bisschen mehr. Hätte ich die Szene persönlich nicht miterlebt, ich hätte Freddy nicht so viel Rührung wegen seiner Tochter zugetraut. Aber es war nicht einfach, in die Herzen der Menschen hier zu schauen. Oft störte ich mich an ihrem Gebaren, ihrem derben Getue und vergaß, dass sich dahinter vielfach ein einsamer, verwundeter Mensch verbarg.

Ich dachte auch an Annabelle, die in der WG neben mir wohnte. Sie war schon drei Jahre im Heim und arbeitete in der zweiten Flechtwerkstatt. Annabelle war vielleicht Mitte fünfzig und ging an Krücken, nach einem schweren Autounfall war ihr ein Hüftleiden geblieben. Anfangs mochte ich sie nicht so sehr, sie reagierte immer unwirsch, wenn man sie ansprach, auch schien sie sich kaum zu waschen. Von anderen Heimbewohnern hatte ich erfahren, dass sie aus der ehemaligen DDR kam, dort aber den Mund zu weit aufgemacht hatte. Man wollte sie loswerden, ließ sie ausreisen, doch den zwölfjährigen Sohn hielt man an der Grenze zurück. Ich wusste nicht, ob dies eine wahre Geschichte war, mir kam sie erfunden vor.

Volker kam auf die Idee, dass unser Heimleiter im Internet nach dem Sohn suchen könnte. Würde man ihn ausfindig machen, wüsste man auch, ob Annabelle die Wahrheit gesagt hatte. Er berichtete ihr von der Idee, misstrauisch beäugte sie ihn, war aber damit einverstanden, dass mein Freund zu Herrn Neumann ging. »Warum nicht«, sagte der Pfarrer und machte sofort den Computer an. »Schon Pater Brown spielte gern Detektiv.«

Annabelle wurde gerufen, der Heimleiter gab den Namen des Sohnes bei »Google« ein. Erfolgreich! Er lebte noch immer in Halle, der Stadt, aus der sie hatte wegziehen müssen. Eine Eintragung im städtischen Karnevalsverein ließ das vermuten. Herr Neumann schickte dem Verein sofort eine E-Mail, die Antwort kam noch am selben Abend. Als der Sohn erfuhr, wo seine Mutter steckte, setzte er sich sofort ins Auto und fuhr nach Heidelberg. Am nächsten Morgen war er da, ganz aufgeregt fragte er nach seiner Mutter. Weinend und lachend zugleich lagen sich die beiden in den Armen. Drei Tage blieb er bei ihr, nahm sich ein Hotelzimmer in der Nähe, um gleich nach dem Frühstück bei ihr sein zu können. Später erfuhren wir, dass Sebastian damals zu einer fremden Familie kam, die sich um ihn kümmerte. Es war nicht leicht für ihn, weil ein gleichaltriger Sohn um die elterliche Liebe fürchtete, einen Konkurrenten in Sebastian sah. Annabelles Sohn lernte Bäcker, jetzt führte er eine Bäckereifiliale, war verheiratet und hatte zwei Jungen, Zwillinge.

Seitdem Annabelle ihren Sohn wiedergefunden hatte, war sie wie ausgewechselt. In ihrem Zimmer standen überall Fotos von Sebastian, seiner Frau und den Enkeln. Das Leben hatte für sie wieder einen Sinn bekommen, Annabelle wurde den anderen Heimbewohnern gegenüber aufgeschlossener, pflegte sich mehr, war freundlich und hilfsbereit. »Weihnachten wird Sebastian mich zu sich holen«, sagte sie irgendwann, ihre Augen strahlten. »Vielleicht sogar für immer, wenn ich mich mit seiner Ehefrau verstehe.«

Ich war mit den Schicksalen der anderen im Heim eng verbunden, weil sich die Existenz jedes Einzelnen hautnah vor den eigenen Augen abspielte. Eine ähnliche Nähe musste in Asylantenheimen herrschen, die nur wenig Raum für privates Tun und Lassen boten. Die Heimbewohner waren wie eine große Familie, unsere Not hatte etwas Verbindendes. Die meisten nahmen Anteil an den Problemen der Gestrandeten, das schätzte ich an diesem Ort. Dennoch war ich darauf bedacht, Abstand zu halten. Wenn ich mich ständig mit ihnen zusammengesetzt hätte, hätten sie mich aufgefordert zu rauchen und zu trinken. Ich hätte ihre Sprache annehmen müssen und ihr Denken.

Glücklicherweise konnte ich mich durch Volker abgrenzen. Mit seinem Extrageld, das er durch sein handwerkliches Geschick verdiente, führten wir beide ein Dasein außerhalb der Heimnormen. Oft fragte ich Volker: »Warum bleibst du im Heim, als Handwerker könntest du doch mit Leichtigkeit verschiedene Jobs finden, vielleicht sogar eine Festanstellung bei einer Firma?« Aber stets winkte er ab. Er gehörte zu denen, die im Heim bleiben wollten, es gab ihm Schutz, Sicherheit und Geborgenheit. Dass ihn seine Frau betrogen hatte, musste ihn über die Maßen verletzt und geschwächt haben. Im Heim ging er kein Risiko ein, nie würde man ihn enttäuschen, hier konnte er immer bleiben. Fände ich einen Absprung, mag sein, dass Volker mit mir kommen würde, überlegte ich. Ich war sein Ein und Alles. Aber wollte ich das? Innerlich schüttelte ich mit dem Kopf.

Spanien fiel mir ein. Hatte ich wirklich einmal in diesem sonnigen Land gelebt? Manchmal schienen mir die Erinnerungen nur noch wie ein Traum zu sein. Das, was ich jetzt tat, worin ich eingebunden war, hatte nur noch wenig mit dem zu tun, was Marbella für mich bedeutete. Seufzend erhob ich mich von der Wohnzimmercouch und legte mich in mein Bett.

11. Einiges kommt ins Rollen

Claudia kam pünktlich. Ich hatte am Fenster gestanden und nach ihr Ausschau gehalten. Als ich sie sah, lief ich schnell herunter, um die Tür aufzuschließen. Freudig umarmten wir uns. Es erstaunte mich immer wieder, dass diese viel jüngere Frau so offen und unkompliziert mit mir umging. Rasch gingen wir die zwei Stockwerke hoch zu meinem Zimmer. Heimbewohner, denen wir im Treppenhaus begegneten, starrten Claudia wie ein Phantom an; eine junge, modisch gekleidete und ungemein attraktive Frau verirrte sich in der Regel nicht hierher.

»Leg deinen Mantel besser in meinem Zimmer ab«, sagte ich vorsorglich zu meiner Freundin. »Im Flur kann es passieren, dass dort später keiner mehr hängt – oder zwei, die du nie anziehen würdest.«

Ich stellte die mitgebrachte Flasche Prosecco in meinen Zimmerkühlschrank, anschließend zeigte ich Claudia die WG.

»Nett sieht es hier aus«, sagte sie. »Kaum zu glauben, dass diese Wohnung zum Obdachlosenheim gehört. Man lernt immer wieder was Neues.«

Im Wohnzimmer wollte ich nicht mit ihr sitzen, weshalb ich einen Stuhl aus der Küche und zwei Wassergläser holte. Anfangs setzten wir uns an meinen schmalen Tisch, aber nach ein paar Minuten war uns das zu steif und wir machten es uns auf meinem Bett bequem, zwischen einer Tüte Chips und gerösteten Erdnüssen.

»Erzähl, wie geht es in der Schule?«, fragte ich.

»Du kannst froh sein, Christiane, dass du dich nicht mehr mit Herrn Murschetz und den anderen Lehrern herumplagen musst«, sagte Claudia. »Es macht überhaupt keinen Spaß mehr. Ich werde noch dieses Semester beenden, den Rest spar ich mir. Singen ist einfach besser.«

»Und Nicole, was macht die? Und Miriam?«

»Nicole hat sich geopfert, sie ist jetzt Klassensprecherin. Ohne sie würden uns die Lehrer einfach überrollen. Und Miriam hat auch das Handtuch geschmissen, sie möchte lieber Dolmetscherin werden.«

Noch eine Weile plauderten wir über die Schule, dann fragte mich Claudia, ob ich schon Pläne habe, wie ich aus dem Heim herauskommen könnte. Ich konnte ihr keine Antwort geben.

»Vielleicht solltest du Vorträge halten«, meinte meine Freundin, »über die ›Kunst des Überlebens‹ oder ›Wie man Pech in Glück verwandelt‹. Beispielsweise in der Stadtbücherei oder in Buchläden, die machen so was.«

Ich musste lachen, da ich selbst noch mittendrin im Chaos steckte. Aber ganz so dumm war die Idee nicht, es konnte eine Alternative für den Anfang sein. Doch dann überfiel mich wieder der Angstschauer.

»Wenn die Sozialarbeiter davon erfahren, werden sie mich für eine Hochstaplerin halten. Es passt nicht zu den Spielregeln eines Obdachlosenheims, wenn man ›draußen‹ im normalen Leben einen Vortrag hält. Wenn du ehrenvoll schwach bleibst, dann bist du besser angesehen, als mutig den Rahmen zu sprengen.«

»Das ist doch Quatsch. Ich werde meinen Vater fragen, ob er einen Flyer für dich macht. Du müsstest mir nur aufschreiben, was drinstehen soll.« Claudia ließ nicht locker.

»Ich bin in eine Sackgasse gerannt«, heulte ich. »Hier gibt es einfach keine vernünftigen Zwischenlösungen. Jeder meiner Schritte muss sich in vorgegebenen Formen vollziehen. Kreative Ideen werden nicht zugelassen, und schon gar keine alternativen. Alles ist schwarz-weiß. Ich bräuchte eine Wohnung, dann wüsste ich schon, wie ich mir meine freiberufliche Arbeit zurückerobern könnte. Aber ich habe kein eigenes Zuhause.«

Claudia legte den Arm um mich und versicherte mir, dass sie an mich glaube, ich müsste nur weiterhin meinen Fähigkeiten vertrauen. »Du weißt doch, dass man mit richtigen Gedanken alles erreichen kann. Deine Gedanken sind Magnete, die alles anziehen, was du dir wünschst. Das hast du mir doch selbst einmal gesagt. Jetzt musst du beweisen, wie es geht. Ich vertraue dir, dass du deinen Weg zurück ins normale Leben schaffst.«

»Also, dann packe ich's jetzt an.«

»Auf dich«, sagte sie, als sie uns ein zweites Glas Prosecco einschenkte.

»Vielleicht sollte ich nach Spanien zurückkehren«, überlegte ich laut.

»Das ist keine Lösung. Du weißt das selbst. Vielleicht kannst du deine Geschichte aufschreiben und dann verfilmen lassen? Die ist doch spannender als jeder Krimi. «

»Klar doch, in Hollywood, wo denn sonst.«

Wir alberten wie die Teenager herum. Da ich es nicht gewohnt war, Alkohol zu trinken, fühlte ich mich etwas beschwipst. In einem solchen Zustand kann man am besten über Männer reden, überhaupt ist das stets ein wunderbares Thema. Claudia gestand eine neue Liebe, wieder einmal ein Musiker, natürlich, ein Schlagzeuger aus einer Band. »Süüüß ist der«, meinte sie, »und so wahnsinnig sexy.« Claudias Wangen glühten vor Aufregung.

Ich rückte mit Volker raus, schwärmte sehr verhalten von seiner Treue, mehr von seiner Fürsorge, die mir sogar ein Kotelett einbrachte.

»Kein Mann für dich«, entschied Claudia. »Du brauchst einen, der dich schubst, und zwar nach vorne, einen Futternapf wirst du immer auftreiben.« Sie malte nun weiter aus, wie dieser Mann zu sein hatte: groß, kräftig, am besten ein Hoteldirektor oder ein Rechtsanwalt, mit beiden Beinen auf dem Erdboden stehend und natürlich gut situiert. Wenigstens durfte es keiner sein, der nur seine äußere Erscheinung aufpoliert. »Reell, aber kein Spießer, mit reichlich Fantasie, das wäre super für dich«, fügte Claudia hinzu.

Ich lachte, weil mir das alles viel zu klischeehaft erschien, wie in einer Heiratsannonce.

Noch lange gaben wir uns den herrlichsten Illusionen hin. Der Abend stärkte meine Seele, und als Claudia gehen musste, weil es auf Mitternacht zuging und Besucher nicht mehr im Haus sein durften, überreichte sie mir zum Abschied ein Geschenk.

»Du hast bald Geburtstag«, sagte sie, »aber eigentlich sollst du es sowieso haben, also pack es am besten gleich aus.«

Vorsichtig öffnete ich die lila Schleife und löste die Tesastreifen vom Papier. Da lag ein silbergraues Handy mit einer Karte.

»Mein Vater hat mir ein neues geschenkt«, sagte Claudia. »Ich dachte, du wirst dich über das alte freuen, auch wenn es nicht das megatrendigste Modell ist.«

Keine Frage, ich war überglücklich über das Gerät.

»Eine Obdachlose mit einem Handy, das finde ich echt snobby.« Claudia lachte mir ins Gesicht. »Komm, bring mich jetzt zu meinem Auto.«

Eigentlich hätte ich sie davon abhalten sollen, noch zu fahren. Aber zu diesem Abend passten keine vernünftigen Entscheidungen.

Vor einigen Tagen hatte mir das Arbeitsamt eine Umschulung zur Altenpflegerin angeboten. Meine Sozialarbeiterin gab sich alle Mühe, mir diese dreijährige Ausbildung ans Herz zu legen. Mir war klar, dass sie Nachwuchs suchten für die Altenstation des Obdachlosenheims. Aber ich wollte dort nicht landen, hartnäckig hielt ich meine Visionen von einem Leben außerhalb des Heims aufrecht. Ich konnte mir vorstellen, als Atemtherapeutin zu arbeiten, auch als Sekretärin oder Heilerin, aber Altenpflegerin? Nein, das ging nicht. Die Treue zu mir selbst wollte ich nicht aufgeben, sonst würde ich mich und meine Zukunft endgültig verlieren. Anfangs fragte ich mich, ob es nicht leichtsinnig von mir war, diese weitere Chance einfach zu vertun. Sollte ich nicht lieber dankbar annehmen, was man mir vorsetzte? Dennoch blieb ich bei meiner Entscheidung, die Rebellin in mir wollte für ein Leben in Freiheit kämpfen. Claudias Worte schienen in mir zu keimen.

»Altenpflegerin werde ich nicht«, sagte ich zu Frau Stahl.

»Ist in Ordnung, ich werde es in Ihren Akten notieren.« Vor meinem definitiven Entschluss kapitulierte die Sozialarbeiterin.

Was hatte Nelson Mandela gesagt: Die Menschen fürchten ihre Stärke? Ich wollte sie nicht fürchten, ich wollte sie beweisen. Paul fiel mir ein, Paul, der einfach abgehauen war. Ich konnte ihn jetzt besser verstehen als am Anfang. Es war seine Art, sich sein Leben zurückzuerobern. Aber mit Drogen? Für mich war das keine Lösung.

Als ich an diesem Abend Volker meine Entscheidung mitteilte, merkte ich, dass er mich ängstlich ansah. Er spürte nun, dass die Frau an seiner Seite über ihn hinauswuchs, an Kraft gewann. Als ich ihm noch einmal meinen Standpunkt klarmachte, warum ich nicht Altenpflegerin werden wollte, schwieg er und ging in die Küche, um uns eine Suppe aufzuwärmen.

Nach dem Essen fragte er mich, warum er neulich nicht dabei sein durfte, als Claudia mich besuchte.

»Schämst du dich wegen mir?«

Volker hatte ins Schwarze getroffen. Vielleicht war es nicht einmal wirkliche Scham, eher das Gefühl, dass er nicht richtig zu uns passte, dem Gespräch nicht folgen konnte. Claudia und ich hätten uns jedenfalls nicht so frei unterhalten, nicht so viel lachen oder über ernste Themen diskutieren können. Doch wie sollte ich ihm das erklären?

»Ich wollte mit Claudia allein sein.«

»Wirst du mich eines Tages verlassen?«

»Hör bitte mit dieser Fragerei auf. Ich weiß es nicht, es ist möglich«, antwortete ich ehrlich.

»Wirst du es vielleicht nicht einmal bereuen, dass du das Angebot zur Umschulung nicht angenommen hast?«

»Vielleicht, vielleicht. Vielleicht muss ich ewig im Heim bleiben und eines Tages wirst du mich verlassen. Wer weiß das schon.«

Tief in mir begann ich neuen Mut zu entwickeln. Es musste eine Lösung geben. Ich wollte nicht mein Leben lang im Heim bleiben, auf keinen Fall

In den nächsten Tagen schlief ich sehr unruhig, fühlte mich morgens so erschlagen, dass ich kaum aus dem Bett herauskam. Hastig aß ich mein Frühstücksbrot, eilte dann über die Straße, um noch rechtzeitig meine Arbeit im Büro aufzunehmen. Bei einem dieser Endspurts stolperte ich plötzlich über das Kopfsteinpflaster und fiel der Länge nach hin. Die Hose war zerrissen, Stofffetzen klebten am blutig aufgeschürften Knie. Die Verletzung sah nicht gut aus, ich brauchte dringend einen Verband. Ich humpelte mühsam zum Pförtner, jede Bewegung schmerzte entsetzlich.

»Rufen Sie bitte meine Sozialarbeiterin an, ich bin gefallen, mein Bein muss versorgt werden.«

Als Franz, der nette Pförtner, Frau Stahl in der Leitung hatte, reichte er mir den Hörer.

»Ich bin gefallen, mein Bein blutet ziemlich heftig«, wiederholte ich. »Gibt es im Haus Verbandsmaterial?«

»Sie sollten vorsichtshalber zu unserer Ärztin gehen.« Die Stimme von Frau Stahl klang besorgt.

»Kann der Volker mitkommen, ich kann nicht richtig laufen und bräuchte Hilfe.«

Die Sozialarbeiterin war damit einverstanden. Einige Minuten später erschien Volker an der Pforte.

»Du musst besser auf dich aufpassen«, war sein einziger Kommentar.

Auf Volkers Arm gestützt, hinkte ich zur Ärztin, die nicht weit vom Obdachlosenheim ihre Praxis hatte. Sie war eine Allgemeinmedizinerin, die gleichzeitig die Patienten des Obdachlosenheims behandelte, wenn sie ihre Hilfe brauchten.

Bei der Anmeldung musste ich meinen Wohnort angeben. Damit war für die Arzthelferin klar, dass ich keine eigene Krankenkassenkarte besaß. Ich war eine von denen, die aus der Plöck kamen.

Im Wartezimmer saßen viele Menschen, zum Glück gab es noch einen freien Platz, auf den ich mich setzen konnte. Mein Bein pochte. Glücklicherweise gerann das Blut schnell und bildete eine Schutzschicht. Die anderen Patienten schauten mich mitleidig an. Um mich abzulenken, blätterte ich die herumliegenden Zeitschriften durch, manchmal flüsterte ich Volker dieses oder jenes Interessante aus der Welt des Klatsches zu. Meine spirituelle Wirklichkeit wurde durch mein Leben im Obdachlosenheim stark überlagert.

Als die Arzthelferin mich aufrief, begleitete sie mich zu einer jungen, sportlich wirkenden Frau mit streichholzkurzen kastanienbraunen Haaren. Freundlich forderte die Ärztin mich auf, ihr gegenüber Platz zu nehmen.

Als sie mich sah, warf sie noch einmal einen Blick in meine Krankenkarte. »Haben Sie eine Schwester?«, fragte sie mich unvermittelt, bevor sie mein Bein untersuchte.

»Ja«, antwortete ich knapp. Mir war, als würde mein Herz in die Hose rutschen, noch dazu in die zerrissene.

»Martina Ruthenberg-Völkner?«

»Das ist meine Schwester.«

»Sie kommt schon seit Jahren in meine Praxis. Wir sind sogar befreundet. Aber von Ihnen hat sie noch nie etwas erzählt.«

»Ich habe bislang woanders gelebt, viele Jahre in Spanien.«

»Und wo wohnen Sie jetzt?«

»Im Obdachlosenheim.« Anscheinend hatte die Ärztin die Krankenkarte doch nicht so genau studiert.

»Wie bitte? Warum wohnen Sie denn im Wichernheim?«

»Ich hatte eine finanzielle Krise.«

»Warum wohnen Sie nicht bei Ihrer Schwester, sie hat doch ein großes Haus?«

»Sie will nichts mit mir zu tun haben.«

In diesem Moment wäre ich am liebsten abgetaucht, irgendwo in einem Niemandsland, wo mich keiner kannte. Nun würde Martina erfahren, dass ich in einem Obdachlosenheim war. Diese

Schmach war fast nicht zum Aushalten. Zwar wusste sie ja, dass ich wieder in Heidelberg gelandet war und kein Geld besaß, aber über mein weiteres Schicksal hatte ich sie nicht informiert. Es gab auch keinen Grund dafür. Die Ärztin würde ihr bestimmt von unserer Begegnung erzählen, so weit reichte ihre Schweigepflicht nicht.

»Da können Sie nicht bleiben. Sie müssen da raus. Das Heim ist doch nichts für Sie. Hören Sie, ich werde Ihnen einen Job vermitteln. Ich kenne jemanden bei den ›Heidelberger Nachrichten‹, die suchen dringend eine Bürokraft.«

»Nein«, antwortete ich. »Ich bleibe im Heim.«

Das Angebot kam mir vor wie ein Almosen, das man nehmen musste. Irritiert schaute mich die Ärztin an. Wahrscheinlich hält sie mich nun für verrückt, dachte ich in diesem Augenblick, eine solche Hilfe nicht anzunehmen. Aber ich wollte das nicht. Ich wollte selbstbestimmt bleiben. Niemanden haben, der sich für mich einsetzt, bloß weil ich angeblich unfähig war, für mich selbst zu sorgen. Immer schon hatte ich für mich gesorgt. Bereits als Sechsjährige habe ich für mich und Martina mittags das Essen gewärmt, denn der Vater kam ja erst abends nach Hause. Ich habe immer schon gearbeitet und mein eigenes Geld verdient. Das hätte ich auch jetzt gemacht. Aber ohne festen Wohnsitz ging das eben nicht. Das war mein einziges Dilemma. Ich wollte keinen Start aus einer geschwächten Position. Hätte ich eine eigene Wohnung gehabt, dann hätte ich cool sagen können: »Das ist super, vielen Dank auch. Ich werde es mir überlegen.« Aber eine Obdachlose kann sich nichts überlegen, sie muss nehmen, was man ihr reicht. Diese Rolle gefiel mir gar nicht. Mit solch einer Unterstützung würde ich meine eigene Kraft nie zurückgewinnen. Ich begriff bei dieser Ärztin, dass es für mich wichtig war, selbst eine Entscheidung zu treffen. Aus eigener Kraft wollte ich eine Lösung finden und ein Mitspracherecht bei der Entscheidung haben.

Ich fühlte mich stark, einfach weil ich der Ärztin mitgeteilt hatte, was ich wollte. Nur darauf kam es an.

Ich verstand nun, warum es für viele so schwer ist, aus dem Heim herauszufinden. Man bleibt schwach, weil man die Verantwortung für sich selbst nicht zurückfordert. Die meisten Heimbewohner halten daran fest, sich helfen zu lassen, glauben, nur so wäre das Weiterleben gesichert. Das aber ist ein Trugschluss. Angst vor der eigenen Kraft ist der Schlüssel zu Unterdrückung und Unfreiheit.

Volker und all die anderen hatten sich in eine Zwangsjacke stecken lassen, sie entzog ihnen den Willen.

Nach meiner rigorosen Ablehnung konzentrierte sich die Ärztin distanziert und professionell auf mein verwundetes Bein.

»Wann wurden Sie das letzte Mal gegen Tetanus geimpft?«, fragte sie.

»Das ist viele Jahre her.«

»Dann müssen wir die Impfung erneuern.«

Die Ärztin gab mir eine Spritze in den Arm, säuberte das Bein und wickelte einen Verband darum.

»Ich schreibe Sie für eine Woche krank. Die Bescheinigung können Sie sich an der Rezeption abholen. Und für die Zukunft wünsche ich Ihnen alles Gute.« Zum Abschluss reichte sie mir die Hand.

Wieder auf der Straße erzählte ich Volker von meinem ungewöhnlichen Erlebnis. Nie hätte ich gedacht, dass ich einmal in der größten Not eine hilfreiche Hand zurückweisen würde.

Eine ganze Woche hatte ich nun frei. Volker hätte auch gern Urlaub genommen, um mich zu pflegen, aber sein Chef lehnte das ab. Hin und wieder ging ich in den Hof, um Luft zu schnappen und andere Mitbewohner zu treffen. Bei einem dieser kleinen unbeholfenen Spaziergänge begegnete ich Rainer. Er war erst vor wenigen Tagen in die Plöck gekommen. Gut sah er aus, der Vierzigjährige, seine Kleidung hatte einmal etwas gekostet. Mit Sicherheit kam er nicht von der Straße, auch litt er offenbar noch nicht lange unter Mittellosigkeit. Rainer kam mir grinsend und rollerskatend entgegen.

»Dass man dich mal allein antrifft, das grenzt an ein Wunder«, sagte er. »Entweder du arbeitest oder du bist in Begleitung von diesem Typen, wahrscheinlich deinem Freund.«

»Was geht dich das an«, antwortete ich schnippisch.

»Komm, sei nicht gleich beleidigt. Ich finde dich in Ordnung. Aber sag mal, gehörst du auch zu denen, die sich für fünf Mark am Tag abrackern? Die Arbeitstherapie ist doch reinste Ausbeute und entwürdigend.«

»Und was machst du? Du könntest doch auch etwas tun, gesund wie du ausschaust.«

»Das ist doch ein großer Mist. Ich laufe lieber auf meinen Rollerskatern herum. Das gefällt mir. Mein Geschäft ging übrigens pleite. Na und! Ich besitze nur noch meine Anzüge und diese Dinger unter meinen Füßen. So ist das nun mal. Mir kann keiner einreden, dass diese dämliche Arbeitstherapie irgendeinen nützlichen Zweck erfüllt.«

»Das muss doch aber langweilig sein, den ganzen Tag durch die Gegend zu sausen. Du kannst doch nicht bis zum Nimmerleinstag rollerskaten. Wenn du hier arbeitest, hast du wenigstens hundert Mark mehr im Monat und ein eigenes Zimmer. Auf diese Weise hast du auch Chancen, auf dem freien Arbeitsmarkt eine Stelle zu finden.«

»Dass ich nicht lache. Die halten euch doch alle für dumm. Schau dir doch die Typen im Haus an, wie sie durch die Gänge latschen. Die werden nicht jünger von der Arbeitstherapie. Glaub mir, Christiane, diese Tätigkeit ist Verdummung. Sie dient nicht dazu, ins Leben zurückzufinden. So blöde kannst du doch nicht sein, dass du alles frisst, was man dir vorsetzt. Mach dir ein gutes Leben, sieh zu, dass du gut drauf bist, geh joggen, lach dir einen Kerl von draußen an, dann wird es wieder aufwärtsgehen. Dieser merkwürdige Volker kann doch nicht dein Partner sein. Du brauchst etwas Besseres als ihn.«

Rainer sprach einige Realitäten schonungslos aus, aber die Art, wie er sie von sich gab, gefiel mir nicht. Für mich war er ein

Schmarotzer, der sich über uns lustig machte. Obwohl er kein Geld besaß, spielte er sich auf. Trotzdem löste er eine Flut von Gedanken in mir aus.

»Ich habe ein Ziel, eines Tages werde ich wieder eine Atempraxis aufmachen.« Souverän sollte meine Antwort klingen, doch ich hörte mich eher wie ein trotziges Schulmädchen an.

»Cool, eine Atempraxis. Das finde ich echt geil. Schade, dass du verletzt bist, sonst könnten wir zusammen rollerskaten, ich hätte oben im Zimmer noch ein zweites Paar, das würde ich dir leihen.«

Ich stellte mir vor, wie ich mit Rainer durch die Straßen von Heidelberg laufen würde, leicht und lustig, als wäre ich niemals einer von den mittellosen Menschen. Ein netter Gedanke, aber als Dauerbeschäftigung? Nein, das war nicht mein Leben. Doch etwas an Rainer gefiel mir, er war rebellisch, auf eine Weise, die mir fehlte. Ich wäre nie auf die Idee gekommen, den ganzen Tag lang auf solchen Rollern durch die Gegend zu düsen, fand es dagegen wichtig, an einer Resozialisierung teilzunehmen, mich um eine neue Lebensperspektive zu bemühen. Trotzdem hatte Rainer in gewisser Form Recht, vielfach war es vergebliche Mühe, für fünf Mark Arbeitsprämie am Tag zu schuften. Sicher, ich konnte mehr auf meine Gesundheit achten, seelisch und körperlich zu Kräften kommen, um selbstständig einen Job auf dem freien Arbeitsmarkt zu finden, aber sportliches Nichtstun war nicht die Alternative.

Rainers unbefangene Haltung seinem Schicksal gegenüber beschäftigte mich noch lange. Durch ihn begriff ich, dass ich im Gegensatz zu ihm Scham empfand, mich damit identifizierte, eine Versagerin zu sein. Die Scham ließ mich in die Knie gehen, sie war mein wunder Punkt. Ich erinnerte mich an die merkwürdige Schwäche, die mich überfallen hatte, als mir meine Schwester Martina eine Abfuhr erteilte, damals, als ich verloren auf dem Heidelberger Bahnhof stand. Eigentlich hätte sie sich wegen ihres Verhaltens schämen sollen. Ähnlich war es bei dem Missbrauch, den mein Onkel Jörg, mein leiblicher Vater, mit meiner Schwester betrieben hatte. Im Grunde genommen hätte mein Onkel Scham empfinden sollen, aber letztendlich wurde sie auf mich abgewälzt, weil ich es gewagt hatte, ihn anzuzeigen. Tief in meinem Innersten spürte ich in diesem Moment, dass ich noch immer beweisen wollte, dass ich damals nur Gutes für Martina im Sinn hatte, sie vor weiteren Übergriffen beschützen wollte. Doch in den Augen der anderen war ich diejenige, die etwas Schlechtes getan hatte. Und dabei blieb es. Ich hatte die Familie beleidigt, sie ins Unglück gestoßen. Als ob die Welt vorher völlig in Ordnung gewesen wäre. Von dieser Sichtweise rückte auch meine Schwester nicht ab. Würde ich jemals eine Aussicht haben, meine einstige Entscheidung zu erklären? Auch hier, in diesem Heim, war ich für die Sozialarbeiter eine Pennerin, wie alle anderen auch. Schließlich hatte ich kein Dach über dem Kopf. Keiner wollte meine Wirklichkeit sehen, keiner hatte eine Ahnung von dem, was in mir vorging.

In diesem Moment wurde mir klar, wie absurd das Ganze eigentlich war, jahrzehntelang lang hatte ich Sozialbeiträge gezahlt. Wir lebten schließlich in einem Sozialstaat, der für Menschen in Not sorgen sollte. Und nun war ich eben hilfebedürftig. Was war so schlimm daran? Ich musste den Grauschleier der Minderwertigkeit abschütteln. Irgendwie war dieses Sozialsystem in einer ziemlichen Schieflage.

Mein Bein heilte rasch, sodass ich nach einer Woche wieder in der Flechtwerkstatt arbeiten konnte. Rainer spukte noch immer in meinem Kopf herum. Hin und wieder musste ich mir sagen, dass ich keine blöde Idiotin war, nur weil ich eine Arbeitstherapie machte.

Eines Abends saß ich im Hof, die letzten Strahlen der Herbstsonne wärmten mein Gesicht. Gleich würde ich mit Volker Lasagne essen, vielleicht noch eine amerikanische Komödie im Fernsehen anschauen oder mit ihm durch die Altstadt spazieren, der Madonnenfigur auf dem Kornmarkt einen Besuch abstatten.

Plötzlich hörte ich, wie jemand pfeifend durch die Einfahrt rollte und vor mir zum Stehen kam – Rainer. Er streckte seine Hand aus und hielt mir eine gelborange Dahlie entgegen; wahrscheinlich hatte er sie einer öffentlichen Gartenanlage entnommen.

»Für dich, die Sonne in dieser muffeligen Umgebung«, sagte er.

Ich musste lachen, seine provozierende Art gefiel mir. Doch bevor wir unser Gespräch fortsetzen konnten, stand Volker neben uns. Er musste uns von einem Fenster aus beobachtet haben. Je länger wir zusammen waren, umso eifersüchtiger wachte er über mich, wie ein Juwelier über seine unter Glas verschlossenen Prunkstücke.

»Was willst du von meiner Frau?«, fragte Volker in einem Ton, der Bereitschaft zum Streiten signalisierte.

Wütend schaute ich ihn an. Ich konnte selbst auf mich aufpassen. Welches Recht nahm sich Volker da heraus, war ich etwa sein Eigentum? Warum musste er sich nur aufspielen, es gab keinen Grund dafür.

»Eines Tages werde ich mit Christiane rollerskaten, ich weiß, dass ihr das gefallen wird. Ein nettes Mädel ist sie«, rief Rainer und drehte dabei einige Runden im Hof, bis er wieder durch das Tor verschwand.

Volker sah aus, als würde er gegen Würgegriffe an seiner Kehle ankämpfen und gleichzeitig mit beiden Fäusten ausholen wollen.

»Hör mit deinen Sprüchen auf«, rief er dem Davonrollenden in seinem Businessoutfit hinterher.

12. Besitzergreifende Lügen

Es kam der Tag, an dem ich Martina begegnete. Ich war gerade über die Theodor-Heuss-Brücke gegangen, um in Neuenheim spazieren zu gehen, mir die schönen alten Häuser und die Auslagen in den vielen kleinen Geschäften anzuschauen. Als ich mich einem Straßencafé näherte, saß sie dort, meine Schwester, in einem hellen Mantel, wie immer die sommerblonden Haare perfekt frisiert. Martina unterhielt sich mit einer Freundin, schaute aber nicht in meine Richtung, anders die Freundin. Sie schien mich sogar von früher zu kennen, denn sie zeigte mit dem Finger auf mich.

»Schau mal«, hörte ich sie sagen, »ist das nicht deine Schwester Christiane?«

Zu spät! Ich konnte nicht mehr auf die andere Straßenseite flüchten oder umkehren. Gleichzeitig fühlte ich, dass ich mich diesem Zusammentreffen stellen musste, in dieser Stadt gab es auf Dauer kein Ausweichen.

Martina blickte mich mit ihren dunklen Augen scharf an, bis sie sich plötzlich dafür entschied, ein Lächeln aufzusetzen. Wahrscheinlich wollte sie sich vor ihrer Freundin nicht bloßstellen.

»Wie geht es dir?«, fragte sie beiläufig, so als ob wir uns ständig treffen würden, als sei es die normalste Sache der Welt.

»Gut«, sagte ich, um innere Fassung kämpfend.

»Wo wohnst du denn?« Ich hasste sie für diese Frage, sie musste in der Zwischenzeit doch von der Ärztin erfahren haben, wo ich untergekommen war.

»Bei einer Freundin«, hörte ich mich sagen. Wie schnell diese Lüge über meine Lippen kam. »Ich kenne sie von Spanien her.

Sie hat mich eingeladen, bei ihr zu wohnen.« Mir wurde heiß, der Schweiß fing unter den Achseln an zu tropfen, fast hatte ich das Gefühl, einer Ohnmacht nahe zu sein oder den Verstand zu verlieren. Warum konnte ich Martina nicht meine Meinung sagen, dass ich sauer auf sie war und ich es ungeheuerlich von ihr fand, mich nach diesem Anruf vom Heidelberger Bahnhof einfach kalt abblitzen zu lassen? Warum konnte ich ihr nicht meine Enttäuschung an den Kopf knallen? Warum blieb ich noch höflich, spielte dieses verlogene Spiel mit? Ich verstand mich selbst nicht. Ich hätte meinen Protest herausschreien, meinen ganzen Unmut zum Ausdruck bringen sollen. Ich befand mich mitten in einem Spiel, das mich in eine paradoxe Rolle brachte. Warum änderte ich dieses unmögliche Spiel nicht? Meine Schwester behandelte mich wie jemanden, der kein Recht auf Wahrheit hatte, und ich ließ es geschehen. Eine absurdere Begegnung war kaum vorstellbar, sie war mindestens so absurd wie mein Leben im Obdachlosenheim. Volker würde sich mit Rainer schlagen, wenn es um die Sicherung seines Heiligtums ging, also um mich. Ein annehmbarer Weg war das gewiss auch nicht, allenfalls Theater, aber lange nicht so verquer wie die Situation, in der ich mich gerade befand. Ich stand vor Martina wie ein Mensch zweiter Klasse.

»Ich gehe jetzt«, sagte ich abrupt, um aus diesem schlechten Film mit zwei schlechten Schauspielerinnen rauszukommen. Locker hob ich die Hand. Tat man das nicht beim Abschied, nach einem kurzen Treffen auf der Straße? Zur Freundin meiner Schwester sagte ich: »Tschüss, bis demnächst.«

An der nächsten Straßenecke musste ich mich an eine Hauswand lehnen. Es dauerte, bis ich wieder einigermaßen klar denken konnte. Wo nahm Martina bloß ihre Macht her? Woher ich meine Ohnmacht? Würde ich jemals meine Entrüstung laut kundtun können? Zweifel stiegen in mir hoch. Ich fragte mich, ob dieses Wiedersehen anders verlaufen wäre, wenn ich Geld besessen hätte. Hätte ich mich dann mit meiner Schwester streiten können? Ich wusste es nicht. Anscheinend hatte Martina nie darüber nachgedacht, was aus ihr geworden wäre, wenn ich diesen Missbrauch nicht aufgedeckt hätte. Ihretwegen hatte ich anfangs geschwiegen, damit ihr sehnlichster Wunsch nicht zerstört wurde, die Möglichkeit eines Studiums.

In diesem Moment merkte ich erstmals, wie sehr ich Martina vernichten wollte, als Ausgleich für den Schmerz, den sie mir zugefügt hatte. Nach einer Weile beruhigte ich mich wieder, nahm meine zerstörerischen Gedanken wieder zurück. Vernichtungsfantasien zu beschwören hatte keinen Sinn, dachte ich, sie würden nur wieder auf mich zurückfallen. In solchen Dingen war ich vorsichtig. Ich kannte doch die Gesetzmäßigkeiten der Lebensenergien. Wenn ich den ganzen Schlamassel mit meiner Schwester und dem Obdachlosenheim überwinden wollte, musste ich darauf achten, meine Kraft aufrechtzuerhalten. Mich nicht runterziehen zu lassen.

Mühsam versuchte ich in mir den Schalter umzulegen. Meine Schwester musste ich so akzeptieren, wie sie war, ich konnte sie nicht nach meinen Wünschen ändern. Also musste ich sie innerlich loslassen, dafür sorgen, dass ich in meinem Gleichgewicht bliebe.

Schleppend ging ich weiter, darauf achtend, den Boden unter den Füßen zu spüren. Ich ging weiter und weiter die Straßen entlang, die hinauf zum Philosophenweg auf dem Sonnenhang der Stadt führten. Das gelbrote Laub von Esskastanien und Steineichen knisterte unter meinen Schritten, ich streckte meine Arme aus, fühlte, wie sich meine Schultern wieder entkrampften. Mit den neu erwachenden Lebensgeistern umarmte ich den nächstbesten Baum, roch das harzige Holz, fühlte an meiner Wange die Furchen der Rinde. Die Zeder hatte schon Wind und Wetter überstanden, warum sollte ich das nicht auch schaffen? Noch eine Weile ging ich unter leise fallenden Blättern zum Philosophengärtchen am Heiligenberg, von hier oben konnte ich ins Neckartal blicken, sogar das Gebäude erahnen, das mich beherbergte.

Auf dem Rückweg über den Schlangenweg und die Alte Brücke glaubte ich, mich wiedergefunden zu haben. Angekommen im Heim war ich so erschöpft, dass ich mich sofort ins Bett legte, nicht einmal etwas essen wollte ich, nur schlafen. Am nächsten Morgen erwachte ich wie nach einem erholsamen Urlaub. Jetzt passiert es, dachte ich, mein Schicksal wird sich wenden. Ich war richtig aufgeregt.

Die nächsten Tage verliefen wie gewohnt. Ich machte meine Botengänge, erledigte die Arbeiten im Büro, Kunden kamen und gingen, um Stühle zu bringen oder abzuholen. Der normale Ablauf half mir, mich auf mich selbst zu konzentrieren.

Dann erschien eines Tages Frauke in der Tür, eine ehemalige Klassenkameradin. Sie schleppte eine Bank an, die ein neues Geflecht brauchte. Als Frauke das Büro betrat, glaubte ich, die Luft hätte sich aus dem Raum verflüchtigt, ich konnte kaum noch atmen.

»Bist du es, Christiane?« Unsicher schaute sie mich an.

»Ja.« Verzagt antwortete ich.

»Was machst du hier? Seit wann bist du wieder in Deutschland?«

Mein Chef war zum Glück nicht im Raum, ich wäre sonst vor Scham im Boden versunken. Frauke, das war mein erster Gedanke, sollte auf keinen Fall wissen, dass ich eine Obdachlose geworden war.

»Ach, ich arbeite in diesem Büro, aushilfsweise. Du weißt ja, wie kostspielig das Leben ist. Ich verdiene mir hier ein paar Mark dazu, um meinen Urlaub in Deutschland zu finanzieren. Seit zwei Monaten bin ich schon in Heidelberg, bei einer Freundin. Vielleicht bleibe ich am Ende sogar für immer.« Schon wieder verwendete ich meine »Notlüge«.

»Und Spanien? Könntest du das einfach so aufgeben?«

»Hin und wieder braucht der Mensch Abwechslung. Vielleicht bin ich innerlich auch nie von Heidelberg losgekommen. Es gibt noch ein paar alte Dinge zu klären, auch mit meiner Schwester. Du kennst sie sicher, die Martina ...«

»Ich kann mich nicht mehr genau an sie erinnern.«

Während des Gesprächs überlegte ich, wie ich es schnellstens beenden könnte. Irgendetwas Verbindliches musste mir einfallen, bevor Herr Stasiuk wieder zurückkam. Er sollte nicht hören, dass ich meine Obdachlosigkeit im Heim verleugnete.

»Ich würde gern mal die Edda wiedersehen. Meinst du, dass sie sich darüber freuen würde?«, fragte ich. Edda war in der Klasse meine beste Freundin gewesen, wie man das so unter Mädchen sagt. Gegenseitig schrieben wir voneinander ab, kritzelten im Unterricht kleine Zettel an die von uns angehimmelten Jungs, die von Bank zu Bank weitergereicht wurden. Alles konnte ich ihr anvertrauen, später auch die Geschichte mit Martina, nie verpetzte sie mich bei Mitschülern oder Lehrern.

»Bestimmt. Ihr habt doch jeden Tag zusammengehockt. Ihr wart so unzertrennlich wie Zwillinge. Warte, ich schreibe dir ihre Telefonnummer auf. Melde dich einfach bei ihr. Aber nun zur Bank. Wie du siehst, sie muss repariert werden. Kannst du einschätzen, was das kosten wird?«

Ich nannte ihr den Preis und nahm das Möbel in Empfang. Anschließend übergab ich Frauke eine Bestätigung mit einer Registriernummer.

»Also, dann. Vielleicht sehen wir uns ja auch mal wieder.« Frauke winkte mir zum Abschied zu.

Eine ehemalige Mitschülerin war in meinem Leben aufgetaucht! Bald würde es die ganze Schulklasse wissen, dass ich wieder in Deutschland war. Ich freute mich über diese Vorstellung, bekam aber gleichzeitig Angst, sie könnten entdecken, wo ich wohnte. Keiner sollte das wissen, denn ich hatte begriffen, dass die meisten Menschen nur mit Unverständnis reagierten, wenn ich ihnen meine Geschichte erzählte. Mit Obdachlosigkeit wollte niemand etwas zu tun haben. Und ich wollte nicht, dass hinter meinem Rücken getuschelt wird, diese Pein hätte ich nicht ertragen.

Ich brauchte Luft und meldete mich bei Herrn Stasiuk, der inzwischen gekommen war, für einige Minuten Hofgang ab. Unruhig lief ich im Kreis umher. In meinem Leben war ein Ereignis eingetreten, ein wichtiger Kontakt zur Außenwelt, und sogleich befand ich mich in der nächsten Zwickmühle. Aber wer könnte herausfinden, dass mein Job in der Werkstatt nur eine Arbeitstherapie war? Ich sah doch völlig normal aus, saß vor einem Computer, wie es in jedem anderen Büro auch zu beobachten war. Gewiss, hier war ein Obdachlosenheim. Aber es gab auch Personal. Ja, ich gehörte zum Personal, das war meine Story, die ich erzählen könnte. Alles Weitere würde sich finden.

An diesem Abend traf ich mich nicht mit Volker.

»Ich will allein sein«, sagte ich zu ihm. Den wahren Grund verschwieg ich. Ich konnte ihm nicht mitteilen, dass ich Frauke getroffen hatte. Seine Furcht, ich könnte ihn verlassen, wuchs, je mehr ich mich mit anderen Menschen, mit Menschen aus der »Außenwelt« abgab, und ich wollte sie nicht mit beschwörenden Floskeln aus der Welt schaffen. Sie wären sowieso nur eine Lüge gewesen.

Die halbe Nacht wälzte ich mich im Bett herum, von einer Seite auf die andere. Ich musste an Edda denken. Damals trug sie ihr dickes blondes Haar zu einem Pferdeschwanz gebunden, den ich nur allzu gern mit meiner Hand umschloss. Sie war selten traurig, ihre Fröhlichkeit steckte mich an, auch wenn ich mit den düstersten Gedanken zur Schule ging. Bei allen war Edda beliebt, weil sie es verstand, einen Streit zu schlichten, indem sie immer die passenden Worte fand. Und sie versuchte nie, daraus Vorteile für sich zu ziehen. Sie würde mir wieder einen Zugang zu meiner Heimat verschaffen, das spürte ich. Durch sie gab es eine Möglichkeit, wieder Fuß zu fassen.

Zwei Tage wartete ich, überlegte, suchte nach den richtigen Worten. Und dann rief ich sie an. Nicht vom Haustelefon. Nein, ich wollte völlig ungestört sein. Keiner sollte das Gespräch mitbekommen. Ich hatte mir eine Telefonkarte gekauft, das Handy war mir zu teuer, und in den Schlitz eines Apparates bei der Post gesteckt. Anschließend wählte ich ihre Nummer. Es war früher

Abend, sicher war sie um diese Zeit zu Hause. Viermal klingelte das Telefon, danach hob Edda den Hörer ab.

Ich nannte meinen Namen.

»Hey«, sagte sie, »Christiane, was für eine Überraschung! Wann kommst du uns besuchen? Wir wohnen noch immer im selben Haus wie damals, nur dass meine Eltern nicht mehr leben und ich es geerbt habe. Du kannst dich doch noch erinnern? Wir haben hier viel zusammen gespielt.«

»Natürlich weiß ich das noch«, antwortete ich. Und dann plauderten wir los. Es ging viel einfacher, als ich gedacht hatte, und am Ende verabredeten wir uns bei Edda zu Hause. »Was ist mit nächster Woche? Vielleicht gleich Montagabend?«

»Abgemacht, dann ist auch mein Mann da. An den Dietmar wirst du dich doch noch erinnern können?«

Was für eine Frage! Aus meiner Jugendzeit hatte ich keinen vergessen.

»Dann also bis Montag. Komm gegen sieben.«

Die restlichen Tage dieser Woche wurden für mich zur Zerreißprobe. Das Treffen war für mich ein wichtiges Ereignis, möglicherweise *das* Ereignis, welches mich in ein normales Leben zurückbringen würde. Ich wusste nicht, woher ich diese Überzeugung nahm, aber meine innere Stimme hatte mich ja schon seit der misslichen Begegnung mit meiner Schwester auf eine solche Wende vorbereitet.

Am Montag kaufte ich einen bunten Strauß Herbstastern. Als ich an Eddas Haustür klingelte, stiegen sofort alte Erinnerungen in mir hoch. Ich sah ihre Mutter, wie sie mir öffnete, in ihren extravaganten Kleidern, roch ihre teure Maiglöckchenseife und ein betörendes Parfum. Nun stand Edda vor mir, nicht zu verkennen. Älter war sie zwar geworden, wie ich, auch rundlicher, und die Haare waren blond gefärbt, doch ihre freundliche Ausstrahlung war unverändert. Wir fielen uns zur Begrüßung in die Arme, uns beiden standen Tränen in den Augen. Nicht eine Sekunde fremdelten wir, obwohl wir uns über zwanzig Jahre nicht gesehen hatten.

»Komm rein«, sagte sie. »Hier draußen wird es auf Dauer ungemütlich.«

Nichts tat ich lieber, als in dieses Haus zu gehen, das mir immer so viel Wärme entgegengebracht hatte. Aus dem Wohnzimmer sah ich Umrisse einer Gestalt auf mich zukommen, es war Dietmar, der mir ebenso herzlich die Hand gab.

»Da ist sie ja, die Spanierin«, sagte er.

Unbedingt wollte ich das Haus sehen. Edda zeigte mir die einzelnen Zimmer. Ihre Kinder waren inzwischen ausgezogen, die ältere Tochter studierte in Berlin Medienwissenschaften, der Sohn machte eine Ausbildung zum Computerfachmann. Trotzdem waren ihre Zimmer unverändert, sodass Sarah und Tobias jederzeit in ihr Zuhause zurückkehren konnten. Als junges Mädchen hatte ich hier mit Edda viele Stunden verbracht, in denen wir uns von unseren Lebensträumen erzählten. Edda wollte immer ganz viele Kinder, ich nie. Meine Freundin hatte zwei bekommen, ich tatsächlich keine. Schließlich führte mich Edda in die Küche. Der alte Holztisch stand noch da, an dem wir unsere Schulaufgaben machten und dumme Streiche ausheckten, während Eddas Mutter das Essen vorbereitete. Nun war er mit frischen Brezeln, einer Wurst- und Käseplatte und einer Schüssel Salat gedeckt.

»Wenn du etwas anderes möchtest, dann sag bitte Bescheid«, forderte mich Edda auf. »Ansonsten lass es dir schmecken.«

Beim Essen erzählte jeder aus seinem Leben. Edda hatte Erzieherin gelernt, damals hieß es noch Kindergärtnerin. Als Sarah und Tobias zur Schule kamen, gründete sie mit einigen Ärzten und Krankenschwestern ein Hospiz für todkranke Kinder, in einer schönen Villa mit einem großen Garten. Anfangs wehrten sich die Nachbarn dagegen, erzählte Edda, sie wollten nichts mit Krankheit und Tod zu tun haben, wenigstens nicht in unmittelbarer Nähe. Erst nach langen Auseinandersetzungen sei Friede eingekehrt. »Viele haben gesehen, wie tapfer und demütig die meisten Kinder mit ihrem nahen Ende umgehen, nun kommen sogar die älteren Anwohner zu Besuch, lesen den ganz

Schwachen vor oder bringen einen selbstgebackenen Kuchen, ausrangiertes Spielzeug von den Enkeln oder einfach nur ihre Liebe vorbei.«

Gebannt hörte ich Edda zu, wie sie von ihren kleinen Lieblingen erzählte, wie Schmerzen behandelt wurden, wie Eltern mit einer solchen Situation fertig wurden.

»Aber nun musst du erzählen, von deinem Leben in Spanien«, beendete Edda ihren eigenen Wortschwall. »Ich kann mir gar nicht vorstellen, wie es ist, in einem fremden Land zu arbeiten.«

Ich berichtete von meiner atemtherapeutischen Tätigkeit, meinen Fähigkeiten als Heilerin, von dem Strandleben in Marbella, von den Zigeunern, die in Andalusien ihre magischen Kräfte einsetzen, in guter wie auch böser Absicht. Bis dahin war meine Geschichte wahr, meine Berührung mit der mafiösen Organisation verschwieg ich. Mit meinem Aufenthalt in Heidelberg fing die bekannte Lüge an. Sicher wäre es das Beste gewesen, wenn ich ihnen offen meine Situation aufgedeckt hätte, aber zu diesem Zeitpunkt war ich noch nicht in der Lage dazu.

Der Abend verlief wunderbar, mit Ausnahme meiner erfundenen Storys. Aber so war das nun mal. Edda kam auf die Idee, einige der alten Klassenkameraden anzurufen, um sich bei einem Italiener oder Griechen zu treffen. Meine Rückkehr müsste doch gefeiert werden, ganz gleich ob ich für immer in Heidelberg bleiben würde oder nur noch für einige Zeit. Wir vereinbarten einen Termin in zwei Wochen, Edda sagte, sie würde sich um alles kümmern.

Es war schon spät, als ich mich von den beiden verabschiedete und mich für die Vesper bedankte.

»Wo wohnst du denn?«, fragte Dietmar, der an diesem Abend vorwiegend zugehört hatte. »Ich habe nur wenig getrunken, ich kann dich zu deiner Freundin nach Hause fahren.«

»Ach, lass mal«, erwiderte ich. »Sie wohnt in Rohrbach, das ist von hier nur eine halbe Stunde Fußweg. Frische Luft wird mir jetzt guttun.«

»So sportlich noch am späten Abend, Hut ab.«

Damit war das heikle Thema umschifft. Als ich die Straße entlangging, musste ich tief durchatmen. Keiner hatte etwas gemerkt, hoffte ich. Aber ich wollte auch nicht weiter darüber nachdenken. Meine Gedanken kreisten um die ehemaligen Mitschüler, die Edda einladen würde. Vielleicht war auch eine alte Jugendliebe dabei, der Konrad zum Beispiel.

Edda hatte einen Italiener ausgesucht. Das »Riva« lag im ersten Stock, direkt über einem McDonald's-Laden. Marianne, Senta, Franziska, Ilona, Konrad und Andreas, der die Parallelklasse besucht hatte und schon damals ein guter Freund von Konrad gewesen war, hatten spontan zugesagt, als Edda herumtelefoniert und gesagt hatte: »Die Christiane ist da, wer hat Lust zu kommen?«

Alle freuten sich, mich zu treffen, jeder wollte von Spanien hören, weil keiner von ihnen jemals die Heidelberger Umgebung verlassen hatte. Mannheim, Ludwigshafen, gerade noch Frankfurt, dahin waren sie gekommen, aber weiter weg hatte es keiner geschafft. Ihre Haare waren kürzer als früher, die sauerkrautartigen Bärte verschwunden, die Kleider um ein, zwei Nummern größer geworden.

»Du siehst ja super aus«, begrüßte mich Franziska mit ihrer roten Löwenmähne. Sie war der Schwarm aller Jungen gewesen, aber auch die Mädchen mochten sie sehr, weil sie trotz ihres anziehenden Aussehens nie versuchte, einem Mädchen den Freund auszuspannen.

»Na ja«, sagte ich. »Es war schon mal besser.« Innerlich freute ich mich über diese Bemerkung, hatte ich doch meine Leinenhose und eine schöne Seidenbluse angezogen, die ich noch aus Marbella mitgebracht und sorgfältig in meinem Schrank versteckt hatte.

»Und obwohl du in der Sonne lebst, hast du kaum Falten. Unglaublich!« Ilona war wie immer. Das Äußere ihres Gegenübers wurde mit dem eigenen verglichen. Schnitt sie schlechter dabei ab, versuchte sie die Frauen zu ignorieren, manchmal wurde sie auch schnippisch. Bedeutete man keine Gefahr, war sie freundlich, großzügig und begeistert von der neuen Freundin. Ilona sah eindeutig besser aus als ich, somit hatte ich nichts zu befürchten. Im Gegenzug bewunderte ich ihre schicken Ohrringe und die interessante Lippenstiftfarbe.

Nach dem ersten Hallo setzen wir uns an eine rotkarierte Tischdecke, bestellten Wein und die Speisen. Warmes Brot wurde in Körben aufgetragen.

»Christiane, in Andalusien sollen doch so viele Zigeuner sein. Hast du mit ihnen Kontakt gehabt?«, fragte Senta, die durch das Muttermal unter ihrer Nase nicht zu verwechseln war. Schon in der Schulzeit las sie jedes greifbare Horoskop, einmal ließ sie sich auf der Straße aus der Hand lesen. Wir fanden das damals verrucht, denn Wahrsagerinnen mit Goldzähnen und riesigen Kreolen sollten wir meiden, das hatten uns jedenfalls die Eltern eingetrichtert, sie würden kleine Kinder entführen, aber auch Jungfrauen, die sie dann ihren Söhnen zuführen würden. Senta hatte davon nichts gemerkt, ihr wurde nur prophezeit, dass sie erst in einer dritten Ehe glücklich werden würde. Später am Abend erfuhr ich, dass sie gerade die Scheidung eingereicht hatte, von ihrem zweiten Mann.

»Magie wird dort mit allem Pomp praktiziert«, erzählte ich, »es gibt riesige Veranstaltungen. Das kann man sich in Deutschland gar nicht vorstellen. Kurz vor meiner Abreise nach Heidelberg war ich bei der ›Noche Magico‹, der magischen Nacht, die in einer der größten Discotheken Marbellas stattfand. Hier kommen nur Leute aus der feineren Gesellschaft rein, Filmstars, Sänger und natürlich Starlets. Um Punkt Mitternacht wurde ein weinroter Glitzersamtvorhang geöffnet, dahinter war eine Bühne. Überall standen auf dem Podest Tische mit magischen Kugeln, viel Flitter, Kerzen und Tarotkarten. Dahinter saßen Wahrsager, Astrologen, Kartenleger und Heiler. Das muss man sich mal vorstellen, inmitten dieser Megaparty, und die Leute alle in den teuersten

Designerfummeln. Es war grandios. Das Leben in Andalusien ist Feiern, Tanzen, Sonne und Meer, gutes Essen, Flamenco, Leidenschaft und eben dieser Zauber.«

Gebannt hörten mir meine früheren Mitschüler von der Mittelschule zu. Von meinen Schwierigkeiten in Spanien berichtete ich nichts, die Gefahr, dass ich durch Nachfragen zu nah an meine wahre Geschichte herangekommen wäre, war zu groß.

»Fällt es dir da nicht schwer, jetzt wieder in Heidelberg zu sein, schaffe, schaffe, Häusle baue, die Sicherheit, das biedere Leben der Bürger in dieser Stadt, diese ganze spießige Mentalität?«, fragte Konrad, meine einstige Liebe, der noch immer sein markantes Gesichtsprofil in Szene zu setzen wusste. Kaum ein Gramm hatte er zugenommen, nur ein paar schärfere Falten hatten sich in seinen Wangen eingegraben.

»Dafür ist es hier romantisch«, sagte ich lachend. »Nichts ist so schön wie die Färbung der Weinberge oder die alten Fachwerkhäuschen mit ihren verschnörkelten Giebeln, nicht zu vergessen all die Ruinen.«

Der Kellner brachte die Vorspeisen, ich hatte darauf verzichtet, nur eine Pizza bestellt, um mit meinem Geld auszukommen.

»Und Marbella, geht da nicht die Post ab? Reiche Männer mit Booten, Models und heiße Partys am Strand? Ich stelle mir das einfach toll vor.« Marianne hatte schon immer davon geträumt, das Leben als ein einziges Fest zu gestalten. Erst wenn der letzte Weintropfen ausgetrunken war, ging sie nach Hause. Heiraten wollte sie so spät wie möglich, um ja kein Abenteuer zu verpassen. An ihren Fingern, mit den perfekt dunkelrot lackierten Nägeln, entdeckte ich mehrere auffällige Ringe, ein Ehering fehlte jedoch.

»Ich habe von diesem Marbella nur wenig mitbekommen«, antwortete ich. »Im Club der Schönen und Reichen aufgenommen zu werden, dafür war ich zu wenig extrovertiert.« Dass Spiritualität ein wichtiger Teil meines Lebens war und ein Engel an meiner Seite lebte, verschwieg ich an dieser Stelle. Das Leben war schon kompliziert genug, ich wollte die Menschen mit diesem Teil meines Lebens nicht überfordern.

Den meisten Gesichtern konnte ich entnehmen, dass sie beruhigt waren. Sie hätten es wohl als befremdlich empfunden, wenn ich einfach in den Tag hinein gelebt hätte von dem Geld spendierfreudiger Casanovas.

Nach einer Weile stand ich nicht mehr im Mittelpunkt der Unterhaltung, jeder fragte den Tischnachbarn über Familie und Beruf aus, die meisten hatten sich ebenfalls längere Zeit nicht gesehen.

»Christiane, du kennst doch noch Andreas?« Konrad sprach mich an, als ich gerade ein Stück von der dampfenden Pizza abbeißen wollte. Er saß mir direkt gegenüber, daneben sein Freund.

»Klar, doch«, sagte ich. »Du warst doch derjenige mit den besten Noten in Mathe.« Und der beste Freund von Konrad, dachte ich bei mir, manche hatten die beiden für Brüder gehalten.

»Und was bin ich geworden? Versicherungsagent! Tag für Tag darf ich nun rechnen und bilanzieren, meine wahre Bestimmung«, fügte Andreas zu, der wie ein Profi seine Tunfisch-Spaghetti um die Gabel wickelte.

»Zum Glück haben wir uns nie aus den Augen verloren«, erzählte Konrad weiter. »Wir haben sogar mit unseren Frauen gemeinsam Urlaub gemacht, sind Ski gefahren oder ans Mittelmeer.«

»Und jetzt?«, fragte ich.

»Mit meiner Ehe läuft es nicht mehr so gut«, erklärte Andreas. »Meine Frau wollte mich immer pushen, ich sollte noch mehr Akquise betreiben, natürlich nur bei großen Unternehmen. Dabei ging es uns meiner Meinung nach gut, ich brauchte nicht mehr Geld. Aber sie hatte andere Vorstellungen. Und das nervte. Seit einem Jahr leben wir getrennt, sie hat die untere Wohnung in unserem Haus bezogen, ich die obere. Sabine hat wieder einen Freund. Vielleicht passt er ja besser zu ihr.«

»Ist das nicht schwierig? In ein und demselben Haus zu wohnen? Da kriegt man doch alles mit.«

»Anfangs schon, doch dann bin ich mit Konrad für eine Woche in ein Kloster gefahren, in Bayern. Jeden Tag meditierten wir mehrere Stunden, danach ging es mir besser. Zudem ist Sabine die meiste Zeit nicht da. Ihr Neuer spekuliert mit Immobilien auf Mallorca und in Tunesien, manchmal ist sie zwei Monate weg.«

»Arbeitest du eigentlich immer noch als Geschäftsführer bei der Lebensmittelfirma?« Mehr als die Geschichte von Andreas interessierte mich, was Konrad in den letzten beiden Jahrzehnten gemacht hatte.

»Bin inzwischen Direktor einer Netzwerk-Firma in Frankfurt.« Konrad sagte das, als wäre sein Job eine tonnenschwere Last.

»Gratuliere dir, du gehörst ja zu den Erfolgreichen aus unserer Klasse.«

»Na ja, ich musste auch einiges dafür tun, bis ich diese Position erreicht hatte. Aber ich will nicht nur meckern, die Arbeit macht mir auch Spaß. Habe bloß viel zu wenig freie Zeit.«

»Helena ist darüber sicher begeistert?«

»Kein Problem. Sie hat sich zu einer wahren Karrierefrau entwickelt. Wir sind das reinste Powerpaar, ohne Kinder, ständig unterwegs.«

Als Konrad das sagte, spürte ich einen leichten Stich im Herzen. Ich kannte Helena, seine Frau, sehr gut. Früher waren wir oft zusammen ausgeritten, vielfach habe ich ihr mit offenem Mund zugehört, wenn sie von ihren Männergeschichten erzählte. Dagegen fühlte ich mich völlig verklemmt, so interessant wie eine Haarnadel. Betrat Helena einen Raum, dann war klar, der Auftritt gehörte ihr. Ich konnte dieser Frau nur wie hypnotisiert folgen, stets war sie in etwas Flauschiges, Enganliegendes oder Tiefausgeschnittenes gehüllt.

Ich war damals mit Konrad zusammen gewesen. Nie war ich auf den Gedanken gekommen, dass sie mir ihn wegschnappen könnte. Eine Frau, die man bewunderte, der konnte man doch nichts Interessantes bieten.

Den Sommer werde ich nie vergessen, es war ein Jahr vor meiner Hochzeit. Konrad und ich waren schon seit über zwei Jahren zusammen. Mit einer Gruppe von Freunden fuhren wir für einige Tage in den Schwarzwald, in eine Hütte, die windschief an einem Hang stand, ganz für sich wie eine Theaterkulisse. Helena war auch dabei. Sie wirkte distanziert und unzugänglich. Wir wanderten durch Wiesen, stiegen auf Berge, selbst bei steilen Passagen nahm sie keine hilfreiche Hand an, sie wollte es immer allein schaffen. Dabei war sie sonst doch so erpicht darauf, jede Gelegenheit zu nutzen, mit einem männlichen Wesen anzubändeln. Eines Abends warfen wir unsere tagsüber gesammelten Schnecken in einen Topf mit kochendem Wasser, rührten eine Kräuterbutter an, säuberten Salat, Tomaten und Radieschen. Es herrschte ein wildes Durcheinander, doch trotz aller Bemühungen konnte ich Helena nirgends entdecken, Konrad ebenso wenig. Erst als es schon stockdunkel war und wir draußen um ein Feuer saßen, gesellten sie sich zu uns, im Abstand einer Viertelstunde. Ein Dirndl trug Helena, dunkelgrün mit cremefarbenen Rosen. Über ihren Schultern hing lässig eine Strickjacke. Ihre Augen glühten wie Kohle im Feuer. Ich kannte diesen erhitzten Zustand, wusste sofort, dass sie eine Eroberung gemacht hatte. Ohne die Zigarette aus dem Mund zu nehmen, goss sie sich ein Glas Rotwein ein. Es schien, als habe sie die Welt um sich vergessen.

Als wir uns alle zum Schlafen ins duftende Heu legten, sagte Konrad zu mir: »Ich muss allein sein.« Ich schloss die Lider und wollte sie am liebsten nie wieder öffnen. Draußen unter den Tannen würde er Helena treffen, da war ich mir sicher.

Am nächsten Tag hatte Konrad nur noch Augen für sie. Es schmerzte sehr. Aber mit Helena zu konkurrieren erschien mir aussichtslos. Sie war in diesem Drama die Hauptperson, die immer als Siegerin dastehen würde. Keinen von beiden stellte ich zur Rede, auch dann nicht, als wir schon wieder in Heidelberg waren. Ich verkroch mich bei den Pferden, striegelte sie unaufhörlich; wenn es zu wehtat, sattelte ich mein Lieblingspferd Apollo und galoppierte mit ihm über die Wiesen. Konrad und Helena hatten sich gefunden und sie waren noch immer zusammen.

Die ersten meiner einstigen Mitschüler standen auf, ein allgemeiner Aufbruch wurde dadurch ausgelöst. Jeder musste am nächsten Tag früh aufstehen. Herzlich wurde ich noch einmal umarmt, man gab mir Visitenkarten oder Zettel mit Telefonnummern, für den Fall, ich würde meinen Aufenthalt in Heidelberg noch verlängern, man könnte sich dann ja zu einer Tasse Kaffee oder einem Glas Wein verabreden. Ich bedankte mich bei allen, dass sie gekommen waren, nach einer derart langen Sendepause war das nicht selbstverständlich.

Vor dem Restaurant ging jeder seiner Wege, die einen überlegten, wo ihr Auto stand, Senta und Franziska wollten zum Bus, sie wohnten in Wilhelmsfeld.

»Soll ich dich mitnehmen?«, fragte Konrad.

»Das brauchst du nicht, ich gehe gern zu Fuß«, sagte ich. Je öfter ich diese Antwort gab, umso ehrlicher erschien sie mir.

»Wollen wir uns nicht einmal zu dritt treffen? Du, Andreas und ich?«

»Prima Idee.«

»Kannst du mir deine Telefonnummer geben, wo ich dich erreichen kann?«

Ich sagte sie ihm, die Nummer meines Handys, ich hatte sie noch niemanden mitgeteilt. Die Zahlen fielen nahezu aus meinem Mund, so oft hatte ich sie eingeübt.

Zufrieden machte ich mich auf den Weg in die Neugasse, die schwarze Kunstfelljacke, ein guter Griff aus der Kleiderkammer, eng um mich geschlungen. Es hatte ein wenig geschneit, die ersten Flocken glitzerten im Licht der Schaufenster und Straßenlaternen, verwundert schaute ich den Verschlingungen meiner Atmluft zu. Wie lange hatte ich diese weiße Pracht nicht mehr gesehen! Mit den Fingern berührte ich ein paar Kristalle, die sich auf einem

Auto niedergelassen hatten, sofort schmolzen sie. Als Kind war ich bei Schnee nicht zu bremsen gewesen, formte unentwegt Bälle, lief stundenlang über den knirschenden Belag. Eine Prinzessin wollte ich sein, in einem hell erleuchteten Eispalast, mit Blumen und Bäumen aus Gefrorenem. Anscheinend war ich damals unempfindlich gegen Kälte. Allein der Gedanke an einen Iglu ließ mich heute frösteln. Da war mir mein Wichernheim doch noch lieber. In den nächsten Tagen würde man wie jedes Jahr zu dieser Zeit in den Tageszeitungen lesen: »Obdachloser erfroren«. Viele Menschen, die auf der Straße leben, weigern sich, in den klirrend kalten Nächten eine Unterkunft aufzusuchen. Lieber bleiben sie in der Nähe eines warmen U-Bahn-Schachts oder campieren über Heizungsrohren von großen Gebäuden, eingemummelt in einen Schlafsack, darunter Pappen und Zeitungen. Doch manchmal fallen die Temperaturen innerhalb von wenigen Stunden derart in den Keller, dass auch sie von der Eiseskälte überrascht werden. Wenn der Schlafsack dafür nicht gerüstet ist, der Promillepegel im Körper kaum noch Reaktionen zulässt, dann kann es passieren, dass man nicht mehr aufwacht. Wenn man den Kälteschock nicht merkt, dachte ich, eigentlich ein ganz schöner Tod.

Zum Glück konnte ich an diesem Abend das Thema Obdachlosenheim gekonnt umspielen, zu keiner Minute driftete das Gespräch in eine gefährliche Richtung ab. Ein Gefühl von Freiheit machte sich in mir breit, zumal ich nun meinen eigenen Eingang vor mir sah, mein eigenes Zimmer mit Zentralheizung. Die Runde beim Italiener war etwas Besonderes. Mit Volker essen zu gehen, das war nicht vergleichbar. So herzlos es klingen mag, aber er war von dem Grauschleier des Heims überzogen. Meine einstigen Klassenkameraden strahlten dagegen Sicherheit aus, Wohlstand und Selbstverständlichkeit.

Vor der grünen Tür in der Neugasse hatte sich in einer Ecke der feine Schnee gesammelt, der Wind mochte ihn wohl dahin gefegt haben. Sanft drückte ich meinen Fuß in die unberührte Oberfläche hinein. So mussten sich Engel fühlen, wenn sie von

Wolke zu Wolke gehen und Abdrücke von ihren nackten Füßen hinterlassen.

Behutsam zog ich meine Seidenbluse aus, dann die Leinenhose, sorgfältig legte ich beide Teile über die Stuhllehne. Ich wusch mich nur flüchtig, um den Geruch des Abends noch im Bett an mir zu spüren. Ich freute mich darauf, Konrad und Andreas wiederzutreffen. Mit diesem Gedanken ließ ich mich vom Schlaf davontragen.

Die nächsten Tage fühlte ich mich beschwingt. Ich trällerte spanische Songs, die mir durch den Kopf gingen, auch irgendwelche deutschen Schlager. Ob ich wohl der Sozialarbeiterin vorschlagen sollte, eine Singgruppe oder einen Chor einzurichten? Diese Idee verwarf ich aber sogleich wieder. Singen war für das Heim nicht das rechte Angebot. Ich hatte schon einmal einen Abend mit Atemübungen am Schwarzen Brett angekündigt, aber keiner war gekommen.

13. Es soll Liebe sein

Drei Tage nach dem Treffen im »Riva« klingelte plötzlich mein Handy. Zum ersten Mal. Glücklicherweise war ich gerade in meinem Zimmer. Nur dort hatte ich es liegen, bei der Arbeit oder im Haus nahm ich es nicht mit. Zu auffällig wäre das gewesen. Andreas war am Telefon.

»Weißt du noch, wie unsere Klassen einmal gemeinsam in einem Landschulheim am Rhein waren?« Andreas überbrückte die anfängliche Verlegenheit mit Erinnerungen.

»Es gab da Kuddeln, igitt, ich habe sie einfach in die Toilette geschüttet, sonst hätte ich sie möglicherweise noch aufessen müssen.«

»Mein Leibgericht sind sie auch nicht. Wie kann man nur Kuhmagen essen!«

»Und dann haben wir uns abends immer heimlich davongeschlichen, um draußen eine Zigarette zu paffen.«

»Sowie die ersten Annäherungen gewagt. Ob die Lehrer etwas gemerkt haben?«

»Sie waren auch einmal jung.«

Andreas kam nun zu dem eigentlichen Punkt seines Anliegens.

»Konrad und ich wollen mit dir ins ›Spreisl‹. Da gibt es Schlachtplatte, Bratkartoffeln und guten Wein. Wie wäre es am kommenden Mittwoch?«

»Schlachtplatte ist mal was anderes. In Andalusien steht das nicht unbedingt auf der Tageskarte.«

»Ist es dir recht, wenn wir uns am Bahnhof treffen? Konrad kommt ja aus Frankfurt.«

Am Bahnhof, dachte ich, als ich aufgelegt hatte, der Ort, wo alles begann, vor fast fünf Monaten. Ob dieser Treffpunkt ein gutes Omen war?

Ich zog mich sportlich an, Jeans, einen schwarzen Rollkragenpulli, schwarze Schuhe mit einem kleinen Absatz, darüber meine Felljacke. Keiner konnte an meinem Outfit die Obdachlose erkennen. Zum Schluss legte ich noch einen Hauch »Manifesto« auf, die kleine Parfumprobe hielt ich wie einen kostbaren Schatz in einem Stiefel versteckt. Ich hoffte, da würde keiner suchen.

Am Bahnhof kam ich zu früh an. Zwar wusste ich, dass der Weg dorthin nur zwanzig Minuten dauerte, aber in der Aufregung konnte ich nicht ruhig in meinem Zimmer bleiben. Um diese Uhrzeit, es war zehn Minuten vor sieben, herrschte viel Betrieb. Das letzte Mal war ich hier, als ich meinen Koffer bei der Bahnhofsmission abholte, seitdem hatte ich die Halle nicht mehr betreten. Die Telefonzelle, von der aus mir meine Schwester die Abfuhr erteilt hatte, war besetzt. Ein junges Mädchen in einer roten Daunenjacke lachte in den Hörer hinein. Sie schien keinen Kummer zu haben, das stimmte mich auf eine seltsame Weise froh. Auf der Abfahrtstafel waren einige Verspätungen angekündigt, wahrscheinlich würde auch Konrad nicht pünktlich aus der Bankenmetropole eintreffen.

Plötzlich tippte mir von hinten jemand auf die Schulter. Es war Andreas. Er trug einen dunkelblauen Wollmantel, einen roten Schal, unter dem Mantel kam eine anthrazitfarbene Hose mit perfekter Bügelfalte zum Vorschein. Groß war er, das fiel mir erst jetzt auf, mindestens zwanzig Zentimeter überragte er mich, und selbstsicher wirkte er, fast eine Spur übertrieben.

»Hallo, Christiane«, sagte er. »Gut siehst du aus.«

»Wenn man sich nicht wie die Touristen in die Sonne knallt, hält das Mittelmeerklima ungemein jung«, antwortete ich.

Eine Weile plauderten wir über belanglose Dinge, das Wetter, über das Aussehen unserer ehemaligen Mitschüler, bis wir Konrad entdeckten, der mit eiligen Schritten auf uns zukam. Sein Zug hatte tatsächlich zehn Minuten Verspätung gehabt.

»Ich habe tierischen Hunger, lasst uns gleich ins Lokal fahren.«

Keiner von uns hatte etwas gegen diesen Vorschlag. Das Restaurant lag in der Altstadt, in der Nähe der Alten Brücke, wir fuhren mit dem BMW von Andreas dorthin. In einer Nische fanden wir einen freien Tisch, wie für uns bestellt. Konrad saß mir gegenüber, Andreas rechts daneben. Die Männer bestellten Bier, ich ein Glas Weißwein.

Ohne Unterbrechung redeten wir durcheinander, jeder erzählte, was ihn bewegte, wir waren eingesponnen in den weichen Kokon des Augenblicks. Nur die Geschichte mit Helena wurde ausgeblendet, ich fragte auch nicht weiter nach. Erstaunt bemerkte ich, dass ich mich mehr und mehr zu Andreas hingezogen fühlte. Ich konnte nicht einmal genau sagen, warum. Vielleicht war es seine ruhige Art zu sprechen, vielleicht, wie er sich bewusst mit der rechten Hand durch die Haare fuhr. Es gefiel mir, ihn anzusehen, die gesund und weiß aussehenden Zahnreihen, der gut rasierte Bart. Als er nach Stunden aufstand, um zur Toilette zu gehen, sagte Konrad: »Ich glaube, ihr beide passt gut zusammen.« Ihm war nicht verborgen geblieben, dass es zwischen uns funkte. »Vielleicht«, erwiderte ich und lächelte dabei.

Wir waren die letzten Gäste, als Konrad die Rechnung verlangte. Vorsorglich hatte ich genügend Geld eingesteckt, um mein Essen selbst bezahlen zu können. Ich hatte Volker erzählt, dass ich mich mit zwei ehemaligen Klassenkameraden treffen würde. Es wäre wichtig für mich, weil ich dadurch vielleicht berufliche Kontakte knüpfen könnte. Volker hatte noch etwas Geld dazugegeben, damit ich »nicht so knapp bei Kasse sei«, wie er sagte. Die Speisen waren in diesem Lokal um einiges teurer als beim Italiener. Doch Konrad lud uns beide ein, dadurch blieb mir erspart, eine Woche lang am Hungertuch zu nagen.

Das Restaurant lag nicht weit vom Wichernheim entfernt,

ich hätte mal wieder zu Fuß gehen können. Doch ließ ich mich dieses Mal überreden, mit ins Auto einzusteigen. Zuerst fuhren wir nach Wilhelmsfeld, um Konrad vor seinem Haus abzusetzen. Es brannte kein Licht mehr, Helena schlief schon oder war noch nicht von ihrem Termin zurück. Andreas wohnte in der entgegengesetzten Richtung, es war für ihn kein großer Umweg, zurückzufahren und mich in der City abzusetzen. Ich genoss die weichen Lederpolster, lauschte den Songs von Billie Holiday, »I Cried for You« war gerade auf der von Andreas eingelegten Kassette zu hören. Bei »Lady Sings the Blues« wurde es draußen stockfinster, wir hatten den Wald erreicht, in unmittelbarer Nähe musste die Abtei Neuburg liegen, wo einer meiner Vettern früher Messdiener war. Ich fühlte mich in alte Zeiten zurückversetzt. Dass ich eine Obdachlose war, hatte ich in diesem Moment fast vergessen. Noch ewig hätte ich so weiterfahren können, in der Dunkelheit, mit der herzzerreißenden Stimme von Billie.

»Wo kann ich dich absetzen?«, fragte Andreas. Wir hatten die Stadtmitte erreicht.

Zu gern hätte ich noch mit ihm ein Glas Wein getrunken, aber ich traute mich nicht, ihm das vorzuschlagen.

»Du kannst mich am Bismarckplatz rauslassen«, sagte ich. »Ich wohne nicht weit davon. Damit ersparst du dir einen Riesenumweg, bei all den Einbahnstraßen.«

»Das wäre kein Hindernis. Aber wie du willst …«

Ich fühlte mich noch nicht recht bereit, mich von Andreas zu verabschieden, doch die Zeit war gekommen.

»Es wäre schön, dich wiederzusehen«, sagte er.

Ich nickte nur.

Eine Woche lang hörte ich nichts von ihm, obwohl ich mir eingestehen musste, dass ich unablässig die Ohren spitzte, um nur ja nicht mein Handyklingeln zu überhören. Das Ding hatte ich zwischen meine Pullover gelegt, den Klingelton so leise wie nur möglich eingestellt, damit niemand misstrauisch wurde. Bislang wusste nur Volker von meinem Handy.

Eigentlich konnte ich es nicht erwarten, was auch immer da kommen sollte. Ich wurde unruhig, fühlte mich fehl am Platz. Draußen regnete es unentwegt, keinen Fuß konnte man vor die Tür setzen. Das kann doch nicht sein, dachte ich. Oder hatte ich zu viel in seinen letzten Satz hineininterpretiert? »Es wäre schön, dich wiederzusehen« – warum konnte er sich nicht melden? Verdammt noch mal! Schließlich beruhigte ich mich. Warum sollte ich nicht die Initiative ergreifen? Sollte sich Andreas bis Sonntag nicht melden, dann würde ich ihn anrufen. Nach diesem Entschluss ging es mir besser.

Volker bemerkte, dass ich mich seit den Treffen mit den Klassenkameraden verändert hätte. Misstrauisch beäugte er mich. Es stimmte, ich zog mich häufiger von ihm zurück. Als er wissen wollte, was los sei, gab ich ihm eine ausweichende Antwort.

»Launen. Nichts als dumme Launen. Hin und wieder muss ich mich einigeln.«

Ich war mir sicher, Volker nahm mir meine Antwort nicht ab. Zu gut kannte er mich. Und zu oft schaute ich auf dem Display meines Handys nach.

Der Alltag zog an mir vorüber, so blass war sein Antlitz. Mechanisch tippte ich am Computer auf die Speichern-Taste, schälte Kartoffeln oder sah mir mit Volker im Fernsehen die Nachrichten an. Manchmal spürte ich selbst, dass ich einfach nur dumm herumstand, mit einem breiten Grinsen im Gesicht. Im nächsten Augenblick konnte ich aber in tiefste Depressionen stürzen. Was, wenn Andreas unsere Begegnung nicht wichtig fand? Konnte ich denn nicht einfach mit Volker glücklich und zufrieden sein?

Am Samstag hatte er sich immer noch nicht gemeldet. Ich musste nun wohl oder übel meinen Entschluss wahrmachen und die Initiative ergreifen. Mehr als eine Abfuhr konnte ich mir nicht einheimsen. Sollte er mich doch für eine aufdringliche Zicke halten. Lange genug war ich schicksalsergeben, das musste sich jetzt ändern.

Am Sonntag rief ich um drei Uhr an, eine Zeit, die mir unverfänglich erschien. Vielleicht hatte ich auch so lange gezögert, weil ich gehofft hatte, er würde mir doch noch zuvorkommen. Eindeutig vergeblich.

»Was machst du gerade?«, fragte ich so unbefangen, wie es Scheinheilige nur können.

»Ich hatte mich gerade hingelegt«, antwortete Andreas.

Normalerweise hätte ich mich entschuldigt und gesagt, dass ich nicht stören wollte, aber schließlich hätte er auch das Telefon läuten lassen können.

»Ich will im Wald spazieren gehen. Kommst du mit?« Nun war es endlich raus.

»In einer halben Stunde bin ich in der Innenstadt.«

Die prompte Zusage brachte mich völlig aus dem Konzept. Ich war darauf gefasst gewesen, mir alle möglichen Ausflüchte anhören zu müssen. Und nun brauchte ich mich nicht einmal zu rechtfertigen, warum ich mich gemeldet hatte. Wie sollte man damit umgehen? Wir verabredeten uns am Bismarckplatz, genau dort, wo wir uns vor elf Tagen verabschiedet hatten. Draußen war es kalt, zu kalt für Felljacke und Halbschuhe. Ich hatte meinen weinroten Wollmantel aus der Kleiderkammer an, dazu schwarze Stiefel, genau in meiner Größe. Mit viel Schuhcreme sahen sie kaum getragen aus, nur an den Fersen waren sie etwas abgewetzt, aber ich fand's noch akzeptabel.

Neuer Schnee war nicht gefallen, obwohl in den Zeitungen seit Tagen nichts anderes angekündigt wurde. Eigentlich schade, durch frische Flocken zu stiefeln hätte mir gut gefallen. Immerhin hatte der Regen aufgehört, es war nur schlagartig sehr kalt geworden.

Selbstverständlich war ich wieder zu früh dran, weshalb ich einen kleinen Umweg durch die Fußgängerzone machte. Eine Freundin hatte mir einmal gesagt, dass man Männer bei einem Date warten lassen soll, nicht gerade einen halbe Stunde, aber niemals sollte man als Frau zuerst da sein. Dieser Tipp musste bei mir auf unfruchtbaren Boden gefallen sein.

Die Hauptstraße war ein einziges Lichtermeer. Weihnachtsmänner funkelten in warmem Rot, Sterne blitzten das Fest herbei. Die Schaufenster waren festlich dekoriert, in einigen waren Krippen aufgestellt, die drei aus dem Morgenland brachten Jesus ihre Gaben. Für Volker musste ich noch ein Geschenk kaufen, fiel mir ein, das durfte ich keineswegs vergessen. Aber ich hatte fast noch vier Wochen Zeit.

Auf dem Bismarckplatz prunkte eine riesige Tanne, elektrische Kerzen brannten darin. Weit und breit war Andreas' weißer BMW nicht zu sehen. Sollte er doch nicht kommen, zurück zu mir war es nicht weit, tröstete ich mich. Wie bestellt und nicht abgeholt stand ich am Straßenrand, den Mantel eng um mich geschlungen. Endlich tauchte das Auto auf. Andreas hielt an, stieg aus und öffnete mir die Beifahrertür.

»Gute Idee, die du da hattest«, sagte er ohne ein entschuldigendes Wort. »Wir fahren nach Handschuhsheim, hoch zum Turnerbrunnen. Von dort können wir weiter nach oben wandern.«

Ein alternativer Vorschlag kam von mir nicht. Sämtliche Energie war mit dem Anruf aufgezehrt, über ein konkretes Ziel hatte ich null nachgedacht.

Andreas entschied sich für einen lichten Waldweg. Überall waren kleine Mulden mit Regenwasser, auf denen sich durch den nächtlichen Frost zarte Eisflächen gebildet hatten. Vorsichtig drückte ich mit meiner Stiefelspitze auf eine gefrorene Schicht, sie zersplitterte und bildete ein schönes Muster. Meine kindliche Freude darüber brach auch das Eis zwischen uns. Wir kicherten nun wie Kinder bei einem Schulausflug. Manchmal hielten wir für eine Weile an, schauten auf den Weg zurück, den wir gegangen waren, blickten einander aber nur kurz an. Nach einer Weile ging es durch einen Wald ziemlich steil hinauf, das Unterholz knackte, überall raschelte es. Oben angekommen, bestrahlte uns ein silbrigweißer Mond. Andreas nahm für einen Augenblick meine Hand in die seine.

»Ich bin froh, dass wir uns heute getroffen haben«, sagte er.

Mein Mund war trocken, kein Wort brachten meine Lippen zustande. Ich lächelte wohl nur wie ein Honigkuchenpferd. Hand in Hand begannen wir den Abstieg. Möge dieser Weg noch lange dauern, dachte ich, mit diesem Mann an meiner Seite, den ich sehr leiden mochte. Ich konnte mir vorstellen, immer weiter mit ihm zu gehen. Auf einer Lichtung nahm er mich in den Arm, verlegen fassten wir uns wieder bei den Händen. Auf dem Parkplatz stand nur noch Andreas' BMW, ungeduldig schien er auf uns zu warten.

»Wo soll ich dich absetzen?«, fragte Andreas.

»Bismarckplatz.« Meine Antwort kam ohne Verzögerung. »Ich liebe Rituale.«

Andreas schaute erstaunt, sagte aber nichts. Beim Abschied im Auto gab er mir einen Kuss auf die Wange. Seine Lippen waren wie mit Watte ausgelegt, als hätte er Angst, mir wehzutun. Lange sah ich dem davonfahrenden Mann nach.

Bratkartoffeln und Spiegelei, das war es, was ich jetzt brauchte. Nicht nur Schokolade macht glücklich, auch fettige, kross gebratene Kartoffelscheiben. Dazu ein Liebesfilm. So was wie »Fluss ohne Wiederkehr« mit Marilyn Monroe und Robert Mitchum. Doch im Ersten versuchte Kommissarin Odenthal einen Mord in der Provinz zu lösen, im Zweiten gab es Volksmusik zum Gähnen und die Privaten lockten mit Geheimagenten und der Mafia – vergeblich. Also ging ich nach dem Glücksmahl ins Bett, um meinen Träumen nachzuhängen. Ob Andreas und ich wohl ein Paar werden könnten? Nichts als romantischer Kitsch fiel mir ein. Wie konnte man bloß so einfallslos sein. Rosamunde Pilcher pur.

Am nächsten Morgen hing leichter Nebel über den Häusern. In der Küche rumorte es, Monika musste dort herumhantieren, lange hatte ich nichts von ihr gehört. Vor Arbeitsbeginn sollte ich bei meiner Sozialarbeiterin vorbeischauen, deshalb musste ich sofort los. Für ein Frühstück in Ruhe reichte es nicht mehr.

Auf dem Schreibtisch von Frau Stahl lag eine Mappe mit Unterlagen, deren Aufschrift mir direkt ins Gesicht sprang. Bedeutsam forderte sie mich auf, Platz zu nehmen.

»Ich habe für Sie einen Antrag auf ›Hilfe zur Arbeit‹ gestellt«, sagte sie. »Normalerweise würden wir uns erst dafür einsetzen, wenn Sie sich mindestens ein Jahr in der Resozialisierung bewährt haben, aber bei Ihnen machen wir eine Ausnahme.«

Als ich diese Worte hörte, schwebte ich in tausend Himmeln zugleich. Das bedeutete, dass ich für meine Tätigkeit in der Werkstatt ein richtiges Gehalt bekommen würde. Ungefähr zweitausend Mark netto. Davon würde ich neunhundertfünfzig Mark an das Heim abgeben müssen, für das Zimmer und andere Unkosten. Über tausend Mark blieben mir, mir ganz allein. Chancen für einen Neubeginn, Chancen, Geld zu sparen für eine eigene Wohnung. Der Schritt dorthin erschien nicht mehr ungeheuer weit, nicht mehr als unüberbrückbare Strecke.

»Und ab wann werde ich ›Hilfe zur Arbeit‹ bekommen?«

»Die Bearbeitung dauert ungefähr zwei Monate. Ende Januar, Anfang Februar dürfte der Antrag genehmigt sein.«

In zwei Monaten konnte ich wieder mitspielen draußen im Leben. Glücklicher konnte ich nicht sein. Für einen Moment wurde mir schwindelig. Plötzlich hatte sich ein Rückweg in die Welt gezeigt.

In der Werkstatt erzählte ich meinem Chef von der Neuigkeit.

»Dann geht es wieder aufwärts«, sagte er freundlich. Das erste Mal, seit ich in dem Büro arbeitete, spürte ich, dass Herr Stasiuk ein Herz für mich hatte, Mitgefühl zeigte. Ich setzte mich an den Computer, um mit den Abrechnungen zu beginnen. So ganz war ich nicht bei der Sache. Mit jeder Woche, die ich in dem Heim zubrachte, dachte ich, stellte sich verstärkt die Frage nach meiner Person. Sicherlich, äußerlich war ich nicht so leicht als Obdachlose zu erkennen, wie etwa ein Schornsteinfeger oder ein Pfarrer beim Gottesdienst, aber dennoch wurde mein Dasein mehr und mehr zur Ausrede, zur Lüge. Ich war nun mal eine von den anderen, von denen, die nicht am üblichen Lebensspiel teilnahmen. Und doch wuchs meine Sehnsucht nach Anerkennung und Dazugehörigkeit zur Welt außerhalb des Heims. Ich musste aufpassen, dass ich meine Wünsche nicht zu sehr mit Andreas verband. Wollte ich etwa mit aller Macht, dass er mich ansah wie eine Frau aus seinem üblichen Umfeld, wollte ich sogar, dass er mich aus meinem Schlamassel befreite? Die Gefahr bestand, das konnte ich nicht leugnen. Doch in erster Linie wollte ich frei sein. Nichts erschien mir in diesen Tagen reizvoller, als zum Bahnhof zu gehen, ohne mich im Heim abzumelden, in einen Zug zu steigen, einfache Fahrt. Was gab es Schöneres, als in einem Café zu sitzen und nicht darüber nachdenken zu müssen, ob man sich den nächsten Espresso leisten kann? Eine solche Welt erschien mir voller Unschuld und voller Hoffnungen. Es gab in ihr durchführbare Pläne, einen wie auch immer gearteten Überblick. Davon konnte bei mir nicht die Rede sein.

»Hilfe zur Arbeit« wurde nur für ein Jahr vom Sozialamt gewährt. Während dieser zwölf Monate musste man einen Job auf dem freien Arbeitsmarkt gefunden haben. Wer das nicht schaffte, würde nach dieser Zeit Arbeitslosengeld bekommen. Meist folgten Arbeitslosenhilfe, Sozialhilfe, wieder der übliche Kreislauf. Viele kamen in ihre alten Werkstätten zurück, um dort für zehn Mark zu arbeiten, wie Roland, der sich bei der Bahn den Rücken krumm geschuftet hatte und jetzt in einer Sozialwohnung lebte. Die Fahrtkosten wurden erstattet und Essen gab es umsonst. Das war auch eine Möglichkeit, um über die Runden zu kommen. Doch eine Rückkehr ins Heim wäre für mich gleichbedeutend mit dem seelischen Tod. Davon war ich wenigstens zu diesem Zeitpunkt überzeugt. Nein, ich wollte ein Leben in Freiheit leben, so wie ich es früher gewohnt war. Das war mein Ziel.

In der Mittagspause rannte ich zu Volker, um ihm von der Neuigkeit zu erzählen.

»Dann nehmen wir uns draußen eine Wohnung«, sagte er. »Das wird toll. Du und ich, wir gehören zusammen.«

»Nein«, erwiderte ich bestimmt. »Ich werde mir eine eigene Wohnung suchen. Ich will es allein schaffen, Volker.« Ich hatte ihm niemals das Versprechen gegeben, zusammen mit ihm in eine Wohnung zu ziehen. Doch manche Dinge überhörte er gerne, in der Hoffnung, dass ich es mir eines Tages anders überlegen würde. So war es jetzt auch. Er schwieg und legte sich die Dinge zurecht, wie sie ihm passten.

Schmetterlinge flatterten in meinem Bauch umher. Von Tag zu Tag wurden es mehr. Eine einzige kribbelnde Orgie. Andreas rief mich immer öfter auf meinem Handy an, manchmal sogar schon morgens, bevor ich zur Arbeit musste. Ein kleiner Liebesfunke war anscheinend auch auf ihn übergesprungen.

»Wann gehen wir wieder einmal zusammen essen?«, fragte er.

»Waren wir nicht gerade erst?«

»Macht doch nichts. Ich möchte dich wiedersehen, es macht Spaß, mit dir zusammen zu sein.«

Wir trafen uns am Freitag. Volker sagte nur: »Bleib sauber.« An diesem Abend erzählte ich Andreas, dass ich bei der Stadtmission arbeiten würde, mein Arbeitgeber hätte mir ein Zimmer in einer Frauen-WG angeboten, direkt neben der Arbeitsstätte, ich sei schon dahin umgezogen.

»Das ist ja ungemein praktisch und zeitsparend«, meinte Andreas.

Ich hatte mir vorgenommen, ihm eines Tages die ganze Wahrheit über mich zu erzählen, aber nur in kleinen Portionen, da ich unsere Begegnung nicht gleich derartig belasten wollte.

»Wenn du magst, zeige ich dir das Haus auf dem Rückweg. Es liegt direkt in der Innenstadt, in der Neugasse.«

Wir aßen bei einem Japaner. Immer wieder rollten die Reiskörner von meinen Stäbchen, ich hatte ein wenig Angst, Andreas mein Zimmer zu zeigen. Aber es ging nicht mehr anders, ich musste diesen Schritt tun, um Andreas bchutsam auf die Wahrheit vorzubereiten. Sollte ich schnell das Essen beenden, damit ich es hinter mir hatte, oder es eher hinauszögern? Meine Gedanken kreisten ständig um diese Frage, kaum noch hörte ich Andreas zu, wie er von einem Versicherungsbetrug erzählte, mit dem er neulich zu tun hatte. Es war Zeit zu gehen. Vor der grünen Haustür deutete ich mit dem Finger nach oben.

»Dort oben, im zweiten Stock, liegt mein Zimmer. Willst du es sehen?«

Andreas wollte. Nebeneinander stiegen wir die Hausflurtreppen hoch. Glücklicherweise kam uns kein ungekämmter oder grölender Heimbewohner auf dem Flur entgegen, auch meine WG-Nachbarn waren nicht daheim. Ich hätte mich geschämt vor Andreas, seiner eleganten und weltmännischen Erscheinung.

»Einfach, aber gemütlich schaut es hier aus«, kommentierte er am Ende der Besichtigungstour. »Und die Bildcollagen sind super. Hast du sie gemacht?«

»Als ich noch bei der Freundin wohnte«, log ich. »Aus purer Langeweile.« Meine Verschönerungsmaßen wollte ich nicht so offen präsentieren. Hätte ich mir nicht meinen eigenen Hauseingang erkämpft und die Renovierungsarbeiten in Gang gesetzt, ein solcher Besuch wäre nicht möglich gewesen. Sicher, ich hatte das alles getan, um mich in dieser Umgebung wohler fühlen zu können, doch nun begriff ich auch, dass mein Einsatz mehr bedeutete, fast so viel wert war wie eine Eintrittskarte in die Freiheit. Nur auf diese Weise konnte ich Leute zu mir einladen, ohne sie sogleich mit meinem Obdachlosendasein zu konfrontieren. Man konnte es sogar verheimlichen.

Die nächsten Tage verliefen ohne besondere Ereignisse. Volker zog sich grollend zurück, er hatte anscheinend gesteckt bekommen, dass ich Männerbesuch gehabt hatte. Wahrscheinlich hatte der Pförtner das beobachtet und es Volker gegenüber ausgeplaudert, nicht ohne Häme, konnte ich mir wenigstens vorstellen.

»Du hast was mit ihm«, sagte er, die Eifersucht ließ seine Stimme einen bedrohlich hohen Ton annehmen.

»Nein, nichts«, entgegnete ich. »Wie kommst du überhaupt dazu, mich ständig zu kontrollieren?«

Volker schlurfte davon.

Das Einerlei änderte sich an dem Tag, an dem ich Geburtstag hatte. Schon am frühen Morgen klingelte das Handy. Es war Andreas. Er gratulierte mir mit seiner warmen Stimme.

»Woher weißt du das Datum?«, fragte ich.

»Von Konrad. Nun aber zum Geschenk. Ich habe Karten für eine Supershow, morgen in Mannheim. Fünf-Gänge-Menü, Artisten und Tanz, alles in einem Zelt.«

»Ein tolles Geschenk. Heute müsste schon morgen sein!«

»Mach dir noch einen schönen Tag. Ich werde an dich denken.« Andreas verstand es, das Leben zu gestalten, dachte ich.

Geburtstagskinder brauchten ab mittags nicht mehr zu arbeiten, eine großartige Einrichtung. Als ich nach der Arbeit mein Zimmer betrat, befand sich in einer altmodischen Keramikvase einen Strauß mit roten Duftrosen. Daneben stand Volker, der es offensichtlich aufgegeben hatte, mir böse zu sein. Gemeinsam setzten wir uns zum Mittagessen an den Küchentisch. Nach dem Paprikarisotto zog er eine kleine Schachtel aus der Hosentasche und drückte sie mir in die Hand. Ein silberner Ring mit einem Opal lag darin. Er musste viel nebenbei gearbeitet haben, um dieses ausnehmend schöne Schmuckstück kaufen zu können. Als ich mich dafür bedankte, hatte ich ein schlechtes Gewissen. Meine Gedanken waren bei Andreas, nicht bei Volker. Wie konnte ich ihm nur beibringen, dass ich auf Abwegen war, wenn auch nur in meiner Fantasie.

Nach einigen holprigen Ansätzen fand ich den Mut, Volker meine Gefühlslage zu offenbaren. Ich teilte ihm ohne Umschweife mit, dass ich mich verliebt hätte, in einen Mann aus meiner einstigen Parallelklasse.

»Wir werden morgen zusammen ausgehen«, fügte ich hinzu.

Volker saß da, als hätte ihn der Blitz getroffen.

»Ich hab das geahnt«, flüsterte er kaum hörbar. Jetzt, wo ich ihm die Wahrheit sagte, war sie nicht minder schmerzlich für ihn. »Darf ich dein Freund bleiben? Ich werde deine neue Beziehung auch respektieren. Da kannst du auf mich zählen.« Seine Stimme hatte einen bettelnden Tonfall angenommen.

Was sollte ich antworten? Ich war unsicher, ob er das, was er versprach, auch einhalten konnte, doch ins Gesicht konnte ich ihm das nicht sagen.

Schon am Abend war es mit seinem Versprechen aus.

»Ich will bei dir übernachten«, trotzte Volker.

»Du weißt, was wir vereinbart haben«, merkte ich an.

»Dann lass mich wenigstens im Wohnzimmer schlafen!«

Auch damit war ich nicht einverstanden.

»Es geht nicht.«

Frustriert zog Volker ab in seine Männer-WG. Ich war erleichtert, allein zu sein. Aber am nächsten Morgen klopfte er schon um sechs Uhr an. Schlaftrunken ging ich an die Tür, da stand Volker, mit frischen Brötchen vom Bäcker.

»Ich mache Frühstück für dich«, sagte Volker.

»Volker, ich bin in einen anderen Mann verliebt. Bitte versteh das doch«, beharrte ich.

»Trotzdem kann ich dir doch Brötchen bringen, oder?«

»Das ist nur dann gut, wenn du nichts weiter von mir erwartest.«

»Wo denkst du hin. Wir sind im Heim doch alle eine große Familie.«

Irgendwie hatte Volker Recht, irgendwie konnte ich nur zu gut verstehen, dass er alle Register zog, um am Ball bleiben zu können.

Um sechs wollte mich Andreas abholen. Schon Stunden zuvor probierte ich sämtliche Kleidungsstücke durch, kam aber immer wieder auf das Silbergewand zurück, das ich einst von Volker geschenkt bekommen hatte, testete einen braunen und einen beigefarbenen Lidschatten, entschied mich in letzter Minute für das dramatischere Braun. Ständig fragte ich mich, ob meine Gefühle für meinen Klassenkameraden wirklich echt waren oder ob es nur daran lag, dass ich in dieser entsetzlich tristen Atmosphäre lebte. Ich entschied mich für erstere Variante.

Als ich den BMW kommen sah, ging ich rasch hinunter. Volker

sollte keine Gelegenheit haben, mir eine Szene zu machen. In wenigen Schritten waren wir bei dem Wagen, der Motor heulte auf, als Andreas ihn startete. Ich bin hier der Chef, hieß das, anders konnte ich es nicht deuten.

In dem großen roten Zelt begrüßte uns ein Kellner in einem schwarzen Frack, er gratulierte mir sogar nachträglich zum Geburtstag. Offenbar hatte Andreas das arrangiert, eine schöne Geste war das, die mir gefiel. Unser Tisch war mit Iris und Chrysanthemen dekoriert, die Blüten funkelten im Kerzenlicht. Mit einem großen Tusch wurde die Vorspeise aufgetragen, eine winzige Portion, nicht größer als eine halbierte Frikadelle, drapiert auf einem riesigen Teller. Clowns und Akrobaten liefen zwischen den einzelnen Tischen herum, scherzten mit den Gästen, führten kleine Kunststücke vor und animierten die Speisenden, diese nachzumachen. Natürlich stellten sich die Gäste so ungeschickt an, dass die Clowns über sie lachen mussten und wir dann wieder über die Clowns. Es war zu komisch. In den Pausen zwischen den einzelnen Gängen suchten sich die Artisten mit gezieltem Blick Frauen aus, um mit ihnen in der Mitte des Zelts zu tanzen. Hoffentlich holt mich keiner, dachte ich. Ich will das nicht, unter keinen Umständen. Alle Stoßgebete nutzten nichts, ein Clown forderte mich zum Tanz auf. Nein, ich wollte nicht, ich schüttelte den Kopf. Aber der Clown ließ nicht locker, er hatte mich ausgeschaut. Sanft berührte er meinen Arm. Bislang war jede Frau mit ihm gegangen, die er ins Auge gefasst hatte. Nun konnten alle beobachten, dass ich bei meiner Weigerung blieb. Schmollend schaute mich dieser knollennasige Komiker an. Mein Herz pochte. Ich war nicht fähig, im Mittelpunkt zu sein, betrachtet von allen Leuten, wenn ich mit ihm zur Tanzfläche ging. Ich war doch eine Obdachlose. Früher hätte ich solchen Spaß mitgemacht, keinen Zweifel, aber jetzt konnte ich diese Blicke nicht aushalten.

»Aber mit mir tanzt du doch?«, fragte Andreas, der die Szene ausdruckslos beobachtet hatte.

»Nur mit dir«, sagte ich. Damit war er zufrieden.

Nach dem Essen wurde die Tanzfläche für das gesamte Publikum freigegeben. Andreas führte mich zu Foxtrott, Rumba und Walzer. Ich trat ihm nicht ein einziges Mal auf die Füße, obgleich ich seit Jahren nicht mehr mit einem Mann getanzt hatte, höchstens in einer Disco, wo jeder mit seiner eigenen Gelenkigkeit fertig werden musste. Plötzlich hielt er inne, still standen wir inmitten sich drehender Paare.

»Du bist die Frau, mit der ich gerne zusammenbleiben möchte«, flüsterte mir mein Tanzpartner ins Ohr.

Fast geriet ich ins Schwanken. Meinte Andreas das ernst? Und das Obdachlosenheim? Wir kannten uns doch erst kurze Zeit. Andererseits gab es da diese gemeinsame Vergangenheit, die Schule. Jedenfalls war es anders, als wenn wir uns gerade kennen gelernt hätten. Und es war wunderbar, mit ihm herumzuwirbeln und zu lachen.

Als der Morgen anbrach, mussten wir das Zelt verlassen. Nur noch ein anderes Paar war so in sich versunken, dass es wie wir die Zeit vergessen hatte. Andreas nahm mich in den Arm, seine Lippen näherten sich den meinen. Vorsichtig öffneten sie sich, wollten mehr. Ich ließ es zu, es fühlte sich einfach zu gut an. Allein in dieser gepflegten Wolke, die ihn umgab, blühte ich auf.

»Ich muss dir etwas Wichtiges erzählen«, sagte ich. »Aus meinem Leben. Aber das wird Stunden dauern.«

»Komm am nächsten Wochenende zu mir. Samstag und Sonntag. Ich werde dir zuhören.«

»Und deine Frau?«

»Sie ist in Tunesien bei ihrem Liebhaber. Vielleicht bleibt sie sogar für immer dort. Das wäre mir das Liebste.«

14. Die große Beichte

Warten ist grauenhaft. Die Stunden zogen sich entsetzlich lang hin. Ungeduldig schaute ich einen Apfel an, befahl ihm zu schrumpfen, doch nichts dergleichen geschah. Nicht einmal ein Salatblatt wollte auf Kommando welken, die Sekunden blieben einfach in ihrem Takt. Nichts konnte sie bewegen, den Wettlauf mit einer Schildkröte gewinnen zu wollen.

Endlich war es Samstag. Um zehn Uhr wollte mich Andreas abholen. Pünktlich war er da. Vor dem Penny stand Volker mit einigen Stadtstreichern herum, eine Zigarette in der einen Hand, eine Dose Bier in der anderen, stand da wie ein Kontrollposten. Wütend schaute ich ihm nach. Wahrscheinlich würde er sich betrinken, am Ende mir die Schuld geben, dass es ihm wieder schlechter ging. Aber wir hatten ja abgemacht, dass er sich nicht in mein Leben einmischen durfte.

»Hier hängen aber viele Penner rum«, bemerkte Andreas.

»Gleich nebenan ist die Therapiewerkstatt des Obdachlosenheims«, erklärte ich. »Da arbeite ich.«

»Ach, tatsächlich. Ich wusste nicht, dass die Stadtmission zum Obdachlosenheim gehört.«

Damit war das Thema beendet. Andreas wollte noch zum Kaufhof, um ein paar Lebensmittel zu besorgen: Lachs, Krabben, Sahnemeerrettich, Oliven, Baguette und Sekt.

»In einem Junggesellenhaushalt gibt es keine Vorräte«, lachte Andreas. »Meistens gehe ich zum Essen in ein Restaurant.«

Mit vollbeladenden Einkaufstüten stiegen wir in den BMW. Äußerlich unterschied er sich kaum von dem weißen Schnee, der in der vergangenen Nacht den Weg zur Erde gefunden hatte.

»Ich bin so glücklich, dass du mit zu mir kommst«, flüsterte mir Andreas beim Fahren ins Ohr. Zwanzig Minuten später hielten wir in Seckenheim vor einem hell verputzten Haus aus den fünfziger Jahren mit zwei Etagen und zwei anliegenden Garagen. Der umzäunte Vorgarten war unter einer Schneehaube versteckt, nur den Weg zur Haustür hatte Andreas freigeschaufelt. Etwas beklommen trat ich in den Flur ein. Hier unten befand sich also das Reich von Andreas' Frau. Eine helle Holztreppe mit blank poliertem Geländer führte nach oben.

»Jetzt zeige ich dir, wo ich lebe«, sagte Andreas.

Das Wohnzimmer hatte enorme Ausmaße, wohl die Größe unserer gesamten WG. Schwarze Ledermöbel mit Chrom beherrschten den Raum, ausgelegt war er mit Kork; auf einem solchen Fußboden konnte man barfuß laufen. Nebenan gab es ein Arbeitszimmer mit einem barocken Schreibtisch und vielen Bücherregalen.

»Du musst dir noch das Schlafzimmer ansehen.« Hinter Andreas' Aufforderung verbarg sich nur schlecht ein anderer Wunsch. Mir ging das zu schnell.

»Ich brauche erst einmal einen Kaffee«, sagte ich. Ein Widerspruch erschien Andreas nicht gentlemanlike.

Es war gemütlich in der Küche, wir aßen Brot und Käse, sprachen über Joghurtsorten und Badeanstalten, worüber man halt an einem frühen Winternachmittag spricht, lauter belangloses Zeug.

»Christiane, lass uns nach drüben gehen«, drängelte Andreas nach einer Weile. »Im Bett ist es viel gemütlicher.« Mit einem charmanten Lächeln reichte er mir die Hand und führte mich in sein Schlafzimmer.

Angezogen legte ich mich auf die blaue Seidenbettwäsche.

»Kannst du mir zuhören, lange zuhören?«, fragte ich.

»Gut. Ich werd's versuchen. Aber bevor du anfängst, hole ich noch was zu trinken, wir könnten in der Zwischenzeit ja verdursten.«

Andreas kam mit Orangensaft, zwei Gläsern und Salzbrezeln zurück; er schenkte uns ein.

»Prost«, sagte er. »Auf eine wunderbare Zukunft mit dir.«

Dann begann ich zu erzählen. Alles. Von meiner Familie, meiner Schwester, von Spanien, Düsseldorf und der Atemtherapie, meinem Weg als Heilerin, warum ich nach Heidelberg zurückgekehrt war, sogar die Geschichte von meinem Onkel beziehungsweise Vater. Ich war nicht mehr zu stoppen, als ob ich auf der Suche nach Erlösung wäre. Andreas hörte zu, ohne ein Wort zu sagen. Ich gestand ihm auch, dass ich in einem Obdachlosenheim lebte, dort eine Beziehung eingegangen war, mit Volker, der schon einige Jahre in der Plöck zugebracht hatte.

»Und Ende Januar werde ich wohl ›Hilfe zur Arbeit‹ bekommen. Es ist meine Chance, wieder am normalen Leben teilnehmen zu können.«

Meine Beichte war beendet, alle wichtigen Stationen in meinem Leben hatte ich Andreas preisgegeben. Stunden mussten vergangen sein. Müde lehnte ich mich zurück, schob mir das Kopfkissen ins Kreuz. Wenn Andreas' Gefühle zu mir nicht stark genug waren, ich würde es jetzt erfahren. Innerlich war ich bereit, eine Abfuhr von ihm zu bekommen. Ich jedenfalls hatte den Punkt erreicht, wo ich offen zu ihm sein wollte. Eine Beziehung auf Unehrlichkeiten und Halbwahrheiten aufzubauen, das ging nicht.

Von Andreas kam keine Reaktion.

»Was denkst du, wo du nun auch diesen Teil meines Lebens kennst?«, fragte ich leise.

»Mach dir keine Sorgen«, antwortete Andreas. »Es wird alles gut.«

Zärtlich streichelte er mein Gesicht, zog immer begehrlicher ein Kleidungsstück nach dem anderen aus. Widerstand leisten konnte ich nicht, ich wollte nur ihn, seine Leidenschaft und überhaupt das Glück. Dennoch wunderte ich mich, dass Andreas nicht weiter nachfragte.

»Ich habe Hunger«, sagte er, als wir dicht beieinander lagen.

Die Einkäufe wurden aus dem Kühlschrank geholt, der Sekt

entkorkt, ich verteilte den Lachs auf weiße Teller, angezogen in einem weißen Bademantel, den mir Andreas gegeben hatte.

»Bald höre ich auf zu arbeiten«, meinte Andreas, einen Löffel Krabben auf eine Baguettescheibe häufend. »Ich verkaufe mein Büro und wir ziehen zusammen in den Süden, Spanien vielleicht?«

»Du spinnst«, lachte ich. »So einfach geht das nicht.«

»Zusammen kriegen wir das hin. Wir werden ein Superteam.«

Alle Schatten der Vergangenheit schienen sich an diesem Wochenende aufzulösen. Andreas liebte mich wieder und wieder, in den Stunden, in denen wir schliefen, hielten wir uns fest an den Händen. Kein Missverständnis trübte die gemeinsame Zeit, sie war aufregend, harmonisch und entlastend. Am Sonntagabend fuhr mich meine neue Liebe heim. Für einen Moment war er noch auf mein Zimmer gekommen, als wenn er es sich noch einmal aus einer anderen Perspektive anschauen wollte.

»Ich gehe jetzt«, sagte er. »Muss noch einige Akten für morgen durchackern. Beim Einschlafen werde ich mir einiges vorstellen, aufregende Frau.«

»Hab auch vielen Dank für dein Verständnis.«

»Ach was.« Damit ging Andreas aus der Tür.

Ich hatte mich bei meiner Sozialarbeiterin nicht für das Wochenende abgemeldet. Eigentlich musste man sich eine Genehmigung holen, wenn man außer Haus übernachtete. Aber nicht immer konnte ich alles machen, was man von mir erwartete. Trotzdem war es nun besser, zu Frau Stahl zu gehen und ihr von dem Wochenende zu berichten.

»Ich habe mich verliebt«, sagte ich. »Der Mann ist nicht aus dem Heim, deshalb werde ich hin und wieder dort übernachten.«

»Und was ist mit Volker?« Frau Stahl schien ein wenig enttäuscht.

Ich zuckte mit den Schultern. Was sollte ich dazu sagen, es war ja klar, das Heim hätte uns nur allzu gern als Paar gesehen.

»Na, da kann man nichts ändern. Sagen Sie aber dem Pförtner

Bescheid, damit Ihre Abwesenheit auch eingetragen wird. Und falls Ihr Freund bei Ihnen übernachten möchte, geht das auch in Ordnung.«

Von nun an verbrachte ich meine Tage mit Andreas. Oft holte er mich nach der Arbeit ab, wir stapften durch Winterlandschaften, fuhren hoch zum Königsstuhl, seiften uns mit Schneebällen ein.

Ich erzählte ihm auch von dem Gespräch mit Frau Stahl, sagte ihm, dass er auch bei mir schlafen könnte.

»Bestimmt nicht«, wehrte Andreas ab. »Aber was hältst du davon, wenn du zu mir ziehst? Dann bist du bei mir und brauchst nicht mehr in diesem Milieu zu leben. Ich denke, dass meine Frau bald ausziehen wird. Du kannst unten deine Atempraxis aufmachen und irgendwann geht's nach Spanien, wenn ich alles geregelt habe.«

Ich konnte es kaum glauben, was ich da hörte. Andreas hatte mich tatsächlich gefragt, ob ich zu ihm ziehen wollte.

»Aber was wird aus meiner ›Hilfe zur Arbeit‹? Ich muss im Landkreis Heidelberg wohnen bleiben, sonst verfällt die Berechtigung, und Seckenheim gehört nicht mehr dazu.« Fragend schaute ich Andreas an.

»Vergiss diese Arbeit. Ich verdiene genug Geld. Und ich kenne genug Leute. Es wird sich rasch rumsprechen, dass du Atemtherapeutin und Heilerin bist. Du wirst bestimmt bald viele Klienten bekommen.«

In dieser Nacht konnte ich kaum schlafen. Was sollte ich tun? Meine Chance auf ›Hilfe zur Arbeit‹ einfach fallen lassen, sie verlieren, bevor ich sie ergriffen hatte? Ungeachtet dessen das Angebot von Andreas annehmen? Ignorieren, dass ich für den freien Arbeitsmarkt zu alt wäre? Als ich endlich eingeschlafen war, träumte ich davon, wie ich auf meinem braunen Lederkoffer saß und darauf wartete, abgeholt zu werden. Am nächsten Morgen deutete ich den Traum, war davon überzeugt, dass ich dem Heim den Rücken kehren sollte. Dennoch musste ich noch viele Tage

Für und Wider gegeneinander abwägen. Ich spürte die Gewissheit, dass es gut sei, aus dem WG-Zimmer auszuziehen; ich war bereit, das Risiko zu tragen und auf die Hilfe vom Sozialamt zu verzichten. Aber es war zweifellos ein großes Risiko. Wenn alles schiefginge, würde ich wieder auf der Straße stehen, müsste noch einmal von vorne anfangen. Ob ich dann ein zweites Mal ›Hilfe zur Arbeit‹ erhalten würde? Das war fraglich. Und die Zeit, die ich dabei verlor … das musste in aller Konsequenz bedacht werden.

Nach einer Woche Bedenkzeit teilte ich Andreas mit, dass ich bei ihm sein wollte. Wenn unsere Liebe stimmig war, dann war das mit Sicherheit die richtige Entscheidung. Wenn sie nur ein Strohfeuer war, dann hatte ich mir einen sicheren Ast abgesägt. Aber irgendeinen Sinn würde mein Schritt immer haben, egal, wie die Dinge sich entwickeln würden. Sonst konnte man sich gleich in ein Kloster verziehen. Ich wollte meiner inneren Stimme vertrauen.

Am Tag vor Heiligabend fand im Speisesaal des Wichernheims ein Weihnachtsfest statt. Ich bat Andreas, mich dabei zu begleiten. Er tat mir diesen Gefallen, als Zeichen seiner Loyalität. Ich wollte mich an diesem Abend von den Heimbewohnern verabschieden, immerhin hatte ich hier fast ein halbes Jahr gelebt, hatte viele Schicksale miterlebt, ich konnte nicht einfach Hals über Kopf die Plöck verlassen.

Die Küchenfrauen hatten ein kaltes Buffet mit gebratenem Huhn, Salaten, Rollmops, Oliven und eingelegten Gurken gezaubert. Pfarrer Neumann hatte eine Laienband engagiert, ein kleiner Weihnachtsbaum stand in einer Nische, geschmückt mit einer bunten Lichterkette, oben an der Tannenspitze trompetete ein Rauschgoldengel. Jeder erschien in seinem Sonntagsstaat, einem mehr oder weniger weißen Hemd, sauberen Hosen und geputzten Schuhe, die meisten Frauen trugen Kleider oder Röcke. Andreas hatte sich bewusst einfach gekleidet, Jeans und einen blauen Pullover, darunter schaute der Kragen eines rot-blau-karierten Hemdes hervor. Nirgendwo konnte ich Volker entdecken,

Freddy flüsterte mir zu, dass er es nicht ertragen konnte, mich mit Andreas zu sehen. Ich spürte einen Stich, gern hätte ich Volker glücklich gesehen, aber es lag nicht in meiner Macht. Einen Tag zuvor hatte ich mich von ihm verabschiedet, ihm für alles gedankt. Auch versprach ich ihm, Geld zurückzugeben, sobald ich etwas verdienen würde. Volker winkte ab, Tränen standen ihm in den Augen. Mein Herz schnürte sich zusammen. »Ich gehe«, sagte ich zu ihm. Er antwortete nichts. Dann ging ich, ohne mich umzudrehen.

Der Heimleiter hielt eine Ansprache, darüber, wie die Menschen das Leid auf dieser Erde erdulden sollten. Von Freude war da nicht die Rede, nur fromme Worte bekamen wir zu hören. Zum Abschluss überreichte er jedem Obdachlosen ein Geschenk: die Bibel und ein Duschgel. Sogar Andreas wurde bedacht. Zum Glück nahm er es an.

Als Andreas und ich am Buffet standen und die Teller füllten, kam Rosa auf uns zu. Ich stellte ihr meinen neuen Lebenspartner vor. Es war ihr anzusehen, dass es ihr lieber gewesen wäre, wenn ich weiterhin mit Volker zusammengeblieben wäre.

Oben in meinem Zimmer stand mein Koffer. Wieder einmal war er gepackt, wieder einmal sollte er mich auf einen neuen Lebensabschnitt begleiten, bislang hatte sein schönes braunes Leder jeden Ortswechsel überstanden. Heute würde ich ausziehen, es passte ja auch nicht zusammen, ein gut situierter Mann, der eine Freundin im Obdachlosenheim hatte. Meine Sachen hatte ich am Nachmittag in den Koffer gelegt, die gerade ausgesuchten Winterklamotten aus der Kleiderkammer verstaute ich mit Andreas' Hilfe in einen Karton von Penny.

Es war Zeit, mein wenig Hab und Gut in dem BMW unterzubringen. Die Collagen ließ ich an den Wänden, sollten sie den Bewohnern der WG Mut und Zuversicht geben. Im Speisesaal ging es nun hoch her, die Tische waren beiseitegeräumt, man tanzte ausgelassen. Kaum einer bemerkte mich, sodass ich nur wenigen die Hand reichte, Herrn Stasiuk, der meinte, ich würde mich ins

Unglück stürzen, Hülya, die vorbeigekommen war, Freddy und Monika. Pfarrer Neumann war schon fort, aber seine Wünsche hatte er mir mit der Bibel übergeben. Seltsam, fast war ich traurig, von hier fortzugehen, wo ich mir doch nichts sehnlicher als diesen Moment erträumt hatte.

Zuletzt gab ich noch den Zimmerschlüssel und den hart erkämpften Schlüssel für die Eingangstür Neugasse 1 bei Frau Stahl ab. Sie stand mit einem Glas Apfelsaft neben dem Buffet. Während ich mich bei ihr für alles bedankte, schaute sie mit ernster Miene Andreas an.

»Sie wissen, dass Sie eine große Verantwortung übernehmen«, sagte die Sozialarbeiterin. »Ihre Freundin hat nichts mehr, wenn sie dieses Haus verlässt. Sie gibt einen Arbeitsplatz auf und damit die Möglichkeit, wieder auf eigenen Füßen zu stehen. Ich hoffe, Sie sind sich dessen bewusst, wenn sie jetzt mit Ihnen geht.«

»Keine Sorge. Ich liebe Christiane von ganzem Herzen, immer werde ich für sie da sein.«

Ich war in diesem Moment stolz auf Andreas, auf die Art und Weise, wie er mir den Rücken stärkte.

»Sie können immer bei mir vorbeischauen«, sagte Frau Stahl jetzt zu mir gewandt. »Zu einem Schwatz unter Frauen.«

Damit war das Gespräch beendet. Niemals, dachte ich, würde ich je wieder dieses Heim betreten, nicht einmal zu einem Schwatz. Vor mir lag Weihnachten, Weihnachten mit Andreas und eine freiberufliche Tätigkeit. Das war meine Perspektive.

Draußen atmete ich auf. Auf dem Weg zu Andreas' Wagen schaute ich mich noch einmal um. Da sah ich Volker, wie er verloren in der Toreinfahrt stand und mir nachschaute. Ich wusste, was er jetzt dachte: Sie ist wieder draußen, auf der anderen Seite des Lebens, ohne mich. Warum war es nicht möglich, hätte ich am liebsten Andreas gefragt, diese beiden Welten zusammenzufügen? Warum gab es nur ein Dasein innerhalb oder außerhalb der Gesellschaft, warum gab es keine Gemeinschaft, in der Arme und Reiche einigermaßen nebeneinander existieren konnten? Doch

Andreas hätte darauf keine Antwort gewusst, derartige Fragen wären ihm nie in den Sinn gekommen.

»Ich muss noch einmal zurück«, sagte ich, »dem Volker etwas sagen.«

Andreas gefiel das nicht, er hielt mich davon aber auch nicht ab.

»Hör auf, traurig zu sein«, sagte ich zu Volker, während ich ihn mit beiden Händen an den Schultern packte und ihn schüttelte. »Pass auf dich auf, du bist ein wunderbarer Mensch.«

Dieses Mal füllten sich meine Augen mit Tränen. Kleine Filme flitzen vor meinen Augen vorbei, all die Erlebnisse, die wir miteinander geteilt hatten, das Knödelessen in Handschuhsheim, der Kinobesuch, das silberne Abendkleid. Erst jetzt sah ich, dass sich in einigen Metern Entfernung eine größere Gruppe von Heimbewohnern versammelt hatte. Stumm sahen sie uns zu herüber. Mich schauerte.

Heiligabend stellten Andreas und ich viele Kerzen im Wohnzimmer auf, arrangierten Tannenzweige auf dem Glastisch, die wir mit roten und goldenen Bändern schmückten, Walnüsse, Mandarinen und Pralinen legten wir dazwischen. Nach dem Mittagessen rief Andreas Freunde an, um ihnen zu erzählen, dass ich nun bei ihm eingezogen sei. Er reichte mir den Hörer, damit ich ihnen auch ein frohes Fest wünschen konnte. Alle freuten sich über unser Zusammensein.

Am Nachmittag hatte mich Andreas seiner Mutter vorgestellt, wir mochten uns auf Anhieb. Während Andreas ihre Blautanne mit Engeln und Kugeln behängte, schenkte sie allen ein Glas Eierlikör ein. Später kam noch Kerstin vorbei, seine Schwester, eine schwarzhaarige Schönheit in einem cognacfarbenen Hosenanzug. Die hohen Wangenknochen gaben ihr das Aussehen einer Madonna. Wie um diesen Ausdruck zu unterstreichen, schaute sie die Welt mit einem stillen Lächeln an. Hin und wieder rieb sie sich die Schläfe, ein Zeichen, dass nicht nur heilige Gedanken durch ihr Gehirn spazierten. Nach zwei Stunden brachen wir auf, die Mutter umarmte mich herzlich. Ich fühlte mich geborgen, in eine neue Familie aufgenommen.

Abends hörten Andreas und ich Musik von Händel und Bach. Ich massierte ihn mit einem Zitronenöl, danach liebten wir uns. Meine Gedanken wanderten zum Christuskind, das vor fast zweitausend Jahren geboren wurde und in einer Krippe liegend auf seine Bestimmung wartete. Ich hatte ebenfalls ein neues Zuhause bekommen, keinen Stall, aber ein Stern stand auch über mir. In einer Woche würde ich mit Andreas den Jahrtausendwechsel feiern – lauter bedeutsame Ereignisse.

Mit Beginn des neuen Jahres ging Andreas wieder ins Büro. Er gab mir Haushaltshaltsgeld, von dem ich Besorgungen machen sollte, und zweihundert Mark extra für mich, für meine persönlichen Wünsche. Schritt für Schritt wollten wir die Wohnung umgestalten, damit ich mehr eigenen Raum erhielt, meine Kleider nicht gequetscht zwischen Andreas' Anzügen hängen mussten. Von einem Tag auf den anderen war ich Hausfrau geworden. Ich wusch die Wäsche, bügelte, kaufte ein, nachmittags fuhr ich oft mit dem Bus in die Stadt, stieg am Bismarckplatz aus. Nur wenige Meter entfernt lag von dort das Obdachlosenheim. Seltsam, noch vor wenigen Tagen hatte ich dort gelebt und war ein Niemand gewesen. Nun gehörte ich wieder dazu, wurde als Christiane wahrgenommen und geliebt. Die Welt stand mir offen, nur aus dem einzigen Grund, weil ich einen Mann kennen gelernt hatte, der an mich glaubte. Wie gut war es doch, dass ich den entmutigenden Worten der Angestellten auf dem Sozialamt nicht zu viel Bedeutung beigemessen hatte. Man konnte wieder aus dem Heim kommen. War ich nicht ein Beispiel dafür? Dennoch konnte ich das vergangene halbe Jahr nicht einfach abschütteln, konnte nicht so einfach von einer Spur auf die nächste überwechseln, besonders wenn die Kerbe tief war, tief geworden durch die Erfahrung der Armut. Wollte ich mich selbst anerkennen, musste ich ihr in meinem Leben einen Platz geben. Ich hatte mich zwischen zwei

Polen bewegt, nun musste ich versuchen, Schwarz und Weiß auf einen Nenner zu bringen. Noch immer war ich nicht wirklich in Heidelberg angekommen. Auch wenn ich frisch verliebt war und wieder nach meinen Vorstellungen lebte, so fehlten mir die Wurzeln, ja, auch meine Schwester fehlte mir. Es würde wohl noch lange dauern, dachte ich, bis ich die Zeit im Heim verarbeitet hätte.

Plötzlich entdeckte ich mitten im Einkaufsgewühl Rainer, den Rollerskater. Er ging zu Fuß. Auf der Weihnachtsfeier hatte ich ihn nicht gesehen. Mit den Händen in den Manteltaschen kam er auf mich zu. Er wirkte äußerst salopp, eigentlich wie immer, nur noch besser gekleidet. Wir begrüßten uns, er hatte schon gehört, dass ich zu einem Mann gezogen war.

»Hab ich dir doch gleich gesagt«, bemerkte Rainer mit seinem unvergleichlichen Grinsen, »ein reicher Freund an der Angel, und schon geht's aufwärts.«

In dem Ton, in dem Rainer das sagte, klang es, als hätte ich das Ganze von vornherein berechnet, was nicht stimmte.

»Es ist Liebe«, erwiderte ich trotzig.

»Wenn du das glaubst, dann ist ja alles gut. Gehen wir einen Kaffee trinken? Ich will dir etwas erzählen.«

Ich war damit einverstanden. Im Kaufhof gab es im obersten Stockwerk ein Restaurant, dorthin fuhren wir mit dem gläsernen Außenlift.

»Gibt's Neues aus dem Heim zu berichten?«, fragte ich.

»Das Vögelchen ist davongeflogen«, sagte Rainer. »Mein Alter hat einen ordentlichen Scheck springen lassen, damit konnte ich mich wieder selbstständig machen. Bin jetzt in einen Zwischenhandel für Sportartikel eingestiegen. Coole Typen arbeiten in der Branche. Genau das Richtige für mich.«

»Dann kann ich dir nur gratulieren«, sagte ich. »Ganz schön frech und trotzdem gesiegt. Toll, dass du das hingekriegt hast.«

Als ich wieder allein auf der Straße stand, überlegte ich für einen kurzen Moment, ob ich auf einen Sprung im Wichernheim vorbeischauen sollte. Einfach nur so. »Hallo« sagen, das Gefühl genießen, dass ich danach wieder gehen konnte. Aber das tat ich letzten Endes doch nicht. Nachher würde ich dort nur kleben bleiben wie ein Kaugummi, das sich auf der Straße an einen Schuh geheftet hatte. Möglicherweise fänden sie einen Grund, mich irgendwie wieder an sich zu binden, weil sie nicht wollten, dass ich einen eigenen Weg gegangen war. Es war besser, wenn ich mich von der Plöck fernhielt – wenn es auch einst mein Zuhause gewesen war.

Schnell lenkte ich meine Gedanken nach Seckenheim, während ich zum Universitätsplatz bummelte. Was würde sein, wenn Andreas' Frau wieder aus Tunesien zurückkäme? Waren er und Sabine tatsächlich vollkommen getrennt, wie es Andreas behauptete? Aber warum lebten sie dann noch unter einem gemeinsamen Dach? Ich hätte in einer solchen Situation Abstand gesucht, einen endgültigen Schlussstrich gezogen. Aber ich durfte von mir nicht auf andere schließen. Dennoch war mir ein wenig mulmig zumute; letztlich hatte ich mich doch Hals über Kopf dafür entschieden, zu Andreas zu ziehen, und keinesfalls sämtliche Konsequenzen bedacht. Was würde geschehen, wenn die untere Wohnung nicht frei würde, ich dort keine Praxis einrichten könnte? Christiane, wies ich mich innerlich zurecht, jetzt gilt es zu vertrauen, alles Weitere wird sich schon fügen. Falls ein solcher Fall eintreten sollte, dann wird es auch dafür eine Lösung geben.

An diesem Abend bat Andreas darum, dass ich Tarotkarten für uns legte.

»Du kannst das doch!«, sagte er.

»Antonia hat es mir beigebracht, eine Zigeunerin«, erwiderte ich. »Aber ich weiß nicht, ob das gut ist.«

»Hab dich nicht so, es macht doch Spaß.«

In einer vorbestimmten Weise ließ ich Andreas Karten ziehen. Ein aufregender Moment war das. Lange hatte ich mich nicht mehr damit beschäftigt. Dann kam der schwere Moment der

Deutung. Die Karten erzählten von Liebe und Glück, aber auch von einem großen Schatten, der auf unserer Beziehung lastete.

»Ich will diesen Schatten nicht.« Fast schrie ich die Worte heraus, so aufgewühlt war ich.

»Vielleicht hast du die Karten nicht richtig interpretiert«, versuchte mich Andreas zu beruhigen, der die Sache nicht so ernst nahm.

Doch ich wusste, dass ich die Wahrheit gesehen hatte. Angst kroch mir den Rücken hoch. Sollte mich Andreas fallen lassen, dann war es schlimm um mich bestellt. Vielleicht hätte ich doch im Obdachlosenheim bleiben sollen. Dann dachte ich wieder an den Traum, der mich damals bestärkt hatte, den Schritt zu tun.

»Wir beide halten zusammen«, versicherte mir Andreas, der die Düsternis in meinen Augen nicht länger ertragen konnte. Seine Worte und Küsse trösteten mich, ich konnte aber nicht vergessen, was ich in den Karten gesehen hatte.

15. Ein einziger Irrtum

Sabine kam aus Tunesien zurück, völlig unerwartet. Andreas hatte ihr am Telefon von uns erzählt, auch davon, dass wir zusammen im Haus lebten. Kurze Zeit später stand sie mit zwei Koffern vor der Tür, offenbar hatte sie den nächsten Flug nach Frankfurt gebucht.

Zufälligerweise standen wir gerade am Fenster und überlegten, ob wir uns zu einem Spaziergang in der kalten Februarluft durchringen sollten. Es war Wochenende und fast ein ganzer Sonntag lag noch vor uns. Plötzlich hielt ein Taxi vor der Haustür, aus dem eine Frau in einem Pelzmantel ausstieg. Sie war klein, rundlich und wirkte sehr bestimmt.

»Sabine«, sagte Andreas. Seine Stimme hatte sich mit einem Schlag verändert, so hatte ich ihn noch nie sprechen hören, wie ein Junge, der von seiner Mutter Schläge befürchtet. Diese Frau hat in dem Haus die Hosen an, dachte ich, sie wird mir das Leben gewiss nicht leicht machen.

»Bleib hier«, befahl Andreas, »ich werde zu ihr runtergehen.«

Es dauerte Stunden, bis er wieder erschien. Ich saß unruhig auf dem Sofa, wollte meditieren, aber es gelang mir nicht richtig. Ständig musste ich an Sabine denken, an den Blick, den die Noch-Frau von Andreas zu uns hochgeworfen hatte, als würde sie über alles herrschen.

Dann kam Andreas endlich zurück. »Ich mache dich mit ihr bekannt«, sagte er kurz angebunden.

Zusammen stiegen wir die Holzstufen hinunter, Andreas versuchte dabei nur mit den Schuhspitzen aufzutreten, um nur ja keinen Lärm zu machen. »Sabine hat oft Kopfschmerzen«, kommentierte er sein Verhalten. Dann stellte er mich ihr in einer Form vor, als wäre ich die neue Kollegin in seinem Büro. Sabine betrachtete mich missbilligend, ihr Händedruck war fest und kalt. Ich hatte sie entthront, sie war nun nicht mehr diejenige, die allein im Haus regierte. In ihren Augen war ich eine Feindin, die besiegt werden musste, auch wenn sie dafür wieder ihren Mann zurückgewinnen musste. Das lag spürbar in der Luft. Eine seltsamere Begegnung konnte ich mir kaum vorstellen. Andreas rechtfertigte geradezu meine Anwesenheit vor seiner Frau. Warum hielt er nicht zu mir, verteidigte mich? Oder spielten andere Gründe für sein merkwürdiges Verhalten eine Rolle, Gründe, die ich nicht durchschaute?

Die Spannung zwischen Andreas und mir blieb, selbst als wir wieder in unseren Räumen waren. Ich schwieg, weil ich nicht wusste, wie ich dem Problem begegnen sollte, fragte nur, wie lange Sabine bleiben würde, worauf ich keine Antwort erhielt.

Immer wieder versuchte ich herauszufinden, wann Sabine abreisen würde, einmal sagte Andreas, dass sie möglicherweise nicht nach Tunesien zurückkehren würde.

»Und was wird aus uns?«, fragte ich verzweifelt.

Andreas verließ das Zimmer. Ich fragte mich, ob es besser sei, das Haus zu verlassen, aber wohin hätte ich gehen sollen? War es nicht sinnvoller, um ihn zu kämpfen? Doch das war nicht leicht, meine Liebe hatte sich von mir entfernt.

Streitereien blieben nicht aus. Zuerst mit Sabine. Jedes Mittel war ihr recht, um mir etwas vorzuwerfen. An einem Tag war es die gemeinsame Waschmaschine, die ich angeblich falsch programmiert hatte. Dann wieder hatte ich den Müll nicht richtig getrennt oder vergessen, den Eingang zu fegen. Es war klar, dass sie mir das Leben mit allen erdenklichen Beschuldigungen schwer machen wollte.

Wenn ich abends Andreas davon erzählte, hoffte ich, dass er mich verteidigen, sich hinter mich stellen würde. Ich hatte ja kein

Mitspracherecht im Haus, Sabine war die Miteigentümerin. Aber Andreas gab ihr nicht im Geringsten zu verstehen, dass sie sich um ihre eigenen Angelegenheiten zu kümmern hätte. Ganz im Gegenteil, er wälzte die Probleme auf mich ab, sagte, wenn ich Schwierigkeiten mit seiner Frau hätte, dann müsste ich selbst die Differenzen mit ihr austragen.

Ich hörte mir Sabines Vorwürfe an und versuchte sie gelassen hinzunehmen, wenn ich dennoch wütend wurde, sagte ich, dass ich meine Sachen so mache, wie ich es für richtig befände. Weil sie mit ihrer Taktik nicht weiterkam, begann sie gegen mich zu intrigieren. Sie beschwerte sich bei Andreas, dass ich unhöflich zu ihr sei, ich sie anscheinend nicht leiden möge und sie aus dem Hause vertreiben wolle. Natürlich gefiel mir ihre Anwesenheit nicht, trotzdem hatte ich nichts unternommen, was gegen sie gerichtet war. Die Wahrheit war vielmehr, dass sie ihre Konkurrentin loswerden wollte, nur deshalb war sie aus Tunis zurückkehrt.

»Reg dich ab«, sagte Andreas, als ich ihn darauf aufmerksam machte. »Wir regeln das schon. Hab Geduld. Momentan ist es beruflich sehr chaotisch, wenn es entspannter wird, suchen wir uns ein neues Haus.«

Ich glaubte ihm nicht. Lahme Gäule konnten mehr Enthusiasmus verbreiten. Seine Strategie war Hinhalten, alles sollte sich möglichst von selbst erledigen, Andreas war offenbar nicht gewillt, in das Geschehen einzugreifen. Und ich musste zusehen, wie ich damit zurechtkam. Ich versuchte meine Selbstliebe aufrechtzuerhalten. Immer wieder sagte ich zu mir: Alles ist in Ordnung. Alles hat seinen Sinn, auch wenn ich ihn nicht erkenne. Dadurch fühlte ich mich wieder sicherer. Mein Opfergefühl verringerte sich und ich spürte, dass ich das Ruder meines Lebens wieder in der Hand hielt.

Es stellte sich heraus, dass Sabine in unserer Abwesenheit die Wohnung inspizierte. Einige Dinge wurden derart verstellt, dass wir es bemerken mussten. Einmal wechselte sie im Schlafzimmer sogar die Bettwäsche.

»Das geht nicht. Sie kann hier nicht einfach ein- und ausgehen«, sagte ich. »Wir müssen an der Wohnungstür ein neues Schloss anbringen.«

Andreas fühlte sich in die Enge getrieben. Mit diesem Stress hatte er nicht gerechnet.

»Vertrag dich bitte mit Sabine«, antwortete er. »Wir können doch in Frieden miteinander leben. Es muss nicht sein, dass ihr Frauen euch bekriegt. Besser wäre, ihr würdet etwas zusammen machen, in eine Ausstellung gehen, Freundinnen werden.«

Das war für Andreas die einfachste Lösung. Für mich eine entsetzliche Vorstellung. Er schob den Konflikt einfach auf uns Frauen ab. In der folgenden Nacht hatte ich wirre Trennungsträume. Morgens fühlte ich mich so schlapp, als hätten sich meine Knochen aufgelöst. Mühsam zog ich mich an.

»Es ist besser, wenn ich dich verlasse«, sagte ich zu Andreas, der nun auch wach geworden war.

»Und wohin willst du gehen?«

»Weiß nicht. Irgendwohin. Ich mag nicht mehr. Es ist zu viel. Erst das Obdachlosenheim und jetzt dieses Theater. Warum stehst du nicht zu mir, zu unserer Liebe? Warum bin ich nur zu dir gekommen? Im Obdachlosenheim hatte ich wenigstens das Recht, sein zu dürfen. Verstehst du das nicht, Andreas?«

»Entspann dich, als Atemtherapeutin muss dir das doch gelingen.«

»Du bist ein absoluter Ignorant.«

Ich rannte die Treppen hinunter und schlug die Eingangstür zu. Sabine hatte diesen Streit sicherlich mitbekommen, es war wahrscheinlich, dass sie sich darüber freute. Mit dem Bus fuhr ich zum Heidelberger Bahnhof, dem Ort, den ich ja gut kannte. Verzweifelt ging ich in der Halle auf und ab, redete leise vor mich hin, heulte. Menschen hasteten an mir vorbei zu ihren Zügen, Arbeitsplätzen. Geschäftig, zielorientiert, mit vollen Bankkonten. Selbstmitleid stieg in mir auf, doch bevor es mich gefangen nahm, war es besser, nach einem Ausweg zu suchen.

Mutig überlegte ich, ins Wichernheim zurückzukehren, man würde mich gewiss aufnehmen, mich trösten, mir aber auch zu verstehen geben, dass sie allesamt Recht gehabt hätten: Aus dem Heim kam man, wenn man einmal drin war, nicht mehr raus. Nein, diesen Gefallen würde ich ihnen nicht tun. Es musste eine Alternative geben. Vielleicht sollte ich doch wieder umkehren und um den Platz an Andreas' Seite kämpfen? Ja, das war es. Zurück nach Seckenheim. Auf dem Weg zur Bushaltestelle sah ich auf dem Parkplatz einen weißen BMW.

»Willst du einsteigen?«, fragte Andreas, der schon die Autotür geöffnet hatte.

Schweigend setzte ich mich zu ihm, schweigend fuhren wir zu seinem Haus. Der Vorhang im unteren Wohnzimmer bewegte sich, meine Ankunft wurde registriert.

»Wir müssen miteinander reden«, sagte Andreas.

Er schloss die Türe zu unserer Wohnung auf. Immerhin hatte er trotz des Streits daran gedacht, abzusperren. Ich wertete das als ein Zeichen der Liebe.

»So einen Auftritt wie heute morgen will ich nie wieder erleben«, begann Andreas das Gespräch. »Ich brauche Ruhe, es ist schon alles schwierig genug. Was auch immer du über Sabine und mich denkst, das Einzige, was uns noch verbindet, ist das Finanzielle. Wir sind gemeinsam steuerlich veranlagt. Bislang habe ich das nicht geändert, ich sah keinen Grund dazu. Nun bist du da und ich muss die Sache mit meiner Frau klären. Aber bitte lass mir Zeit. Ich kann das nicht von heute auf morgen tun.«

Ich sagte nur »Ja«, war froh, dass doch nicht alles zwischen uns kaputtgegangen war.

»Es wird schon werden«, sagte Andreas.

Unter der Dusche freute ich mich, dass ich wieder bei Andreas war. Aber war das der Schatten aus den Karten gewesen? War dieser nun vorbeigezogen? Oder handelte es sich hierbei um eine Vorwarnung, bevor der Sturm endgültig losbrach?

Die nächsten Tage verbrachten wir ungetrübt miteinander. Unweigerlich kam aber der Augenblick, der unser gemeinsames Leben zerstörte, an dem unsere Liebe endgültig zerbrach. Ein Brief vom Finanzamt war eingetroffen. Steuerprüfung! Anfangs begriff ich nicht, weshalb diese Mitteilung Andreas beunruhigte, das war doch die normalste Sache der Welt.

»Laut Finanzamt lebe ich noch mit meiner Frau in einer Ehegemeinschaft«, klärte er mich auf. »Offiziell kannst du deshalb nicht meine Lebenspartnerin sein.«

»Und was bedeutet das?«, fragte ich entrüstet.

»Würde ich die Trennung offiziell machen, muss ich eine Menge Steuern nachzahlen, Unsummen geradezu.«

»Andreas, ist denn Geld so entscheidend? Wir können doch auch mit weniger glücklich sein. Ich werde in Zukunft auch verdienen und wir müssen nicht jeden Tag essen gehen. Ich kann kochen. Zahl doch bitte diese verdammten Steuern. Ist unsere Liebe nicht viel mehr wert als alles andere?«

»Bist du naiv? In was für einer Welt lebst du eigentlich?«

Langsam wurde ich wütend. Um was ging es überhaupt?

Niemals hätte ich vermutet, dass Andreas so charakterschwach war. Und dass ihm Geld über alles ging. Er wollte unsere Beziehung leugnen – wegen Geld. Wenn Sabine siegte, dann würde für mich alles noch schlimmer werden, als es war, bevor ich Andreas kennen lernte. Es schien, als würde ich verlieren. Die Frau hatte Andreas in der Hand.

Tags darauf ging ich zum Bürgeramt, um mich polizeilich anzumelden. Das hatte ich bisher auf die lange Bank geschoben. Jetzt schien mir dieser Akt lebensnotwendig zu sein. Nachdem ich das Obdachlosenheim verlassen hatte, war ich ohne festen Wohnsitz, den aber brauchte ich unbedingt.

Als ich Andreas das Anmeldeformular abends vorlegte, wurde er blass.

»Das passt mir jetzt nicht«, sagte er. »Offiziell kannst du hier nicht wohnen.«

»Irgendwo muss ich wohnen«, sagte ich mit Bestimmtheit. »Bitte unterschreib das Formular.«

Widerwillig holte er seinen Montblanc-Kugelschreiber heraus und füllte die entsprechenden Passagen aus.

»Wenn ich gefragt werde, sage ich, dass du eine Freundin aus Spanien bist, die vorübergehend hier lebt, bis eine eigene Wohnung gefunden ist.«

Ich hörte mir das an und schwieg. Es galt jetzt, ruhig zu bleiben und keine Szene zu machen. Ich wollte innerlich stark bleiben.

Am nächsten Tag bekam ich meinen Eintrag im Personalausweis. Andreas ging abends hinunter zu seiner Frau. Als er zurückkam, musste er sich übergeben. Er schob es auf einen verdorbenen Magen, ich glaubte ihm das nicht. Es war eine Ausflucht. Sabine hatte ihn unter Druck gesetzt, womit auch immer.

»Lass dich nicht von deiner Frau kleinkriegen«, flehte ich, als wir zusammen im Bett lagen. »Durch dich bin ich aus dem Heim gekommen, dafür danke ich dir. Aber das war nicht der Grund, warum ich zu dir gezogen bin. Das weißt du. Ich liebe dich.«

»Ach ja?« Gequält schaute mich Andreas an.

Nun verstand ich. Sabine musste ihm eingeredet haben, dass ich in erster Linie des Geldes wegen bei ihm wäre. Fast hatte ich es befürchtet. Natürlich! Bei seinem Misstrauen in Gelddingen hatte sie ihn an der richtigen Stelle erwischt. Wenn er das tatsächlich annahm, dann besaß er einen guten Grund, weiterhin mit seiner Frau veranlagt zu bleiben. Das gab ihm sogar einen gewissen Schutz mir gegenüber. Er vertraute seiner eigenen Liebe nicht mehr. Was konnte ich dagegen tun? Sollte schon wieder etwas zerbrechen, nur weil es Gerede und ein abgekartetes Spiel gab wie damals in Spanien?

Schreien wollte ich, aber das hätte die Situation nur verschlimmert; also versuchte ich es mit Nähe. Andreas wehrte ab. »Ich will das nicht.« Er öffnete die Nachttischschublade, nahm eine Schlaftablette heraus, spülte sie mit Wasser runter, das immer neben seinem Bett stand. Kurze Zeit darauf war er eingeschlafen.

Es war nicht mehr möglich, an ihn ranzukommen. Ich fühlte mich alleingelassen, verraten und verstoßen.

»Heute können wir nicht zusammen essen«, gab mir Andreas am nächsten Morgen zu verstehen. »Ich muss etwas mit meiner Frau besprechen.«

Ich fror, innerlich und äußerlich. Noch immer verstand ich nicht, warum sich Andreas von Sabine einwickeln ließ. Wir hätten doch ausziehen, eine eigene Wohnung nehmen können, ein Haus musste es doch nicht sein. Und was hätte das schon gemacht, eine Nachzahlung!

Erst spät kam Andreas an diesem Abend ins Bett. Ich stellte mich schlafend, eine weitere Demütigung hätte ich nicht ertragen. Aber er sprach einfach drauflos.

»Christiane«, sagte er, »du merkst selbst, dass es zwischen uns nicht mehr stimmt. Ich habe mich in meinen Gefühlen zu dir geirrt. Mir ist klar geworden, dass ich eine andere Frau begehre, meine Exfreundin. Sie wohnt hier ganz in der Nähe. Ich hatte mit ihr Schluss gemacht, kurz bevor wir uns getroffen haben. Aber das war voreilig von mir, ich empfinde immer noch sehr viel für sie. Deshalb kann ich dich nicht mehr richtig lieben. Ich möchte, dass du gehst.«

In meinem Kopf war ein einziger Wirrwarr. Ich glaubte ihm von dieser Story kein Wort. Wie praktisch, da wurde eine andere Frau favorisiert, und mich konnte er auf legitime Weise loswerden.

»Du liebst keine andere«, stieß ich aufgebracht hervor. »Das kann nicht stimmen. Es geht um die Steuerprüfung. Nur weil ich aus dem Obdachlosenheim bin, kannst du mir unterschieben, dass ich es auf dein Geld abgesehen habe. Warum tust du mir das an?«

Ich suchte Andreas' Blick, aber er wich mir aus. Stattdessen nahm er sein Bettzeug und verschwand ins Arbeitszimmer. Ich sollte gehen, unverblümt hatte ich das zu hören bekommen. Ich sollte wieder zurück ins Obdachlosenheim wie ein Hund, den man aus dem Tierheim geholt hatte und nach drei Monaten wieder zurückbringt, weil er sich nicht als so pflegeleicht herausstellte, wie man angenommen hatte.

Einige Tage später bekam ich unerwartet Besuch. Kerstin wollte mit mir reden. Wahrscheinlich hatte Andreas seine Schwester gebeten, auf mich einzuwirken, damit ich das Haus verlasse.

»Mein Bruder befindet sich in einer Krise«, begann sie das Gespräch. »Seine anfängliche Verliebtheit in dich, das war nicht normal. So kannte ihn keiner. Jetzt hat er begriffen, dass er einen Fehler gemacht hat. Außerdem missfällt es ihm, dass du nicht arbeitest.«

»Seinetwegen habe ich meine ›Hilfe zur Arbeit‹ aufgegeben«, erwiderte ich empört. »Hat er dir das nicht erzählt? Sonst wäre ich nie zu ihm gezogen.«

»Davon hat er kein Wort gesagt.«

»Ich hab vorher im Obdachlosenheim gewohnt, da musste ich mir diesen Schritt gut überlegen.«

»Davon weiß ich nichts.«

»Ich habe nur deshalb eingewilligt, zu deinem Bruder zu ziehen, weil er mir sagte, ich könne hier im Haus eine Atemtherapiepraxis aufmachen.«

»Und wo?« Kerstin lachte hysterisch auf.

»Im unteren Stockwerk.«

»Da wohnt doch Sabine!«

»Aber Andreas hatte mir versichert, dass sie für immer in Tunesien bleiben wird.«

»Mein Bruder hält dich für eine Schmarotzerin.«

»Das ist nicht wahr.« Die Worte überschlugen sich fast, so aufgebracht war ich. »Es geht um die Steuerprüfung. Aber ich lasse mich nicht zum Hampelmann für sein Durcheinander machen. Ich muss mir nichts vorwerfen lassen, höchstens, dass ich einem Mann vertraut habe, der kein Rückgrat besitzt.«

»Wie dem auch sei, du kannst hier nicht länger wohnen bleiben.«

»Aber ihr könnt mich doch nicht einfach auf die Straße setzen! Andreas trägt auch Verantwortung für unsere Beziehung.«

»Ich werde mit meinem Bruder reden, mehr kann ich nicht für dich tun.«

Mein Herz weinte. Es gab keinen Zweifel mehr, ich musste fort. In meiner Not rief ich Claudia an, ich musste mit jemandem sprechen.

»Das klingt ja wie Krieg«, sagte sie, nachdem ich ihr meine Situation geschildert hatte.

Claudia war der Ansicht, dass Andreas mir einen Ausgleich zahlen sollte dafür, dass ich die »Hilfe zur Arbeit« ausgeschlagen hatte. So hatte ich die Sache noch nicht betrachtet. Ich dankte Claudia für ihren Rat, versprach ihr, sie täglich anzurufen, um sie auf dem Laufenden zu halten.

Um nicht depressiv zu werden, versuchte ich, meinem Schmerz etwas abzugewinnen, ihn als eine Art Prüfung zu betrachten. Natürlich konnte ich mich als Opfer fühlen, nichts leichter als das, in meiner Kindheit und Jugend war ich genügend gedemütigt worden. Meine Schwester Martina hatte sich diese Eigenschaft von mir auch zu Nutze machen können, meine Scham gehörte dazu, meine Angst, was andere Leute über mich denken könnten. Aber was hatte einmal ein Freund vor Jahren zu mir gesagt: »Ist der Ruf mal ruiniert, lebt sich's frei und ungeniert.« Es stimmte. Ich löste mich immer mehr von Zwängen und Ohnmachtsgefühlen. Zum Glück. Ich bin mir nicht sicher, ob ich sonst nicht in den Neckar gegangen wäre, um der Misere zu entkommen.

Wie schon so oft in den letzten Tagen nahm ich Kontakt mit meinem Schutzengel auf. »Was stimmt hier nicht, was mache ich verkehrt? Warum kriege ich von Gott keine Hilfe? Warum sind die anderen in der Übermacht? Das kann so nicht weitergehen.« Ich weinte, war genauso wütend wie enttäuscht und trat mit den Füßen gegen die Schlafzimmertür. Ich wusste nicht, ob ich weiterhin an die göttliche Führung glauben sollte. »Beruhige dich«, sagte der Engel sanft. Erinnere dich an deine Fähigkeiten. Sammle dich und spüre dich, sei dir gewiss, dass ich immer an deiner Seite bin, auch wenn du mich manchmal nicht spürst. Alles ist in Ordnung.

Wo immer deine Füße stehen, bist du in Sicherheit, auch wenn es um dich herum wütet. Glaube daran, dass du beschützt bist. Das ist deine besondere Lektion. Dann spürst du immer meine Anwesenheit. Wenn du an Sorgen und Kummer glaubst, dann wird auch genau das in dein Leben kommen. Und wenn du vertrauen kannst, dann wirst du auch vertrauensvolle Situationen in deinem Leben manifestieren. Erinnere dich daran, du kannst die Bühne deiner Wirklichkeit in deinem eigene Inneren ändern.« Mit diesen Worten löste sich der Engel von mir. Müde und gleichzeitig beschützt legte ich mich aufs Sofa im Wohnzimmer. Ich träumte von einem neuen Leben in Freiheit. Ich sah, wie ich wieder als Atemtherapeutin in einer Praxis in Heidelberg arbeitete.

Als ich aufwachte, wusste ich nicht so genau, ob es ein Traum oder eine Zukunftsvision gewesen war. Ich fühlte mich jedenfalls gestärkt.

Ich dachte jetzt wieder über Andreas nach und überlegte, warum ich ihm geglaubt hatte. Warum hatte ich nicht erkannt, dass dieser sympathische Mensch sich nur dann stark und sicher fühlte, wenn es nicht an seine Substanz ging, was gleichbedeutend mit seinem Geldbeutel war? Grund für meine Täuschung lag in meiner Situation als Obdachlose, da musste ich mir nichts vormachen. Ich hatte dort so sehr gelitten, dass ich nach jedem Zipfel griff, der Freiheit bedeutete. Wenn ich eine eigene Wohnung und eine gut bezahlte Stellung gehabt hätte, dann hätte ich mir mit Andreas Zeit lassen können, wäre vorsichtiger gewesen. Durch meine Not fühlte sich Andreas wiederum mit der Zeit nicht mehr unabhängig, er konnte nicht gehen, wann es ihm passte, er konnte sich keinen Zweifel erlauben. Wir waren in ein Dilemma geraten, keiner von uns hatte Weitsicht bewiesen. Ich konnte weder auf mich noch auf Andreas böse sein. Alles schien so richtig zu sein und gleichzeitig war es doch so verkehrt. Ich wusste, dass mir mein Verstand keine logische Antwort geben konnte. Doch ich vertraute den Worten meines Engels. Ich musste lernen, mich sicher zu fühlen, auch wenn alles so unsicher erschien.

Waffenstillstand herrschte nun zwischen mir und Andreas, wenigstens für einige Tage, bis er eines Morgens zu mir sagte: »Ein letztes Ultimatum. Ich gebe dir noch zwei Wochen, dann musst du endgültig ausgezogen sein.«

»Und wie soll ich das ohne Geld anstellen?«, fragte ich.

»Du kannst doch zurück ins Obdachlosenheim.«

»So gnadenlos kannst du doch nicht sein. Ich brauche Geld, hast du vergessen, dass ich deinetwegen auf die ›Hilfe zur Arbeit‹ verzichtet habe?«

»Meinetwegen zahle ich dir etwas, bis du einen neuen Job gefunden hast, jeden Monat tausend Mark. Aber auch nur, wenn du in den nächsten zwei Wochen eine Bleibe gefunden hast.«

Anscheinend hatte seine Schwester Kerstin ihm diesen Vorschlag nahegelegt, denn er kam nicht spontan über seine Lippen. Und da in zwei Wochen die Steuerprüfung angesetzt war, stand er unter Druck. Oder sollte ich es als himmlische Fügung sehen?

Andreas holte ein Blatt Papier, auf das er oben in Blockbuchstaben »VERTRAG« schrieb, darunter hielt er die weiteren Bedingungen fest. Mein Herz weinte wieder. Der Vertrag besiegelte das Ende unserer Liebe. Wenn ich selber Geld gehabt hätte, würde ich nicht einen einzigen Pfennig von ihm genommen haben. Ich wäre dafür zu stolz gewesen. Aber Stolz konnte ich mir in diesem Moment nicht leisten. Mit diesem Papier würde ich nicht auf der Straße stehen müssen, ich würde ein Auskommen haben und konnte mir in Ruhe eine Arbeit suchen. Ohne Stress, ohne Angst.

Innerhalb einer Woche fand ich ein Zimmer in einer Studentenwohngemeinschaft. Eigentlich wollten die Vermieter eine jüngere Mitbewohnerin, doch ich konnte sie davon überzeugen, dass ich mit meinen griechischen Mitbewohnern auskommen würde. Von Andreas bekam ich das Geld für die Kaution. Kurz vor meinem Umzug fuhren wir noch zu IKEA, um eine Matratze, ein Regal und Geschirr zu kaufen; Bett und Kleiderschrank hatte mein Vormieter zurückgelassen.

Andreas wirkte sehr gönnerhaft, während ich mich wie ein Kind fühlte, das vom Vater den ersten Haushalt eingerichtet bekam. Bedrückt folgte ich ihm, um die nötigsten Dinge für meine Grundausstattung einzusammeln. Ich hatte keine andere Wahl, ich nahm es einfach an. Von seiner Mutter bekam ich Bettwäsche geliehen. Wir vereinbarten, dass ich ihr die Sachen zurückbringe, wenn ich genügend Geld besäße, um mir eigene zu leisten. Kerstin spendierte mir blaue Vorhänge für mein neues Zimmer. Es war ein netter Zug von ihr, trotzdem schmerzte mich diese ganze Aktion. Ich kam mir vor wie eine arme Kirchenmaus, der man unter die Arme griff.

Nachdem Andreas die Sachen in meinem Zimmer abgestellt hatte, lud er mich zu einem Abschiedsessen ein. Wir gingen zu einem Thailänder, wo seine Schwester schon auf uns wartete. Munter plauderte sie drauflos, als wäre es ein ganz normaler Tag wie jeder andere auch. Es war ja auch nichts Besonderes passiert, ich hatte nur ein neues Domizil bezogen, nachdem ich fast vier Monate bei Andreas gewohnt hatte. Dass eine Beziehung in die Brüche gegangen war, eine Liebe nicht mehr existierte, das schien keine Rolle mehr zu spielen.

Ich, Christiane, wollte trotz allem meiner Kraft vertrauen und neu starten, so gut es mir möglich war. Mochten die anderen doch denken, was sie wollten.

Andreas und Kerstin schoben mich galant ab. Ich brach nicht in Tränen aus, zerbrechen wollte ich nicht daran. Was hätte ich davon gehabt, mich als Opfer zu fühlen? Was hätte es mir gebracht? Nichts. Ich entschied, das Spiel der beiden mitzuspielen und so zu tun, als wäre alles in bester Ordnung. Mit aufrechtem Haupt verließ ich das Lokal. Als das Geschwisterpaar mich zum Eingang meiner WG brachte, konnte ich dennoch nicht die Tränen unterdrücken.

»Nimm's nicht so schwer«, sagte Andreas.

»Ich ruf dich mal an.« Kerstin zog ihren Bruder mit sich, bevor sie ihren Satz zu Ende ausgesprochen hatte.

Jetzt stand ich allein da. Nie wieder würden wir zusammen essen gehen. Aber ich hatte auch nicht seine Restaurantbesuche gewollt, ebenso wenig seine nach außen hin geordnete heile Welt, sondern seine Liebe. In meinem Zimmer stand noch alles herum, Kartons, IKEA-Tüten und mein verlässlicher Begleiter, der braune Lederkoffer. Aus dem Nachbarzimmer drang griechische Musik zu mir herüber, entschlossen fing ich mit dem Auspacken an. Kurze Zeit später klopfte es an meiner Tür, eine junge Frau steckte ihren dunklen Lockenkopf durch den Spalt.

»Wir essen gleich, setz dich doch zu uns«, forderte mich Estefania auf.

»Ich komme gleich«, antwortete ich, froh darüber, nicht allein sein zu müssen.

Aus meinem Koffer holte ich meine Kleider, um sie in den Schrank zu hängen. Was mussten die von mir denken, nie konnten sie in Ruhe vor sich hin baumeln. Claudia wollte ich noch anrufen, bevor ich in die Küche ging, um ihr meine neue Telefonnummer mitzuteilen. Jetzt müsste ich nur noch einen Job finden, meinte sie, dann wäre alles bestens. Frag überall nach, irgendwo wird sich was für dich finden.

In der Küche duftete es herrlich nach Auberginenauflauf und Joghurtsauce mit Minze. Kouros und Konstantin, die beiden männlichen Mitbewohner, standen vor dem Herd, sie studierten wie Estefania Touristik. Es saßen auch noch Freunde von ihnen um den Tisch, aber deren Namen habe ich vergessen. Sofort wurde mir ein Glas Weißwein eingeschenkt, alle sprachen deutsch, es wurde viel gelacht, im Laufe des Abends auch gesungen und getanzt. Ich war mit jungen Menschen zusammen, die ihr Leben genossen und viel Spaß hatten. In diesem Moment erwachte in mir meine alte Lust zu leben.

Einige Tage lebte ich vor mich hin, bummelte durch die Fußgängerzone, schaute, ob in den Schaufenstern Jobs ausgehängt waren, kaufte mir Zeitungen, um die Stellenangebote zu studieren, ging aufs Arbeitsamt, um in den Computern nach freien Stellen zu fahnden. Eine Schuhverkäuferin wurde bei Berzel gesucht, im Kaufhof eine Aushilfe für die Gemüseabteilung, eine Teilzeitkraft in einem Wäscheladen. Ich rief dort an, stellte mich vor, erhielt aber aus mir unerfindlichen Gründen nur Absagen. Man habe sich für eine andere Bewerberin entschieden.

Mehrere Male rief Kerstin an, um mir Annoncen aus der Zeitung vorzulesen. Ob aus Fürsorge oder aus Kontrolle, da war ich mir nicht so sicher. Wir hatten nicht ausgemacht, dass Andreas mir nichts mehr zu zahlen brauchte, sobald ich einen Job gefunden hätte.

»Ich bin auf Arbeitssuche«, sagte ich freundlich, »mach dir deswegen keine Gedanken. Ich manage das schon auf meine Weise. Aber was macht Andreas?«

»Urlaub. Seine Steuerprüfung verlief ohne Probleme, jetzt muss er sich von dem Stress erholen.«

Der Arme, hätte ich gern hinzugefügt, aber ich verkniff mir eine ironische Bemerkung.

Claudia berichtete ich täglich, welche Geschäfte ich aufsuchte, an wen ich eine handschriftliche Bewerbung abschickte.

»So wird das nie klappen«, bekam ich zu hören. »Wir müssen deine Bewerbungen mit dem Computer schreiben. Da ich gerade Zeit habe, kann ich das gerne für dich übernehmen.«

Zwei Monate lang suchte ich intensiv nach einem Job. Aber ich fand nichts – trotz der computergeschriebenen Bewerbungen; nicht einmal eine Stelle als Haushaltsgehilfin. Warum? War es wirklich das Alter? War hier irgendetwas verhext? Oder gab es eine Erklärung, die ich nicht verstand? Zwischendurch machte mir Kerstin Vorwürfe, da ich noch immer nichts gefunden hatte, meinte, ich würde die Angelegenheit bewusst hinauszögern. Wie elend ich mich in diesem Moment fühlte! Sie mischte sich in mein Leben ein und fand das völlig selbstverständlich. Es ging ja um Geld, Geld, das man einsparen konnte, wenn ich nur endlich eine Arbeit hätte.

In meinem Zorn schrieb ich einen Brief an Andreas, schrieb mir alles von der Seele, erwähnte, dass ich mich kontrolliert fühlte. Der Brief brachte ihn auf die Palme, denn in der Folge stellte er jede weitere Geldzahlung ein. Insgeheim hatte ich damit gerechnet, ich wusste ja, dass Andreas in dieser Hinsicht unberechenbar war. Sein Vertrag war keine Garantie, wenigstens nicht für mich, die sich keinen Anwalt leisten konnte. Außerdem hatte sich Andreas im letzten Moment geweigert, ihn zu unterschreiben. Jede Forderung wäre sinnlos gewesen. Immerhin hatte ich ihm nun meine Meinung gesagt. Das befriedigte mich. Ich würde mein Leben selbst in die Hand nehmen. Die Geschichte meines Lebens einfach neu schreiben. Irgendwo musste es doch eine Umkehr geben.

Es war klar, ich würde nun von Neuem mit finanziellen Problemen konfrontiert sein, aber wenigstens hatte ich einen festen Wohnsitz. Und damit auch Anspruch auf Sozialhilfe. Stundenlang machte ich mir Gedanken, wie ich beim Sozialamt meine Situation schildern sollte, sie kam mir selbst sehr abstrus vor. Doch eines Tages stand ich sehr früh auf, es war der Zeitpunkt gekommen, wo ich mich meiner Ausweglosigkeit stellen konnte. Auf dem Sozialamt kannte ich mich noch gut aus, dieses Mal musste ich aber zu einem anderen Beamten gehen, da ich nicht mehr obdachlos war. Fast eine Stunde wartete ich, bis ich an die Reihe kam. Ich erzählte dem Mann meine Geschichte, begann mit dem Wichernheim, meiner gescheiterten Beziehung und meiner vergeblichen Suche nach Arbeit.

»Bitte helfen Sie mir«, sagte ich. »Ich nehme jeden Job. Ich will keine Sozialhilfeempfängerin werden.«

»So einfach ist das nicht«, meinte der Beamte.

»Kann ich nicht die Stelle wiederbekommen, die man mir im Rahmen der ›Hilfe zur Arbeit‹ einmal bewilligt hat?«

»Dieser Zug ist abgefahren. Wir können Ihnen nur woanders etwas vermitteln, wo Sie auf Probe arbeiten können, bis Sie sich bewährt haben. Aber das wird einige Monate dauern.«

»So lange möchte ich nicht warten. Ich will arbeiten, Geld verdienen. Mein Leben alleine meistern.«

Der Beamte überlegte. Offenbar hatte ihn mein eindringliches Flehen nicht ungerührt gelassen. Er griff zum Telefon und wählte eine Nummer. Ich hörte, wie er meinen Namen nannte.

»Also«, sagte er, nachdem er wieder den Hörer aufgelegt hatte. »Sie werden jetzt Ihr Anliegen unserem Sozialarbeiter vortragen. Herr Thill wird dann weitere Entscheidungen treffen. Zimmer 208, gehen Sie gleich in den zweiten Stock.«

Entschlossen stieg ich die Treppen hinauf und klopfte kräftig an die Tür.

»Herein«, rief eine dunkle Männerstimme.

Hinter einem mit Papierbergen überfüllten Schreibtisch saß Herr Thill, Mitte dreißig, wache Augen, sportliche Kleidung.

»Was kann ich für Sie tun?«, fragte er.

Wieder berichtete ich, was mir in dem vergangenen Jahr passiert war, schloss damit ab, dass ich gern wieder »Hilfe zur Arbeit« bekommen würde. Aufmerksam hörte mir der Mann zu. Ich hatte das Gefühl, meine Worte hatten sein Herz erreicht.

»Man sollte Ihnen helfen. Ich werde Sie beim Beamten, der für die Arbeitsmaßnahmen zuständig ist, empfehlen. Keine Angst, Herr Müller ist kein Unmensch. Ich werde einen positiven Bericht über Sie schreiben. Rufen Sie ihn in einer Woche an, es wird alles gut.«

Erleichtert nahm ich die Worte auf. Ich musste meine Meinung revidieren, Mitarbeiter von Sozial- und Arbeitsämtern ließen Schicksale doch nicht unberührt. Ich hatte das Gefühl, als wenn ich mit meiner inneren Bestimmtheit neue Weichen setzte. Herr Thill schrieb eine Telefonnummer auf und übergab sie mir.

»Einen Rat möchte ich Ihnen noch geben«, sagte er. »Gehen Sie ins Obdachlosenheim und holen Sie sich von Ihrer damaligen Sozialarbeiterin eine Bescheinigung. Sie soll darin Ihre ›Hilfe zur Arbeit‹ befürworten. Suchen Sie auch Ihren ehemaligen Chef auf und fragen Sie ihn, ob er Sie wieder in seinem Büro anstellen würde. Wenn Sie von uns eine Bewilligung erhalten, brauchen Sie ja auch einen Arbeitsplatz, nicht wahr?«, sagte er mit einem warmherzigen Blick.

Nach diesem Gespräch machte ich mich sofort auf ins Heim. Ich war mir sicher, dass man mich dort wieder arbeiten ließ, Herr Stasiuk war schließlich sehr zufrieden mit mir gewesen. Gleichzeitig war mir ein wenig mulmig zumute, immerhin hatte ich allen gesagt, dass ich nicht mehr zurückkommen würde. Fünf Monate war es nun her, seitdem ich aus der Plöck ausgezogen war. Der Frühling hatte sich breitgemacht. An den Obstständen wurden Spargel und Erdbeeren verkauft, die Kastanien streckten ihre weißen und roten Kerzen in die Sonne. Der Mai war eine Zeit, in der man Mut fassen konnte.

Franz saß an der Pforte, zum Glück kam keine dumme Bemerkung über seine Lippen, er war eben nett. Sofort rief er bei Frau Stahl an, die auch einen Termin für mich frei hatte. Als ich bei ihr ins Zimmer trat, zitterten meine Knie ein wenig. Hatten sie nicht alle darauf gewartet, dass ich eines Tages zurückkommen würde? Auch egal, Zimperlichkeiten konnte ich mir jetzt nicht leisten. In knappen Sätzen berichtete ich ihr, was vorgefallen war. Schließlich fragte ich sie, ob sie mich unterstützen würde, dass ich wieder im Heim arbeiten dürfte. Dieses Mal als Angestellte.

»Natürlich«, sagte Frau Stahl. Keine Häme, keine hintergründigen Gedanken konnte ich ihrer Antwort entnehmen. »Gehen wir doch gleich zu Herrn Stasiuk in die Werkstatt runter. Wir müssen ihn natürlich fragen, ob er Sie wieder annehmen möchte.«

Gemeinsam gingen wir die Treppen runter, die altbekannten Gänge entlang. Auf dem Weg dorthin begegneten wir Volker, der Pause hatte und rauchend in einer Ecke stand. Erschrocken schaute er mich an.

»Hallo«, sagte ich zu ihm.

Er denkt jetzt bestimmt, dass ich wieder obdachlos bin, ging es mir durch den Kopf. Aber ich konnte mich nicht weiter mit Volkers Eingebungen beschäftigen, ich musste zusehen, dass mich mein alter Chef wieder aufnahm.

Schwäche konnte ich mir jetzt nicht leisten. Ich erdete mich bewusst, spürte, wie meine Fußsohlen den Boden berührten und konzentrierte mich auf mein Herz. So gut ich es in diesem Moment vermochte, ließ ich meine inneren Energien strömen. Sogleich fühlte ich mich sicherer und bat den Kosmos, dass mein Leben in Ordnung kommen möge.

Als wir in die Werkstatt traten, begutachtete Herr Stasiuk gerade ein Wiener Geflecht. Erstaunt hob er den Kopf.

»Na, wer ist denn da!«, sagte er.

»Ich schon wieder.« Gewinnend lächelte ich ihn an.

Frau Stahl erzählte ihm, worum es bei meinem Besuch ging.

»Das hätte ich Ihnen auch gleich sagen können, Frau Völkner. Man zieht nicht so schnell zu einem Mann. In Ihrem Alter hätten Sie das wissen müssen. Aber na ja, Rückfälle hat man immer mal. Da Sie sich gut angestellt haben, können Sie von mir aus bei mir anfangen.« Herr Stasiuk nickte zur Bestätigung mit dem Kopf.

»Danke«, sagte ich erleichtert. »Ich bräuchte nur von Ihnen eine Bescheinigung für das Sozialamt, worin steht, dass Sie dafür sind, dass ich die Stelle bekomme.«

»Hier ist der Computer. Sie kennen sich aus. Schreiben Sie eine und ich werde sie unterzeichnen.«

Das ließ ich mir nicht zweimal sagen.

»Wenn alles klappt, bin ich bald wieder bei Ihnen«, sagte ich zum Abschied, das wichtige Dokument in den Händen haltend.

»Werden Sie wieder im Heim wohnen?«

»Ich habe jetzt ein Zimmer in einer Wohngemeinschaft.«

»Na, umso besser. Ich wünsche Ihnen alles Gute, Frau Völkner.«

16. Absprung in die Freiheit

Herr Müller vereinbarte einen Termin mit mir. Prüfend schaute er mich über die Gläser seiner Lesebrille hinweg an.

»Wenn Sie die Arbeit hinschmeißen, kosten Sie das Sozialamt eine Menge Geld«, redete er mir ins Gewissen. »Sind Sie sicher, dass Sie es aushalten, ein Jahr lang konsequent zu arbeiten?«

»Ganz sicher«, erwiderte ich.

»Nach diesem Jahr erhalten Sie Arbeitslosengeld, sind nicht mehr von der Sozialhilfe abhängig. Aber wenn Sie den Job vorzeitig hinschmeißen, war alles umsonst.«

»Ich werde durchhalten.«

»Natürlich können Sie jederzeit kündigen, wenn Sie eine unbefristete Stelle auf dem freien Arbeitsmarkt finden, aber nur dann.«

»Ich verspreche, meine Sache gut zu machen.«

»Also gut. Der Vertrag muss noch von der nächsthöheren Instanz genehmigt werden, das wird ungefähr vier Wochen dauern. Bis zur Auszahlung Ihres ersten Gehalts kriegen Sie Sozialhilfe.«

Ich hatte es geschafft. Gesiegt! Hatte einen Job und würde bald zweitausend Mark netto im Monat verdienen. Und ich war frei. Konnte mir ein neues Leben aufbauen. Es meldete sich wieder das alte Gefühl der Zuversicht in mir. Wie herrlich war das! Bevor ich das Sozialamt verließ, konnte ich mir noch an der Kasse einen Scheck abholen.

Ab diesem Moment fühlte ich mich wirklich unabhängig. Am liebsten hätte ich jeden umarmen können, ganz gleich, ob Hund oder Katze, Frau oder Mann. Ich war nun eine Bürgerin dieser Stadt, wie – fast – jeder andere auch. Das Leben ging weiter. In einer Eisdiele leistete ich mir einen Fruchtbecher mit fetter Sahne obendrauf. Anschließend setzte ich mich auf eine Parkbank und schaute den Kindern zu, wie sie auf dem Spielplatz die Rutsche hinunterpurzelten, im Sand Burgen bauten, Fangerle spielten. In vier Wochen würde ich mit meiner Arbeit im Obdachlosenheim beginnen. Es konnte nichts mehr schiefgehen. Das spürte ich.

Nach dem Einlösen des Schecks auf einer Bank zog es mich unweigerlich zum Obdachlosenheim. Ich musste es mit den Augen einer dort Beschäftigten anschauen. Der andere Blick tat wohl, nahezu versöhnlich war er. Es gab hier doch einen Aufstieg von der untersten Stufe. Ich hatte es anfangs nicht verstanden, dass keiner, weder die Sozialarbeiter noch die Werkstättenleiter Zuversicht verströmten. Doch das Gute war, dass sie mir jetzt auch keine Steine in den Weg legten. Ich musste ihnen das noch mal sagen, dachte ich.

Vor dem Penny-Markt stand Volker mit einigen Heimbewohnern. Er fuchtelte mit den Armen herum, als würde er das Universum erklären wollen. Ich winkte ihm von der anderen Straßenseite aus zu. Einen kurzen Augenblick schien er zu zögern, ob er zu mir rüberkommen sollte, dann fegte er sämtliche Bedenken beiseite.

»In vier Wochen fange ich bei Herrn Stasiuk an«, erzählte ich. »Man hat mir wieder ›Hilfe zur Arbeit‹ genehmigt.«

»Und was ist mit deinem Freund?«, wollte Volker wissen.

»Nichts. Es ist aus. Er hat mich abgeschoben, wegen Geld.«

»Gehst du wieder mit mir?«, fragte Volker. »Willst du meine Frau sein, so wie früher?«

»Lass uns einfach gute Freunde sein, das ist, glaube ich, am besten.«

»Schade, aber ist auch gut.«

Vier Wochen hatte ich nun frei. Vier Wochen Ferien. Und draußen war es warm, es wurde langsam Sommer. Ich brauchte mir keine Sorgen zu machen, alles war geregelt. Manchmal schlief ich lange, manchmal stand ich früh auf, achtete auf mein Äußeres, sorgte für gutes Essen und legte mich auf die Neckarwiesen, um mich zu bräunen. Am Nachmittag traf ich mich oft mit Volker oder half Estefania, Kouros und Konstantin, ihre Semesterarbeiten in ein gutes Deutsch zu bringen. Viele Abende lachte ich mit ihnen in der Küche, sie freuten sich mit mir, als ich ihnen sagte, dass ich einen Job gefunden hätte. Schließlich erreichte mich der Brief vom Sozialamt, die ›Hilfe zur Arbeit‹ war genehmigt worden. Zwei Tage später durfte ich meinen offiziellen Dienst im Obdachlosenheim antreten.

Ein Jahr zuvor, fast auf den Tag genau, war ich in diese Werkstätte gekommen, damals als Obdachlose, nun bewegte ich mich hier als freier Mensch. Statt fünf Mark am Tag erhielt ich zweitausend Mark im Monat – das war ein großer Unterschied. Ansonsten war alles wie früher. Freddy und Hansi freuten sich, mich zu sehen, ganz ohne Schadenfreude. Unermüdlich hatten sie in meiner Abwesenheit weiter Geflechte repariert. Die anderen Mitarbeiter kannte ich nicht, aber ich wollte, das nahm ich mir vor, mich mehr mit ihnen auseinandersetzen. Im Büro sah es ziemlich unordentlich aus, Herr Stasiuk hatte in der Zwischenzeit keine andere Sekretärin gehabt, es gab also viel zu tun.

Volker lief stolz durch sämtliche Gänge des Heims und erzählte jedem, »seine Christiane« sei zurückgekehrt. Pünktlich zur Frühstückspause kam er zu mir ins Büro und brachte ein belegtes Brötchen mit.

»Das ist für dich«, sagte er.

»Nett von dir«, antwortete ich.

»Na, ist der Volker wieder bei Ihnen im Rennen?«, fragte Herr Stasiuk, als wir allein waren.

»Ich esse nur ein Brötchen«, erwiderte ich und überging seine Bemerkung.

Obgleich ich nicht mehr im Heim wohnte, wurde ich von allen wieder wie eine Obdachlose behandelt. Offenbar glaubte man nicht, dass ich es packen würde. Von mir wurde erwartet, dass ich innerhalb eines Jahres auf dem freien Arbeitsmarkt einen Job fände. Ich war über fünfzig, und die Chance, dass ich einen finden würde, war nicht gerade die größte. Das wussten sie hier. Ich nahm mir fest vor, dass ich mich durch die negativen Kommentare der anderen nicht runterziehen lassen wollte.

Viele, die im Heim »Hilfe zur Arbeit« bekommen hatten, erhielten anschließend Arbeitslosengeld. Weil es so niedrig war, landeten sie wieder in den Werkstätten der Plöck, konnten dadurch zehn Mark am Tag dazuverdienen. Obendrein bekamen sie die Fahrkosten erstattet und drei Mahlzeiten pro Tag. Rein rechnerisch gesehen war dieser Deal nicht der schlechteste. Die Gefahr dabei war, dass man tatsächlich für immer hierblieb. Doch was für den einen die Hölle bedeutet, ist für andere ganz normaler Alltag.

Gerade hatte ich in der Zeitung gelesen, dass ein Mann zwei Menschen wegen dreitausend Mark ermordet hatte. Er war Sozialhilfeempfänger und hatte dieses Abseits, diese Diskriminierung, nicht mehr ausgehalten. Das war furchtbar, doch nach meinen Erfahrungen konnte ich eine solche Tat besser verstehen. Glücklicherweise neigte ich nicht zu gewalttätigen Handlungen.

Ich wusste, wie ich heftige Gefühlswogen in die Erde ableiten konnte. Das hatte ich als Heilerin in Spanien gelernt. Es half mir über die schlimmen Tiefs hinweg. Mit dieser Überlebensstrategie fiel es mir leichter, durchzuatmen und klarer zu denken. Dann konnte ich toleranter bleiben und Rachegefühle abwehren. So wie Nelson Mandela wollte ich mich jetzt ganz auf meine eigene Stärke konzentrieren. Das war mein mentaler Rettungsanker.

Dennoch gab es immer wieder neue Situationen, die mich frustrierten. Gnadenlos. Es nützte nichts, draußen ein eigenes Zimmer zu haben, es nützte auch nichts, ein regelmäßiges Gehalt zu beziehen. Ich war immer noch ein Teil des Heims geblieben, egal, ob ich Geld besaß oder nicht. Genau wie früher musste ich mich auf die schlurfenden und oft angetrunkenen Menschen einstellen. Das Heim war eine unerbittliche Greifmaschine. Ich nahm mir vor, einen geistigen Schutzwall um mich zu bauen, an dem alle niederschmetternden Energien von außen abprallen sollten. Hierzu stellte ich mir die Lotusblüte vor, an der alles Schmutzige einfach abperlt, weil ihre Oberfläche so vollkommen ist. Manchmal fiel mir auch Harry Potter ein. Genauso wie er wollte ich mit magischen Kräften einfach durch unüberwindbare Mauern hindurchgehen. Ich beschloss, dass meine Gedanken magische anziehende Kräfte haben sollten. Unbedingt! Ich wollte nicht den Rest meines Lebens in einem Obdachlosenheim verbringen.

Um mich fit für ein Büro in der freien Wirtschaft zu machen, hätte ich abends einen Computerkurs in der Volkshochschule besuchen sollen, aber aus unerfindlichen Gründen konnte ich mich nicht dazu aufraffen. Geld war kein Hinderungsgrund mehr. Ich hockte viel mit Volker zusammen, der nun auch ›Hilfe zur Arbeit‹ bewilligt bekommen hatte und in einer kleinen Sozialwohnung lebte. Er kochte für uns, wie in alten Zeiten, danach sahen wir fern, hin und wieder besuchten wir andere ehemalige Heimbewohner. Ab und zu blieb ich auch über Nacht bei ihm, schlief auf einer Matratze. Ich schaffte es nicht, andere Menschen kennen zu lernen oder meine alten Mitschüler anzurufen. Ich hätte ihnen sagen können, dass ich doch noch länger in Heidelberg bleiben würde, einen guten Job gefunden hätte, nicht einmal gelogen wäre das gewesen. Sogar mein WG-Zimmer war vorzeigbar.

Eines Morgens wachte ich auf, Körper und Seele ein einziger Schmerz. Mit Widerwillen dachte ich an die Arbeit, an die Beizgerüche in der Werkstatt, ich hätte aus der Haut fahren können. Urlaub stand mir noch nicht zu, also meldete ich mich bei Herrn Stasiuk krank. Lügen mochte ich zwar nicht, aber es musste an diesem Tag etwas geschehen, möglichst ein Wunder. Ich muss mein Leben wieder in Griff kriegen, dachte ich. Ich war wild entschlossen, sofort eine Veränderung herbeizuführen.

Nach dem Frühstück griff ich zu meinem Handy und wählte die Nummer von Claudia.

»Wo brennt's denn?«, fragte sie, als sie meine Stimme hörte.

»Mein Leben muss sich ändern. Sofort!«

»Dann würde ich vorschlagen, du gehst schnurstracks auf das Arbeitsamt und schaust im Computer nach Stellenangeboten.«

»Du hast Nerven. Ich bin zu alt, zu dumm und außerdem habe ich nicht genügend Computerkenntnisse.«

»Hör auf zu jammern. Du tust jetzt, was ich dir gesagt habe. Du gehst jetzt direkt zum Arbeitsamt!«

Sie hatte ja Recht. Etwas widerwillig erklärte ich mich bereit, ihrem Befehl zu folgen. Claudia, die so viel jünger war als ich, schubste mich auf meinen Weg. Manchmal braucht man eben gut gemeinte Tritte in den Hintern. Ich steckte mein Handy ein, falls ich Fragen haben sollte. Mit gemischten Gefühlen machte ich mich auf den Weg. Ich hatte Angst vor weiteren Absagen, aber auch Angst vor einer Zukunft im Obdachlosenheim.

Es fand sich auf dem Arbeitsamt sogleich ein freier Computerplatz und ich begann mit meiner Suche. Fünf Offerten, die für mich in Frage kamen, ließ ich ausdrucken. Als ich sie genauer durchlas, blieb mir bei einer Ausschreibung fast das Herz stehen. Es war ein Angebot der Universitätsverwaltung, hier hatte ich ja schon einmal gearbeitet, bevor ich meine Spanienreise angetreten hatte. Eine Sekretärin wurde gesucht, halbtags. Sicher wollen sie eine Topfrau, dachte ich, keine wie mich. Dennoch holte ich mein Handy aus der Tasche und wählte die angegebene Nummer. Ein zuvorkommender Herr meldete sich. Er freute sich zu hören, dass ich in dieser Abteilung schon einmal gearbeitet hatte.

»Leider habe ich keine Zeugnisse mehr«, fügte ich hinzu.

»Kein Problem«, erwiderte er. »Unten im Archiv müssen noch Ihre Unterlagen sein.«

»Kann ich heute bei Ihnen vorbeischauen?«

»Im Moment geht es schlecht. Aber warum nicht übermorgen? Fragen Sie nach mir, Lehmann ist mein Name. Parallel können Sie Ihre Bewerbung abschicken, es liegen schon einige andere vor.«

Wir vereinbarten einen Termin direkt nach meinem Arbeitsschluss.

Aufgeregt rief ich anschließend Claudia an. In allen Einzelheiten berichtete ich ihr von dem Gespräch.

»Das wird deine Chance«, sagte sie. »Ich fühle es. Du hast mir doch selbst mal gesagt, dass wir alles mit Gottes Hilfe regeln können. Warum sollten deine klugen Ratschläge nicht auch bei dir selbst wirken? Komm endlich raus aus deiner Sackgasse! Schau doch, was du bis jetzt alles geschafft hast!«

»Aber wie?«, fragte ich. »Wie soll ich als Sekretärin funktionieren, wenn ich schon fünfzehn Jahre lang kein Büro mehr gesehen habe, abgesehen vom Obdachlosenheim? An mir ist eine ganze Generation technischer Entwicklung vorbeigedüst. Ich kann nicht mithalten.«

»Du selbst hast gesagt, dass man Wunder vollbringen kann.«

»Aber doch keine Computerwunder!«

»Doch, auch das kannst du.«

In meinem tiefsten Innern wusste ich, dass sie Recht hatte. Ich erinnerte mich an meine eigene Heilung im Schwarzwald. Aber das war mein Körper gewesen. Nun ging es darum, mein ganzes Leben zu heilen und Anschluss an den normalen Alltag zu bekommen.

In diesem Moment spürte ich, wie mein Verstand plötzlich ganz still wurde, mein Körper entspannte sich vollkommen. Vor meinem inneren Auge sah ich einen unendlichen Gedankenstrom aus silbrigen Farben, auch gelblich rote bis bläuliche, klebrige Massen waren dabei. Plötzlich wurde mir kristallklar bewusst, wie ich mit Hilfe meiner Gefühle meine eigenen, positiven Gedanken aus diesem unendlichen Strom herausziehen konnte.

Ich verstand, dass meine Gefühle eine entscheidende Rolle bei der Wahl meiner Gedanken spielten. Wenn es mir gelang, mich körperlich zu entspannen, dann würden sich auch meine Gefühle beruhigen. So konnte ich aus dem Strom der unendlichen Weltengedanken neue Ideen herausholen, Vorstellungen, die mir vielleicht vorher nie ins Bewusstsein gekommen waren.

Alles war möglich, und alles, was ich brauchte, existierte bereits. Ich musste mich nur entspannen, um neue Bilder für meine Zukunft zu finden. So funktionierte die Magie des Lebens!

Bilder aus meiner Kindheit tauchten auf. Ich erinnerte mich an ein besonderes Erlebnis. Kurz nach dem Tod meines Vaters kam sein Lieblingskollege im Auftrag seiner Firma zu uns nach Hause. Weil wir jetzt Waisenkinder waren, durften Martina und ich einen Wunschzettel schreiben. Es stand uns frei, wie lang unsere Wunschliste war. Mein Wunschzettel war sechs Seiten lang. Ich schrieb auf, was mir in den Sinn kam. Milchschokolade, Kinderbücher, ein Glockenspiel, und weil wir damals nur Strümpfe mit Strumpfhaltern kannten, waren Wollstrumpfhosen das Höchste für mich. Malfarben und noch vieles mehr schrieb ich auf. Martina dagegen notierte nur drei Sachen auf ihrem Zettel. Sie sagte: »Weniger aufschreiben ist besser, dann kriege ich wenigstens das, was ich mir wünsche.« Als der Kollege meines Vaters vier Wochen später wieder zu Besuch kam, brachte er ein großes Paket mit. Jeder von uns beiden erhielt genau das, was auf dem Wunschzettel stand. Mein unschuldiger Kinderglaube war über jeden Zweifel erhaben. Das ist die beste Voraussetzung, um Wünsche zu manifestieren.

Ich nahm mir vor, mehr Mut zum Wünschen zu haben. Wie oft hatte ich in der Vergangenheit vergessen, mir bewusst meine Realität zu erschaffen? Wie viele Entscheidungen hatte ich einfach dem Zufall überlassen. Meine eigene Rolle bei der Verwirklichung meiner Realität hatte ich vernachlässigt.

Ich sollte zu Claudia kommen, gemeinsam wollten wir die Bewerbung am Computer aufsetzen. Noch am Nachmittag steckte ich das Schreiben in den Briefkasten. Immer deutlicher spürte ich, dass es klappen konnte.

Mit Claudia spielte ich mein Vorstellungsgespräch durch. Dafür sammelte ich mich, dehnte meine Wirbelsäule, damit sie elastisch war, und streckte meine Antennen zum Himmel und zur Erde aus. Das war eine gute Voraussetzung, um authentisch zu sein. Dadurch war ich auch mit meiner Herzenskraft verbunden.

»Wow, du wirkst total echt«, meinte sie anerkennend. »Damit überzeugst du jeden Chef.«

Zwei Tage später war es so weit. Vorsichtig klopfte ich an Herrn Lehmanns Tür. Als er sie öffnete, stand ich vor einem sympathisch aussehenden Mann in einem hellen Anzug.

»Kommen Sie rein.« Herr Lehmann führte mich zu einem Stuhl und schenkte mir eine Tasse Tee ein. »Was haben Sie gemacht seit damals?«

Ich erzählte von Spanien, von meiner Ausbildung als Atemtherapeutin in Düsseldorf, dass ich von dort wieder nach Spanien zurückgekehrt sei und nun seit einem Jahr wieder in meiner Heimatstadt Heidelberg leben würde, vorübergehend einen Job hätte, den ich aber jederzeit beenden könne. Dass ich eigentlich eine Obdachlose war, überging ich.

»Einige Kollegen können sich noch an Sie erinnern«, schmunzelte Herr Lehmann. »Nicht alle sind so abenteuerlustig. Sie hatten einen guten Ruf bei uns, wenn Sie auch nur für kurze Zeit bei uns waren. Übrigens dürfen Sie sich gleich offiziell bei meinem Chef vorstellen.«

Darauf war ich nicht vorbereitet. Wild pochte es in meiner Brust. Nur nichts anmerken lassen. Ich versuchte mich zu beruhigen und sammelte mich. Einfach ich selbst bleiben, so konnte ich die positiven Gefühle aktivieren.

Welche Überraschung! Herr Baumberger erkannte mich sofort wieder. Das Eis war damit gebrochen.

»Wie sieht es mit Ihren Computerkenntnissen aus?«, wollte er wissen.

»Word beherrsche ich, den Rest kann ich lernen«, sagte ich mutig.

»Sie wissen, dass es noch andere Bewerberinnen gibt?«

»Herr Lehmann hat es mir gesagt.«

»Gut, hat mich gefreut, Frau Völkner. Innerhalb der nächsten vierzehn Tage werden wir Ihnen Bescheid geben.«

Das Gespräch war damit beendet, Herr Baumberger musste zu einem Termin. Herr Lehmann führte mich anschließend zu meinem potenziellen Arbeitsplatz und stellte mich der Sekretärin vor, die in Teilzeit gehen wollte. Das war auch der Grund, warum die Stelle ausgeschrieben war. Sie würde mit Monatsbeginn die ersten zweieinhalb Tage in der Woche arbeiten, ich, falls ich die Zusage erhielt, die Tage in der zweiten Wochenhälfte. Das Büro war sehr hell, aufgeräumt, schöne Pflanzen standen herum, eben ein richtiges Vorzimmer für einen Dezernatsleiter der Universität Heidelberg, einer der ältesten Universitäten der Welt. Hier hatte ich mich damals wohlgefühlt, hier würde ich mich auch jetzt wohlfühlen, dachte ich, bevor ich mich verabschiedete.

Als ich wieder auf der Straße war, malte ich mir die Zwiegespräche mit den alten Kollegen aus, bei denen ich mir vorstellen konnte, dass sie dort noch arbeiteten. Ich musste diese Stelle bekommen, man kannte mich noch! Wenn das kein Zeichen des Himmels war? Mein Pulsschlag ähnelte einer Achterbahn.

Zwei Tage später klingelte frühmorgens mein Handy. Ich war gerade dabei, meinen Kleiderschrank nach passenden Bürooutfits zu durchforsten. Es war Herr Lehmann.

»Wir haben uns für Sie entschieden«, sagte er ohne Umschweife. »Können Sie nächste Woche anfangen?«

»Natürlich«, sagte ich. Ich hätte laut aufschreien können vor Glück.

»Allerdings müssen Sie vorher noch eine Computerprüfung ablegen. Melden Sie sich am besten gleich in der Personalabteilung, um für morgen früh einen Termin auszumachen. Viel Erfolg und einen schönen Tag noch.« Sofort stieg Nervosität in mir auf.

Aufgeregt rief ich Claudia an. »Du wirst es schaffen«, sagte sie.

Am nächsten Morgen war ich pünktlich um neun Uhr in der Universitätsverwaltung. Meine Beine zitterten wie Espenlaub. Ich dachte daran, dass meine Word-Kenntnisse nur aus den ersten fünf Lektionen des Computerkurses der Volkshochschule bestanden, abgesehen von meinen misslungenen Versuchen in der EDV-Schule. Ich war unruhig, es fiel mir schwer, mich zu konzentrieren. Alle guten Vorsätze der körperlichen Entspannung waren verflogen. Dass die Prüfung nicht klappte, überraschte mich nicht.

Es war ungewöhnlich, dass ich die Prüfung an diesem Vormittag dreimal wiederholen durfte. Irgendwie schien der Beamte fest davon überzeugt zu sein, dass ich es schaffen müsste. Doch jedes Mal hatte ich mehr als fünfundzwanzig Fehler, obwohl ich mir höchstens drei leisten durfte. Jenseits aller Logik blieb ich innerlich stark. Ich werde die Prüfung bestehen, dachte ich. Ich will diesen Job haben! Ich war sicher, dass es klappen würde. Vielleicht holte ich mir gerade die richtigen Impulse aus dem Strom der Weltengedanken. Mit dieser mentalen Rückendeckung traute ich mich, den Beamten zu fragen, ob ich die Prüfung noch ein viertes Mal wiederholen durfte.

»Versuchen Sie es in einem halben Jahr noch einmal.«

»Nein, ich dachte an morgen«, sagte ich. »Ich will doch diese Stelle haben, in einem halben Jahr ist sie nicht mehr frei.«

Aus unerfindlichen Gründen blieb der Beamte immer noch großzügig und antwortete, ohne zu zögern: »Gut, dann probieren Sie es morgen noch einmal.«

»Danke, bis morgen also«, erwiderte ich erleichtert.

Schnurstracks ging ich nach Hause. In der WG legte ich mich

sofort ins Bett, um zu meditieren. Ich wollte mir gezielt aus dem kollektiven Gedankenstrom die richtigen Erfolgsimpulse herausziehen. Ganz konkret wollte ich mir das fehlende Computerwissen einverleiben. Es ging schließlich darum, eine Prüfung zu bestehen. Den Computer stellte ich mir wie ein intelligentes Wesen vor, ich sprach mit ihm, sagte, dass ich morgen unbedingt die Prüfung bestehen wollte. Plötzlich spürte ich, wie das Wissen in mich eindrang, es war wie ein Buch, das ich in meinem Unterbewusstsein vollständig lesen und verstehen konnte. Viele Stunden lang studierte ich meditativ, bis ich darüber einschlief. Wahrscheinlich lernte ich sogar im Schlaf noch weiter. Als ich aufwachte, wusste ich, dass ich es wusste.

Pünktlich erschien ich in der Universitätsverwaltung. Der Beamte war freundlich wie am Tag zuvor. Die Prüfungsunterlagen befanden sich bereits neben meinem Computer. »Viel Glück«, sagte er und verließ das Zimmer. Als ich zu schreiben begann, merkte ich, dass sich meine Finger wie von selbst bewegten. Fasziniert schaute ich auf den Bildschirm. Früher als vorgesehen war ich fertig. Dreißig Minuten später erschien der Beamte, um nachzufragen, wie es denn heute klappte.

Mit neu gewonnener Sicherheit sagte ich: »Ich bin fertig.«

»Das kann nicht sein, in dieser kurzen Zeit ist das nicht zu schaffen. Wollen Sie nicht lieber noch mal drüberlesen?«, fragte er.

»Ich weiß, dass ich keine Fehler gemacht habe. Überzeugen Sie sich selbst.«

Als der Beamte die Unterlagen durchgesehen hatte, wurde er eine Spur blasser im Gesicht. »Sie haben ja gar keine Fehler gemacht! Können Sie mir das Geheimnis verraten, wie Sie das in der Hälfte der vorgegebenen Zeit geschafft haben? Und das von gestern auf heute? Das geht ja gar nicht!«

»Keine Ahnung«, sagte ich. »Ich hab's halt geschafft.«

»Wären Sie damit einverstanden, dass wir wenigstens einen Fehler reinmachen? Es glaubt sonst keiner«, sagte er etwas zögerlich.

»Von mir aus«, sagte ich lächelnd.

»Dann gratuliere ich Ihnen. Mit diesem guten Prüfungsergebnis erhalten Sie anstelle von BAT 8 direkt BAT 7, das ist eine Gehaltsgruppe höher.«

Ich habe es geschafft! Hatte ich das Wissen unbewusst aus der Erinnerung meiner EDV-Schulung geholt oder direkt aus dem Kosmos? Meine Gefühle drehten sich wie im Karussell. Wunder Gottes oder spontane Erinnerungen – egal wie, ich hatte meine Prüfung bestanden. Überglücklich, wie auf Wolken schwebend, ging ich nach Hause.

Ausgelassen wie eine ganze Schulklasse hüpfte ich dort durchs Zimmer. Estefania und Kouros steckten verschlafen ihre Köpfe durch die Tür. Ob mit mir auch alles in Ordnung sei, fragten sie. Ja, das war es. Ich habe nur eine richtige Anstellung bekommen. Mehr nicht. Juchuh!

»Etwas anderes habe ich auch nicht erwartet«, war Claudias coole Antwort, der ich sofort die Neuigkeit mitteilte. »Ich habe keinen Moment daran gezweifelt. Das ganze Drama musste doch irgendwann aufhören.«

Ich war froh, dass es Claudia gab. Ich selbst hatte oft nicht mehr an meine Zukunft glauben können, wenn es zu viel für mich wurde. Aber jetzt wollte ich die Zügel meines Lebens wieder selbst in die Hand nehmen. Nichts sollte dem mehr im Wege stehen.

Nun musste ich noch Herrn Stasiuk meine neue Situation beichten. Nach fast sieben Monaten verließ ich ihn ein zweites Mal. Dabei hatte er sich immer für mich eingesetzt. Hoffentlich würde er nicht sauer reagieren.

»Ich habe eine Arbeit.« Es war das Beste, direkt mit der Tür ins Haus zu fallen. »Mit einem unbefristeten Vertrag.«

»Na, das ist doch eine tolle Überraschung!«, sagte Herr Stasiuk zu meinem Erstauen. Er war wirklich ein guter Chef. »Und was werden Sie machen?«

»Sekretärin in der Universitätsverwaltung.«
»Alle Achtung! Und wann?«
»Nächsten Mittwoch, zum Ersten.«
»Das ging ja schnell. Dann ist heute also Ihr letzter Arbeitstag, Ihnen stehen ja noch ein paar Tage Urlaub zu. Auf jeden Fall alles Gute. Und wenn's schiefgeht, kommen Sie wieder her. Ich nehme Sie gern auf.«
»Es wird laufen.«
»Schau'n wir mal.«
Nach Feierabend ging ich zu Frau Stahl, um mich von ihr zu verabschieden. Sie freute sich für mich. Volker suchte ich in seiner Werkstatt auf.
»Jetzt bin ich raus aus dem Heim«, sagte ich. »Für immer.«
Rasch umarmte ich ihn und küsste ihn auf die Wange. Ich schaute mich nicht mehr um.

Ein neuer Lebensabschnitt begann. Leicht fiel mir der Anfang in der Universitätsverwaltung nicht. Manchmal gab es sogar Tränen, weil die Angst emporstieg, es doch nicht zu schaffen. Schließlich hatte ich schon viele Jahre nicht mehr als »richtige« Sekretärin gearbeitet. Die Aufgaben, die nun zu erledigen waren, konnten mit denen im Obdachlosenheim nicht verglichen werden; eine wesentlich größere Verantwortung hatte ich zu tragen.

Auch unterschätzte ich eine Sache: Ich musste lernen, mich wieder gleichberechtigt zu fühlen. Im Umgang mit meinen Kolleginnen und Kollegen merkte ich, dass ich mich als minderwertig einschätzte, nicht würdig, neben ihnen in der Kantine zu sitzen und mit ihnen zu essen. Immer stellte ich irgendwelche Vergleiche zwischen ihnen und mir an, die kamen aus geordneten Familien, ich dagegen aus dem Wichernheim. Manchmal befürchtete ich, dass jemand von meiner Vergangenheit erfahren könnte, was dazu führte, dass ich nicht immer frei aus meinem Leben erzählen konnte. Ich hatte zwar eine Arbeit, aber gleichzeitig Angst, sie wieder zu verlieren. Doch mit der Zeit wurde ich entspannter im Umgang mit den Kollegen und trat immer selbstbewusster auf.

Nach und nach kaufte ich mir schöne Sachen zum Anziehen und ging sogar einmal zum besten Friseur der Stadt. Doch immer überlegte ich, ob ich mir diesen Luxus überhaupt gönnen durfte. War das kostbare Geld nicht zu schade, um es für diese Äußerlichkeiten aus dem Fenster zu schmeißen? Es brauchte viel Zeit, bis ich mich auch davon befreit hatte. Ich musste lernen, unabhängig von der Meinung anderer zu sein, um meine Selbstbestimmung zu verwirklichen.

Als ich mich im Büro sicherer fühlte, suchte ich mir Räume für meine neue Atemtherapiepraxis. Genauso wie ich es mir immer gewünscht hatte, fand ich in der Fußgängerzone eine Praxisgemeinschaft, in der ich einen geeigneten Raum anmieten konnte. Die Praxis teilte ich mit sechs weiteren Therapeuten, die alle mit ganzheitlichen Heilungsmethoden arbeiteten. Es tat meiner Seele gut, wieder mit gleichgesinnten Menschen zusammen zu sein.

Die Halbtagsarbeit in der Uni war eine gute Voraussetzung, um einerseits Geld zu verdienen und andererseits Freiraum zu haben für das, was ich beruflich wirklich wollte. Um in der Uni keine Konflikte mit meiner zusätzlichen Arbeit als Atemtherapeutin zu bekommen, stellte ich dort offiziell einen Antrag zur Genehmigung einer Nebentätigkeit. Diese wurde mir sofort bewilligt.

Natürlich musste ich nun auch in der Stadt bekannt werden. Zu diesem Zweck hielt ich in der Stadtbücherei einen Vortrag über die Kunst des Glücklichseins. Den Flyer dazu entwarf Claudias Vater, ebenso ein Plakat, das ich in Boutiquen, Restaurants und Apotheken aufhängen durfte. Er half mir dabei, eine Ankündigung in der Tageszeitung unterzubringen. Es strömten keine Massen herbei, aber ich gewann die ersten Klienten, die ich in meiner neuen Praxis empfing.

Nachdem ich genügend Geld gespart hatte, verließ ich die Studenten-WG und richtete mir eine eigene kleine Wohnung ein. Eine Klientin knüpfte für mich Kontakte zum SWR. Kurze Zeit darauf wurde ich zu einer Talkshow eingeladen, in der ich über meine Zeit als Obdachlose berichtete. Die Sendung hieß »Anstand, Fleiß und Ehrlichkeit, sind das Werte, die heute noch zählen?«

Es war klar, dass ich mich durch diese Sendung der Öffentlichkeit vollkommen offenbarte. Aber ich konnte und wollte mein einstiges Obdachlosenleben auf Dauer nicht verbergen.

Als ich am Tag nach der Sendung wieder zur Arbeit in die Uni ging, rief mich sogleich Herr Baumberger in sein Büro. »Setzen Sie sich bitte«, forderte er mich auf. Was würde auf mich zukommen? Ich war etwas unruhig, dennoch stand ich zu dem, was ich in der Sendung erzählt hatte.

»Ich habe Sie gestern Abend im Fernsehen gesehen«, fing Herr Baumberger das Gespräch an.

»Stimmt, da war ich«, gab ich zur Antwort.

»Das hätte ich nicht von Ihnen gedacht, dass Sie mal obdachlos waren.«

»Ich auch nicht.«

Wir beide mussten lachen.

Sogar mein Friseur sprach mich auf die Sendung an. »Alle Achtung«, sagte er beim nächsten Termin, es sei eine großartige Leistung von mir gewesen, mich so mutig im Fernsehen zu präsentieren. Selbstbewusst ließ ich meine feinen Haare wieder in Form schneiden. Welch eine Diskrepanz! Früher wäre ich am liebsten im Erdboden versunken, wenn mich jemand auf das Wichernheim angesprochen hätte.

Seitdem habe ich keine Scheu mehr, diesen Teil meines Lebens öffentlich zu bekennen, ich habe ihn akzeptiert. Nur was ich anschaue und zulasse, das kann auch heilen und sich auflösen.

Meine Freunde und Bekannten wissen davon, sogar meine Klienten. Die meisten jedenfalls.

Mein Weg zur Universität führte mich jeden Morgen und Abend am Obdachlosenheim vorbei. Ironie des Schicksals? Damit ich diese Zeit nie vergessen sollte? Wie ein Mahnmal? Manchmal begegnete ich einigen Sozialarbeitern. Anfangs schmerzte mich ihr skeptischer Blick. Wollten sie, dass ich es nicht schaffte? Mit den Jahren begann ich zu begreifen, dass sie so viel Elend gesehen hatten, sie konnten ihre Skepsis einfach nicht verbergen.

Auch heute treffe ich noch alte Bekannte aus dem Heim, wie sie bettelnd an den Straßen stehen. An einigen gehe ich vorbei, es scheint, als würden sie mich nicht mehr kennen. Andere wiederum lächeln mich an, ich bleibe stehen und spreche mit ihnen, lasse mir von ihnen das Neueste erzählen. Sie fragen mich, wie es geht, sagen, dass sie es super finden, wie ich das hingekriegt habe, hin und wieder höre ich sogar, dass man mich vermisse. Manchmal sehe ich in ihren Augen die Trauer, dass sie meine Welt nicht teilen können. Aber sie verbergen es gut, damit keiner ihnen wehtut, sie wollen ihren Schmerz nicht zeigen. Seitdem ich im Obdachlosenheim war, gehe ich mit den Bettlern feinfühliger um. Viele von ihnen würden auch gern ein stinknormales Leben führen, aber sie haben verlernt, sich das zuzugestehen. Zu oft sind sie verletzt worden. Es ist zu ihrer zweiten Natur geworden, draußen zu sein, draußen auf der Straße.

Betteln ist sogar ein richtiger Job. Man muss schauen, dass man an der richtigen Stelle steht; selbst unter Bettlern gibt es Konkurrenz. Und nicht an jedem Platz ist es erlaubt, die Hand aufzuhalten. Auch müssen sie eine funktionierende Strategie entwickeln, damit am Abend die Kasse stimmt. Ich kenne einen ziemlich cleveren jungen Mann aus dem Heim, der die Menschen auf der Straße regelrecht mit seinem Charme einwickeln kann. An manchen Tagen sammelt er fünfzig Mark ein. Aber er ist eine Ausnahme.

Ich schäme mich nicht mehr, mit Bettlern gesehen zu werden, noch schäme ich mich für sie. Das ist ein Teil meiner Transformation. Wenn sich in der Bahn einer zu mir setzt und die Menschen die Nase rümpfen, ist mir das egal. Ich rede mit ihnen, störe mich nicht mehr an dem Geruch von Alkohol oder Schweiß. Nie werde ich vergessen, dass das Zusammenleben mit ihnen zu der harten Prüfung gehörte, die ich zu bestehen hatte. Dabei wird mir immer wieder klar, welchen tiefen Sinn solche Prüfungen und Krisen im Leben haben und dass sie uns im Nachhinein wirkliche positive Veränderungen schenken.

Scham und Ohnmacht waren für mich die schlimmsten Erfahrungen. Sie zu überwinden die höchste Leistung.

Auch aus der Universität habe ich nach drei Jahren einen Sprung gewagt. Ich habe meine Tätigkeit als Sekretärin wieder aufgegeben, um meine Arbeit als Atemlehrerin vollständig ausüben zu können. Herr Baumberger wünschte mir viel Erfolg. »Es wäre schön, wenn Sie zur Weihnachtsfeier kommen«, sagte er. Es tat gut, dass er meinem Entschluss wohlwollend gegenüberstand.

Einige meiner Bekannten haben diese Entscheidung sehr kritisch betrachtet. In einer Zeit, wo die Angst vor Massenarbeitslosigkeit die Kehlen der Menschen verkrampft, haben sie geglaubt, dass ich leichtsinnig sei. Ich sollte doch an mein Alter denken und die Rente. Manche haben mich sogar mahnend ans Obdachlosenheim erinnert. Doch ich habe mein Augenmerk fest auf meine Vision der Unabhängigkeit gerichtet. Auch Nelson Mandela hatte seinen Blick auf die Freiheit gerichtet.

Mit meinem Glauben habe ich Berge versetzt. Das Leben schenkte mir genau das, was ich mir gewünscht habe: in Freiheit wieder meiner selbstständigen Tätigkeit nachzugehen.

Inzwischen schrieben wir schon das Jahr 2004. In Deutschland hatte das Bundesverfassungsgericht beschlossen, dass geistiges Heilen auch ohne Heilpraktikerlaubnis möglich sei. Damit standen mir ebenfalls Tore offen für meine Fähigkeiten als Heilerin und Medium.

Armut ist in heutigen Zeiten nichts Ungewöhnliches mehr, sie kann jeden treffen. So ist es gut zu wissen, dass man es schaffen kann. Wer einmal in der Hölle gelandet ist, muss stärker werden, als er war, bevor er da reinkam. Nur so kann man wieder zum Himmel zurückfinden. Einfach nur aus der Misere rauskommen zu wollen, ist zu wenig. Es ist wichtig, die Identifizierungen mit dem Leid loszulassen. Wer den Gedanken an Leid nur verschiebt, ohne dabei sein Bewusstsein zu wandeln, hat nicht wirklich etwas gewonnen.

Menschen im Abseits haben wenig Chancen, an Kraft zu gewinnen. Das weiß ich aus meiner eigenen Erfahrung. Meine Kraftquelle war der Glaube an mich selbst.

Nach und nach habe ich Andreas sein Geld wieder vollständig zurückgezahlt. Er meinte, ich könnte es behalten. Doch mein Selbstwert war mir wichtiger als Geld.

Vor einigen Tagen begegnete ich ihm bei einem klassischen Konzert. Ich fand, er sah gar nicht mehr so hervorragend aus, wie ich ihn von damals in Erinnerung hatte. Nichts rührte sich in meinen Gefühlen, weder Wut noch Verlangen. Ich hatte ihn losgelassen. Und Volker wünsche ich, dass auch er die Kurve zu seinem persönlichen Glück findet.

Meine Schwester Martina traf ich neulich auf der Straße. Jeder ging in eine andere Richtung, genauso wie im Leben. Sie braucht mir keine Bleibe mehr zu gewähren, denn ich weiß, dass ich es auch alleine schaffen kann.

17. Die Landung

Es dauerte eine ganze Weile, bis ich meine einschneidenden Erlebnisse im Obdachlosenheim richtig verarbeitet hatte. Wer einmal außerhalb unserer Gesellschaft war, muss auch innerlich einen neuen Platz finden, um wieder gut zu landen. Es reichte bei weitem nicht, einfach nur einen neuen Job zu haben, neue Freunde und eine andere Perspektive. Je tiefer ein Mensch fällt, umso höher muss er sich emporschwingen, um ein neues inneres Gleichgewicht zu finden. Meine bisherige Lebensbasis reichte nicht mehr als Ziel. Ich musste die Messlatte höher setzen als alle meine bisherigen Maßstäbe. Nur so konnte ich mein Tief überwinden. Das ist das geheime Gesetz des Erfolgs.

Nach meiner Erfahrung führt eine reine Versorgungsstrategie obdachlose Menschen nicht in ihre Unabhängigkeit und Selbstständigkeit zurück. Viel wichtiger wäre es, die verborgenen Schätze des eigenen Inneren hervorzubringen. Ich könnte mir gut vorstellen, dass man für jeden Obdachlosen eine ganz persönliche Erfolgsmethode erarbeitet. Diese Investition würde den Staat bestimmt weniger kosten, als Obdachlose jahrzehntelang zu alimentieren. Die Sozialarbeiterin des Wichernheims sagte damals zu mir: »Sie sind an der untersten Stufe der Gesellschaft angekommen, tiefer geht es nicht.« Warum werden Obdachlose schwächer gemacht, als sie wirklich sind?

Meine Atempraxis entwickelte sich im Laufe der Zeit zum Bildungsinstitut für Holistische Intelligenz. Hier arbeite ich jetzt als Lehrerin für Neues Bewusstsein. Meine Reise durch den »unteren

Himmel« war nicht umsonst. Die Erfahrungen der Hoffnungslosigkeit und des gesellschaftlichen Ausgeschlossenseins habe ich in wertvolle Erkenntnisse gewandelt. Diese habe ich nicht nur für mich alleine gesammelt, sondern auch für andere Menschen in aussichtslosen Situationen. Ich weiß jetzt, wie man Schwäche in neue Kraftpotenziale wandelt.

Abstürze kann jeder erleben, doch es ist wichtig zu wissen, wie wir das Licht in der Dunkelheit anzünden können.

Ich habe gezielte Übungen kreiert, mit denen jeder seine Tiefpunkte im Leben überwinden kann. Gerade für Menschen in Notsituationen ist das ein regelrechter Rettungsanker, um nicht im Strudel der Verzweiflung unterzugehen.

Mit denselben Strategien, die mir geholfen haben, unterstütze ich auch andere. Dieses Wissen beruflich auszuweiten, war mein nächstes – und erfolgreiches – Lebensabenteuer.

Heute kommen viele Menschen in meine Kurse, um zu lernen, was im Leben wirklich zählt: Selbstliebe und das Vertrauen, dass alle Lösungen in einem selbst vorhanden sind.

Die Früchte meiner jahrelangen Arbeit habe ich in meinem Buch »Geistiges Heilen« zusammengetragen (ISBN **978-3-83911428**).

Wer sich über meine Arbeit informieren möchte, den lade ich zu einem Besuch auf meiner Website www.yowea.com ein.